ある日突然、イケメン幼なじみの甘々な心の声が聞こえるようになりました。

千支六夏

STARTS
スターツ出版株式会社

イラスト／かみのるり

「心配させんなよ、まじで」

「……」

うるさいな。わかってるよ、そんなこと。

《あー……弱ってる姿、やばいな》

《加虐心(かぎゃくしん)あおられるっていうか、かわいすぎんだけど》

「やばい？　かわいい？」

「は？」

あ、まずいっ。

「こ、これは、その……」

中学のころからずっと隠(かく)し通してきた秘密が──。

「まさか、おまえ……俺(おれ)の心の声、聞こえんの？」

疎遠(そえん)になっていた幼なじみに、バレちゃいました。

遥(はるか)の心の声が聞こえる、橘(たちばな) 胡桃(くるみ)。

×

心の声がうるさい幼なじみ、弓削(ゆげ)遥(はるか)。

そして、私の秘密を知った遥は……。

《胡桃にこっち見てほしくて、わざといじわる言った》

《めちゃくちゃかわいい。もっとキスしたい》

《好きだよ、胡桃。めちゃくちゃ好き》

いじわるな彼(かれ)の溺愛(できあい)は全身が震(ふる)えるくらい、甘(あま)すぎて。

止まることを知らない──。

ある日突然、
イケメン幼なじみの
甘々な心の声が
聞こえるようになりました。
人物紹介
たちばな　くるみ
橘　胡桃
おとなしい性格の高２女子。ある時から遥の心の声だけが聞こえるようになり、溺愛全開な甘い言葉にドキドキしっぱなし。
ゆげ　はるか
弓削　遥
大人気ボーカルユニットのメンバーで、超イケメン。女嫌いでクールだけれど、頭の中は胡桃一色。心の声がうるさい。

あまり
甘利みはや
アイドルとして活躍するクラスメイト。じつは、胡桃と同じく人の心の声が聞こえる。胡桃をめぐって、遥とバトルが勃発…!?
ゆげ　きょう
弓削　杏
遥の双子の兄で、一緒に芸能活動をしている。優しく穏やかな性格。
たちばな　ももか
橘　桃華
元気いっぱいで明るい、胡桃の双子の姉。モデルとして活動している。

☆ contents

第４章　キス、止まんない

第５章　「愛してる」って、何回言ってもたりない

第1章

「かわいい」が止まんない

はじまりは、心の声

　はじまりは。
《あー……弱ってる姿、やばいな》
　やばいって、何が……。
《加虐心あおられるっていうか、かわいすぎんだけど》
『……かわいい？』
『は？』
『あ……』
　つい気が抜けてその心の声に、反応してしまったことだ。

「桃華！　起きて！」
「んー……もうちょい……」
「学校！　もう少しで家出る時間！」
「んー……さき、行ってて」
　はぁ、また寝ちゃった。
「ご飯はできてるからね！　遅刻だけはだめだよ！」
「はーい……」
　仕方ない。
　また頼むしかなさそう。
　制服に着替えて、長くて真っ黒な髪にクシを通す。
　今どきの女の子だったらメイクをしたり、髪を巻いたりするんだろうけど、
「よし、今日もいい感じ」

私の朝はご飯を作ったり、洗濯をしたりでバタバタで。

髪をとくだけで精いっぱい。

「今何時……って、もうこんな時間!?」

やばいやばいやばい……！　早く出ないと、ばったり会っちゃう!!

「桃華！　私、行くからね！」

「んー……」

布団を剥いでみても、だめ。

昨日の撮影は大変だったって言ってたし、遅刻しても怒らないであげよう。

「行ってきまーす！」

早く早く。

急いでるときに限って、ちゃんとローファーが履けなかったり、鍵がうまく閉まらなかったり。

よし！　鍵もＯＫ！　とにかく早く！

肩にかけたカバンをぎゅっと握って、走ってそのドアの前を通りすぎようとしたら。

「行ってきまー……あっ、おはよう胡桃」

げっ、最悪……。

隣の部屋のドアから出てきた１人のイケメンに、顔をしかめる。

ワックスで整えられたキャラメルブラウンの髪。

白い肌に、スッと通った鼻筋。

女の子みたいに長いまつげ。

少しタレ目な優しい目元。

なのに、身長は180センチもあって小顔で。

「……今日もきまってるね、杏」

「え、シャレ？」

「違うよ！」

クスッと笑ったその瞳はとびきり優しい色をしているから、王子様ってこんな感じなんだろうなぁって思う。

若干、子犬っぽいけど。

「珍しいね、胡桃がこんな時間に家出るなんて。あ、また桃華？」

「うん。ごめん、起こすのお願いしてもいい？」

「了解。中、勝手に入るね」

「じゃあ、私行くから」

「あっ、待って胡桃！」

桃華のこと、よろしくね。

それだけ言って足早に行こうとしたら。

「杏、俺先に行く……」

「……!!」

続いて出てきた人物に驚いて、ひゅっと喉の奥で音がした。

杏とは二卵生だからあんまり似てないけど、誰もが振り返るくらい美形で。

さらさらの黒髪に、涼しげな目元。小顔で身長があるところは杏と同じなのに、どうして……。

「……」

「……」

《なんでまだいんの？　いつもだったらいねーのに》

お互い黙ったままなのに、聞こえてきたのはその言葉。

そうだよね。いつもならとっくに学校に行ってる。

でも今日は、私より朝に強い桃華が寝坊しちゃって。

私もバタバタしちゃったから。

そんなに嫌そうな顔、しなくてもいいのに。

穏やかな杏と反対に、いつもクールな遥。

今も無表情で、冷え冷えとしたまなざしで見下ろしてくる。

口元は片手で覆われて、視線が交わったのは、ほんの一瞬。

《……ほんと、無理》

そして視線をすぐに逸らされた、その瞬間。

「あっ、胡桃!?」

胸がぎゅっと締めつけられて、私はすぐに走り出した。

痛い、苦しい……っ。

どうして。なんで。

私が何したっていうの。

「はぁ、はぁっ……」

学校のすぐそばまで来たところで、膝に手を当てて乱れる息を整える。

胸が切り裂かれたみたいに痛い。

心臓がドクドク言ってる。

いつからだろう。

いつから遥とは、あんなふうになっちゃったんだろう。

まだ小さいころ。お互いの家を行き来していたときのことを思い出して。

喉の奥から、熱い何かが込み上げてきそうになって。

ぎゅっと唇を噛みしめた。

こんなつらい思いをするくらいなら、いらなかった。

……遥の心の声だけが聞こえる力、なんて。

そして私が走り去ったあと、杏が遥をからかうように、

「好きな子には、もっと優しくしなきゃだめじゃん！」

そう言っていたことを、私は知らずにいた――。

幼なじみ

「あっ、胡桃おはよ～！　不知火(しらぬい)くんのドラマ、見てくれた!?」
「朝から元気だね、あーちゃん……」
　それから気持ちを切り替(か)えようとペシっと頬(ほほ)を叩(たた)いて学校に向かい、教室に入ったけれど。
「芸能人と同じ学校とか、それだけで生きていけるよね！」
「ほら、あそこ見て！　不知火くん、今日もかっこいい～!!」
　某(ぼう)アイドルグループに所属する不知火くんを見ようと、窓から身を乗り出すあーちゃんにため息をつく。
「私はぜんぜん生きてけない……」
「ええ～!?　あんっなイケメンツインズとモデルのお姉ちゃんがそばにいるのに!?」
　それが嫌なんだってば……。
「ほらほら！　登校してきたよ！」
「bond(ボンド)のふたり、今日もかっこいい……」
「今いちばんキテるよね」
　クラスの女の子たちも校門の近くにいる子も、みんな目をハートにしてふたりを見ていて。
「momo(モモ)ちゃん、今日もかわいー」
「俺らもbondのふたりだったらなー」
　クラスの男子もみんな、桃華を見てうっとりとしながらため息をついてる。

bond。

今、中高生の女子の間で人気沸騰中のツインボーカルユニット。

それが私の幼なじみで双子の、弓削杏と、弓削遥。

２年前にデビューして、そのイケメンな容姿と歌声に世の女子はノックアウト。

私のいる普通科の女子たちは、みんなふたりの話題でいつも持ちきり。

「でもさ、bondのふたりと幼なじみってだけでもすごいのに、momoがお姉さんなんて奇跡じゃない？」

私はコンプレックスでしかないんだけど……。

私、橘胡桃の双子の姉、桃華。

モデルのmomoとして活動していて、同じ双子なのに、性格も容姿も平々凡々な私とはぜんぜん違う。

「胡桃もオシャレしたら、ぜったい桃華に負けないのに」

「それはない」

ねーえ、胡桃もメイクとかしようよ〜！　なんて、ブーブー言ってるあーちゃん。

天草あすみ。

私や桃華、弓削兄弟と小学校から同じの友達。

ミルクティー色のボブがトレードマークの、元気いっぱいな女の子。

私のまわりでモデルのmomoを、桃華と呼んでるのはあーちゃんだけだ。

私たちが通う王煌学園には、あーちゃんや私のいる普通

科と、弓削兄弟や桃華のいる芸能科がある。

芸能科には３人をはじめとして、モデルや俳優、アイドルもいる。

けど芸能科は普通科ほど人が多くないから、たしか１学年につき１クラスしかないって桃華が言ってた。

棟が違うだけで、保健室も体育館も共同だし、職員室には普通科の先生と芸能科の先生がいる。

「隣に住んでるんだっけ？」

「うん……」

桃華と弓削兄弟がデビューしたのは今から２年前、中３のとき。

中学までは公立だったけど、さすがに高校は芸能科のある学校にってなって。

「お母さんたちが心配性なんだっけ？」

「そうなんだよね……」

王煌学園とうちはだいぶ離れてるから、桃華が１人暮らしをするってなったはいいけど、

『高校生のかわいい娘が１人暮らしなんて危なすぎる！』

『遥くんたちと一緒なら問題ないんじゃない？』

どこが？

『私は普通の公立に行くから』

何より遥と、離れたい……。

『だめよ！　いくら遥くんたちがいるとはいえ、桃華１人じゃご飯とか心配！　胡桃も一緒ね！』

ぜったい嫌！　泣くくらい何度も言ったのに、お父さん

もお母さんもまったく話を聞いてくれなくて。

仕方なく。

というか、嫌々桃華と２人暮らししつつ、隣の部屋には弓削兄弟が住んでるって状態。

しかも何かあったときのためにって、お互いの部屋の合い鍵まで持たされて。

「でもさー、あんっなイケメンが幼なじみで、好きにならないの？」

「それは、小学校から一緒のあーちゃんにも言えることなんじゃ……」

「あたしには不知火くんがいるから！」

「そうだね……」

好きになる以前に、嫌（きら）われてる、から。

兄の杏と、弟の遥。そして姉の桃華。

親同士が仲よくて、実家も隣で。

小さいころからずっと、よくお互いの家を行き来したり、登下校も４人でしていたけれど。

きっかけはわからない。なぜか急に、だった。

今から２年前、中３の夏。

その日は遥とふたりで、遥の部屋でダラダラしてて。

『遥、歌手にでもなれば？』

『何、急に』

たまたま某アイドルグループの動画を見てた私は、遥は歌がめちゃくちゃうまかったことを思い出して。

『あんまり詳しくないけど、テレビに出てる俳優さんより断然かっこいいと思うし、歌もうまいし』

　女嫌いな性格は除いて、だけど。

　それは言わずに、ふと提案してみた。

『俺のこと、誰よりもかっこいいと思ってる？』

　そうは、言ってないけど……。

『まあ、うん』

　ちらっとこっちを見た遥に、うなずいた。

　だって、まつげとか女の子みたいにふっさふさだし、ぱっちり二重だし、鼻高いし。それに身長も。

　芸能人に詳しくないからあれだけど、まわりに遥と競えるのは杏以外いないもん。

　遥のベッドに寝っ転がって、たまたま思いついた俳優さんの名前を検索してみる。

　うん、やっぱり遥のほうが勝ってる。

　中３でこんなにかっこいいのに、大人になったらますますなんじゃないかな。

『歌も。遥の歌、私は好きだよ』

　趣味がカラオケの杏に連れられて、よく４人で行ってた。

　杏も遥も、素人の私でもわかるくらい本当にうまくて。

　100点とか、普通にバンバン出してた。

『向いてると思うけどなー……まあ、遥は杏みたいにもっと笑ったほうがいい……って、遥？』

　いつの間にか遥は黙ってた。

　たぶん、私が一方的にペラペラしゃべってたのと、杏と比べられたことが嫌だったんだと思う。
『ごめん。べつに今のままでいいと思うよ、クールな遥も好きだし』
『っ……』
『容姿だけで女子が寄ってくるから、うざいって気持ちもわからなくもないし』
　同じ姉妹とは思えないくらいかわいい桃華も、変な人が寄ってくるっていつも言ってるから。
『……』
　え、黙るくらい怒った？
『ほんとごめん、遥。許し……』
《こっち見んなよ》
『え？』
　うつむいた遥の顔を見ようと、ベッドから起き上がって覗き込んだら。
《胡桃に顔見られるくらいなら、死んだほうがマシ》
『何、言って……』
　口は動いてない、はず。なのに、聞こえる遥の声。
　脳内に直接語りかけられているような、そんな感覚。
《前から思ってたけど、胡桃と部屋でふたりとかほんと無理》
《つか、ベッド乗んなよ》
《頭おかしくなる》
　心臓がドクンドクンと嫌な音を立てて、背中を冷たいものが伝う。

　顔は髪で隠れてて見えないけど、声は聞こえる。
　なのに、遥は話してない。
　じゃあ今聞こえてるこの声は……。
　遥の心の声、ってこと……？
『あの、はる……』
　手を伸(の)ばそうとすれば、ますます顔を背(そむ)けて、一向にこっちを見なくて。
　そして私と距離(きょり)をとるように、立ち上がった。
『……コンビニ行ってくる』
『え……』
『もう杏も帰ってくると思うし、鍵のことは気にしなくていいから』
『は、はる……』
　そのまま静かに閉まるドア。
　なんで……。なんでなんでなんで。
　遥の心の声が聞こえるようになった理由はわからないけど……。
『はるか、ずっと私のこと、嫌い……だったの……？』
　ベッドのシーツを握りしめた手の甲(こう)に、ポタポタと雫(しずく)が落ちていく。
　遥は女の子に冷たい。
　『容姿だけで寄ってくるやつばかりでウンザリ』だっていつも言ってて。
　でも、桃華と私とだけは普通に話してくれた。
　小さいころからの幼なじみ。

でも、仲いいと思ってたのは私だけ……？　ふたりでいるのも嫌ってことは、４人でいるときも……？

いつから、遥は私を嫌ってたの？

心の声のことも、遥の気持ちも。

何もかもがわからなくて、杏が帰ってきた瞬間、すぐに家に帰って一晩中泣き続けた。

「おはよ」

「うん……」

《あー……ほんと無理》

「っ……！」

《杏と話してんの、そんなに楽しい？》

次の日の朝。

昨日のは悪い夢だったんじゃないかって思ったけど、杏と話しながら桃華と遥を待ってたら。

おはよう、のあとは口を開いてない。

なのに《無理》って言った。

おまえなんか嫌いだから、杏とも話すなって言いたいの？

やっぱり、夢じゃなかった……。

途端(とたん)に胸に切り裂かれたような痛みが走って、目元が熱くなる。

「……っ、ごめん、先に行ってて」

「え？」

「どうした？」

「も、桃華、まだ来なさそうだし……」

「俺たち待ってるよ？」

「いいから」

「胡桃？　どうし……」

「っ、いいからっ!!　先に行っててよ！」

遥に名前を呼ばれた途端。

今度こそ涙（なみだ）が落ちそうになって。

「あとで、追いつくから……」

いきなり声を荒（あら）げた私に、２人は息をのんだみたいだったけど。

「わ、わかった。じゃあ、先に行ってるね？」

「気をつけて来いよ？」

家へと向かう私に、ふたりはそれ以上何も言ってこなくて。

「おまたせ！　行こっか！」

「もも、か……」

「えっ、ちょっ、胡桃!?」

玄関（げんかん）に入った途端。

ふんふん♪と鼻歌を歌いながら靴（くつ）を履いていた桃華の笑顔が、ピシッと固まった。

「もう、無理……だ、よ」

「何がって……なんで、泣いて……」

それから、困惑（こんわく）していた桃華にすべてを打ち明けた。

心の声のことも、遥に嫌われていたことも。

……遥と一緒にいるのが、つらいことも。

それから気づいたことがある。

心の声は、遥以外のは聞こえないということ。

遥の１メートル範囲内にいれば、それが聞こえること。

しかも、遥の強い気持ちだけが聞こえる。

だから私は決めた。

嫌われてるんだったら。心の声が聞こえるんだったら、離れればいい。

そのほうが、遥もぜったいうれしいに決まってる。

なのに、遥は何度も何度も話しかけてきて。

「最近、俺のこと避けてない？」

「べつに避けてないよ」

遥が近づいてこようとするたびに、べつの女友達のところへ逃げる。

遥は、桃華と私以外の女子とはほとんど話さないってわかってたから。

そのうち、登下校も、お互いの家を行き来することも自然となくなって。

「ねぇ、胡桃？　遥は、胡桃のこと……」

「大丈夫。べつに励ましてくれなくていいよ」

桃華は何か言いたそうにしてたけれど、私が大丈夫だよ、と念押しした。

必然的に杏とも話すことが減った。

遥だけ避けるのは、ぜったい変に思われるってわかってたから。

「胡桃、最近どうしたの？　俺たち何かしちゃった？」

「気のせいじゃない？」

だから、杏も私の様子がおかしいことに気づいていた。

桃華には、杏にも言わないように頼んでいた。

気をつかわれるのは苦手だし、もしかしたら杏も遥と同じことを思ってるんじゃないかって、怖かった。

桃華は小さいころから名前のとおり華やかで、笑顔が絶えなくて。

いくら二卵生とはいえ、同じ姉妹なのに、私は顔も容姿も普通で。

『あたし、モデルやろうかな』

『え？　モデル？』

『うん！　友達にやってみたらって勧められて！』

そんなこと、言われたことない。

そりゃ、そうだよね。

中学に入って一気にかわいくなった桃華。

髪を巻いたり、軽くメイクもしたり。

もともと目鼻立ちがはっきりしてることと、スタイルのよさから男女ともに人気で。

『同じ姉妹なのに、胡桃ちゃんは地味だよね』

同級生には何度も比べられた。

生まれつきブラウンの髪で、愛くるしさ満点の桃華と。

まっすぐな黒髪に、人見知りの私。

モデルなんて勧められたことない。

『桃華はかわいい系だけど、胡桃は美人系の顔だから、向いてると思うけどなー』

唯一(ゆいいつ)、あーちゃんだけはそう言ってくれたけど、桃華と比べられることが、ますますコンプレックスになってしまって。

『桃華は桃華、胡桃は胡桃だろ。他人の目なんか気にすんなよ』

そう言ってくれた遥も、本当はずっとこんなのが幼なじみなんてって思ってたのかな。

モデルデビューが決まった桃華に、双子のイケメン幼なじみがいる。

なおかつ歌もうまいってことで、桃華のマネージャーさんにスカウトされた遥と杏も、いつの間にか遠い芸能界に行っちゃって。

心の声の一件から離れてた距離が、ますます遠くなってしまった。

華やかな世界にいる３人と、住む世界が違う私。

桃華は私に気をつかって、あの２人といないようにしてたみたいだけど、

「桃華まで離れちゃったら不審(ふしん)がられるから」

そう伝えて桃華には、あの２人と一緒にいてもらうようにしてる。

「そういえばさ、橘さんて、bondのふたりと幼なじみで、momoちゃんはお姉さんなんだって」

「えー、いいなぁ」

「でもmomoちゃんと姉妹っていうの、なんかわかる気がするなぁ」

ほら、今も。

どうせ私は地味子。

桃華と比べられてるに決まってる。

「もうちょっと自分に自信持ってもいいと思うけどね、胡桃は」

「え？」

「遥くんのことも」

不知火くんが載(の)ってる雑誌を見ながら、そう言うあーちゃん。

「私には似合わないよ」

メイクも、短いスカートも。巻き髪だって。

モデルのお仕事で大変な桃華に代わって、家の家事をする私。

本当は家のことで忙(いそが)しいから、を言い訳にしてるだけ。

こんな地味な私がしたって、桃華には追いつけない。

むしろ浮(う)いちゃうに決まってる、から。

「これで、いいんだよ」

「胡桃……」

あーちゃんはまだ何か言いたそうだったけど、私は前を向いた。

このままでいいの、私は。

華やかさなんていらない。

もともとかわいくもない私が頑張(がんば)ったって、もっと遥に嫌われるに決まってるから。

本当は

「胡桃は、今日帰って何するの？」
「んー、とりあえず買い物していくかな」
　放課後。
　授業もすべて終わって、あーちゃんと廊下を歩く。
　桃華は今日も夜まで撮影だって言ってたし、疲れて帰ってくるだろうから、元気が出るもの作ってあげたい。
　ヘルシーだし、豚しゃぶとかいいかも。
「家庭的だねぇ〜」
「べつに普通だよ」
　私には、これくらいしか取り柄がないもん。
　そう思ってローファーを履き替えて玄関を出たら。
「うっわ、何これ……」
　見渡す限り、女子女子女子。
　その合間から、頭１つ分抜き出た２人の男子生徒。
「きゃああああ!!」
「遥くーん！　こっち向いて！」
「杏くーん！」
　毎日毎日見慣れた光景にため息をつく。
「どいてよ！　遥くんが見えない！」
「こっちは甘利くん見てんの！　邪魔しないで！」
　女子の“bond見たい戦争”が勃発してる中で。
　甘利くん。

たしか、不知火くんと同じグループの人だっけ……。

芸能人に詳しくない私はそれしか知らない。

「えっ！　うそ、不知火くんいるじゃん！」

「ちょっ、あーちゃん!?」

どうやら不知火くんもいるみたいで、顔をひそめてたあーちゃんは途端に目を輝(かがや)かせて、女子の群れに突(つ)っ込んでいく。

「遥くん！　このあと一緒に遊びに行こうよ！」

「ねね！　この間、音楽番組で一緒になったんだけど、覚えてない!?」

あーちゃんがいなくなってすぐ。

聞こえてきたのは、その会話。

見れば、遥たちは同じ芸能科の子たちに囲まれていた。

「……」

「ごめんね～俺たち今急いでいるから」

遥は、いつもどおり無表情ですべて無視。

せめて、杏くらい愛想(あいそ)よくすればいいのに……。

アーティスト、なんだし。

女の子にサインや握手(あくしゅ)を求められたら、一応対応はするけど、クールなまま必要最低限しか話さない遥。

中学のときと比べて、女の子への態度がますます冷たくなってる気がする。

ついこの間も、今日みたいな帰り際に。

『あ、あのっ！　いつも応援(おうえん)してます！　ずっと大好きです！』

　普通科の隣のクラスの子が、顔を真っ赤にさせて話しかけてたのに。
『……どーも』
　その子のほうを一瞬ちらりと見て一言言っただけで、すぐに帰るのを見かけた。
　そして今も。
「ねえ、遥くんってば！」
「一緒にどっか行こーよ？」
「遥くんを紹介してってモデルの子がいるの！」
　当たり前だけど、キレイな子ばっかり……。
　とくに容姿に自信がある芸能科の子。
　モデルさんだったり、女優さんだったり。
　地味な私とは比べ物にならないほど、かわいくて美人な子が多いのに。
「……」
　遥は１つとして見向きもしない。
「はーるーかーくんっ！」
　そこに、手入れの行き届いたつやつやのブラウンの巻き髪を揺らして遥の腕に抱きつく女の子。
　途端に。
　無表情だった遥の眉がピクリと動いた。
「……」
「ねえ、遥くんってば！」
　「聞いてる？」と続けて言ったその子が、横から遥の顔を覗き込んだ瞬間。

「……さっきから遥くん遥くんて。無視してんのがわかんねーの？」

顔をしかめた遥は睨みつけるように冷たい声で言うと、バッとその腕を振り払った。

「きゃああ！　遥くんがしゃべった！」

「声イケボすぎぃぃぃ──！」

なのに女の子たちはみんな目をハートにしてて。

え？　これって私がおかしいの？　あまりの光景に唖然とする。

もし自分が好きな芸能人にあんな態度取られたらぜったい嫌だし、傷つくと思うけど……。

遥ファンの女の子たちはみんな、そこがいい！　クール最高！　なんて盛り上がってる。

わからない。

私には、やっぱりついていけない世界。

「遥！　待ってよ！」

「……」

「きゃああ！　遥くん！」

普通科から芸能科まで数多くの女の子に騒がれてるのに見向きもせず、ただスタスタと校門へと向かう遥と、そのうしろを行く杏。

「ねえ！　今こっち見たよね!?」

「見た見た！　ぜったい見た！」

「きゃあ♡」と、私の隣にいた女の子が黄色い悲鳴を上げたけれど、2人に背を向けて、足早に学校を出た。

「今日安いのは……んー、かぼちゃかぁ……」

　それから10分ほど歩いたところ。

　家から少し離れたスーパーに買い物にやってきた私。

　【広告の品！】と大きく書かれたものには、他にきゅうりやレタスもあって。

　うん。

　やっぱり今日は豚しゃぶサラダにしよう。

　そう心に決めて、カゴの中にポンポンと野菜を入れていく。

　１人だけど、買い物ってすごくワクワクする。

　あ、今はこれが旬なんだ！とか、今度はこの調味料を使ってみようかなーとか。

　いろいろな発見があって、とっても楽しい。

　料理をするのはむしろ好きなほうだし、休みの日なんかはスイーツも作る私。

　女子高生なんだし、家にこもっていないでもっと外に遊びに行ったらいいのに。

　なんて思われるかもしれないけど、料理をするのは趣味だから私としては最高の休日。

　桃華が『おいしいおいしい』って言いながら食べてくれるの、すっごくうれしいし。

　杏たちには……。昔まだ一緒に遊んでいたころは、料理もよく作ってあげてたっけ。

　料理でいうと、遥は唐揚げ。

　杏は酢豚が好きだった。

まあ、杏とでさえ話したのは今朝が久しぶりなのに、2人にまたご飯を振る舞(ま)うなんてこと、この先ないだろうな。
遥には嫌われてるしね……。
なんてせっかくスーパーに来たんだし、暗いことを考えるのはやめよう！
そう思って、かぼちゃをじっと見つめていたら。
「かぼちゃ、お好きなんですか？」
「え？」
見れば私のすぐ横。
びっくりするくらい近い距離に、他校の制服を着た男子がいた。
「あまりに熱心に見てるから、そんなに好きなのかと思って」
「あ、いや……その」
人懐(ひとなつ)っこい笑みを浮かべて、ふふふと笑うその人。
「学校帰りの女子高生が１人でスーパーなんてあまり見ないから。お使いとか？」
「あ、えっと、はい……そんな感じ、です」
てか私、そんなにまじまじと見てたんだ……。
まわりに人がいるのに、気づいたらかぼちゃとにらめっこしてしまってたらしい。
「す、すいません……すぐどきますので」
たしかに、制服姿の女子高生が１人でかぼちゃを見つめる画(え)はシュールすぎる。
「あ、ううん、ぜんぜん。なんか、家庭的でいいなって思って。めちゃくちゃかわいいし。その制服、王煌だよね？もしかして、モデルさんか何か？」

　は？　モデル？　かわいい？　誰が？

「もちろん君が。声、出ちゃってたよ」

「っ！」

　なんてクスクス笑うもんだから、一気に顔が熱くなる。

「ねえ、名前教えてよ。俺はね……」

　あまりに恥ずかしくて、とにかく早くこの場から去りたいと振り向いたら。

「す、すいませ……」

　トンッと肩が目の前にいた人物に当たって、ふっと顔を上げる。

　瞬間——。

「っ！」

　ドクンと心臓が音を立てて、足が固まる。

　つやつやの黒髪。

　前髪から覗く夜を思わせるような鋭い目つきと。

　冷涼を醸し出したような雰囲気。

　なん、で……。

《……何、こいつ》

　そこにはこれ以上ないくらい冷ややかな目で、その男子を見つめる遥がいた。

　もちろんbondの遥ってバレないように、マスクはつけている。

　黒髪に黒マスクだから、威圧感がすごい……。

って、そんなことよりも……。

この、香り……。

ふわっと鼻をくすぐるそれに、動揺せずにはいられなかった。

「そこ、取りたいんだけど」

「えっ、あっ……」

ぶるりと体が震えるくらい、冷たい声。

どうやら、遥は私の目の前にあるレタスを取りたかったらしく。

「どーも」

え……？　なんでまだいるの？　用はもう済んだはずなのに、遥はなぜか私のうしろから離れようとしない。

「じゃ、じゃあ私はこれで……」

「あっ、名前……い、いや、なんでもないです」

「え？」

その人は何かを言いかけたけれど、ビクリと体を震わせ、逃げるように行ってしまった。

「……」

「……」

けれど、遥は動かない。

な、なんでまだいるの。どっか行ってよ……。

こっちは真うしろにいるってことに、まだ頭が追いついてなくて動けないのに。

さっきから香る匂いに鼓動が速くなって、なんで、どうしてって言葉だけが頭の中をかけめぐる。

《……いつも……いつも１人で来てんの？》

心の声だ……。

普通に話してる声は耳から聞こえる。

でも、心の声は脳内に直接話しかけられてるみたいな感じだから、ちょっと違う。

てか、なんで急にそんなこと……。

「買い物」

「へっ？」

「買い物行くときは俺に声かけて」

「……!?」

えっ……えっ!?　なっ、なに急に!?

「なあ、聞いてんの？」

「っ、き、聞こえてる！」

やばい、動揺しちゃって声が震える……！　しかも、急にうしろから覗き込むようにして見てきたから、慌てて距離を取る。

《……俺のこと、そんなに怖い？》

「っ!?」

スッと細められた目。マスク越しでもわかる不機嫌な表情。

こ、怖いって……意味がわかんない。

私を嫌いなのは、そっちのはずなのに。

それに……。

「こ、声かけてって、仕事、忙しい……」

「いいから」

　有無を言わさない声と瞳に言葉が詰まる。

　急に何を言い出すのとか。

　なんで話しかけてきたのとか。

　どうしてそんな不機嫌なの、とか。

　嫌いな私と買い物なんて何を考えてるの、とか。

　言いたいことは山積みなのに。

　遥と話してる。

　その事実だけで頭がいっぱいいっぱいで。

「わかっ、た……」

　とにかく、うなずくしかできなかった。

「続いては、今女子中高生に大人気のツインボーカルユニット、bondのおふたりです！」

　その日の夜。

　お風呂から上がってパッとテレビをつければ、音楽番組でちょうどbondが歌っているところだった。

『わかっ、た……』

『ん。ならいい』

『じゃ、じゃあ私は帰るから……！』

『あっ、おい……!?』

　あのあとスーパーで。

　まだ買い足らないものがあったけど、とにかく今は１人になりたいとダッシュで帰ってきた私。

「夜がふたりを包んで……」

　低めだけれど甘さを含んだ遥の声と、心が安らぐような優しい杏の声がハモったバラード曲が流れる。
「はぁー……」
ポタポタと濡れた髪から落ちる雫もそのままに、ソファに体育座りをして膝に顔をうずめた。
なんで。どうして。
今まで話しかけてくることすらなかったのに。
ばったり出くわした朝だって、あんなに嫌そうにしてたのに。
それに……。
久しぶりの近い距離。
肩がぶつかるほどになって、はじめて気づいた。
ふわっと鼻をくすぐったあの香り。
ツンとしたレモンの中にある、やわらかくて甘いオレンジブロッサムの香り。

『"はるか"って柑橘類の果物と同じ名前だよね』
『そんなこと言ったら胡桃も。苗字に「橘」って入ってるじゃん』
あれは昔、香水専門店に行って私が作ったオリジナル。
ツンとしてクールで女嫌いだけど、本当は優しい遥。
そんな彼をイメージして、何回も何回も調合し直してできた香りを間違えるわけがない。
『これ、誕生日プレゼント』
『何？』
まだ一緒に遊んでいたころ。

　誕生日には、欠かさずプレゼントをあげてた。
『ふふ、開けてみて』
『……香水？』
『うん。遥をイメージして作ってみた』
『作ったって……まさか、これ』
『うん。手作りだから、この世で１つしかない香り』
『杏には？』
『え？』
『杏にも同じのあげた？』
　手元を見ていたはずの瞳が、いつの間にかじっと私を見つめていて。
『いや、香水苦手だって言ってたから違うものあげたよ。ほら、前に遥、柑橘系(かんきつけい)の匂い落ちつくって言ってたし』
『じゃあ、俺のことを考えて、胡桃が俺のためだけに作った、俺専用の香水ってこと……？』
『え？　う、うん……』
　まあ、そう……なんだけど。
　やけに“俺”が多くない？
　なんて思っていたのも束の間で。
『っ、やば……まじで、めちゃくちゃうれしい。うれしすぎてどうにかなりそう』
　いつもはぜったいに見せないような。
　声を弾(はず)ませて、これでもかと頬を緩(ゆる)めて笑った遥。
　あんな遥を見たのは、あれが最初で最後かもしれない。
「はー……まじで幸せ」

　その後も香水を見つめて、ずっとやわらかい笑みを浮かべてて。
『幸せなんて大げさな……そんなにうれしいの……？』
『うん。生きてきた中でいちばんってくらい』
『っ!!』
　ふわっと羽が落ちたみたいに。
　あまりに優しく笑いかけてきたから、さすがに私も恥ずかしくなって。
『そ……それならよかったけど！』
　なんて変に心臓がバクバクしていたのを覚えてる。
『胡桃』
『な、何』
『ありがとう。まじで一生大事にする』
『っ……せ、せっかくなんだから使ってよ！』
『無理。なくなるのやだし』
『っ、あっそ。好きにすれば!?』
『あれ。珍しく照れてる』
『なっ、て、照れてない！』
『うそつけ。そんな顔、真っ赤にして』
『暑いだけだし！』
『こんなにクーラーガンガンなのに？』
『っ～!!』
　そのあとも遥はずっと笑ってた。
　懐かしいな……。
　さすがに中学にはつけて登校してなかったけど、私と遊ぶときはいつもつけてくれてたっけ。

　でも、今は。

　最悪、無理。

　その心の声を何回も聞いたのに。

　どうして、私があげたのを使ってるの……？

「ありがとうございました～！」

　いろいろぐるぐる考えてたら、いつの間にかパフォーマンスが終わってしまった。

「遥くーん！　こっち向いて～！」

　どうやらお客さんもいる番組みたいだけど、その９割は女の子で。

「ありがとうございました」

　けど遥は一言言っただけで、応（こた）えることはなくて。

　声をかけてって言ったことも。

　香水のことも。

　何より、嫌いな私に話しかけてきたことも。

「はぁ……」

　心の声は聞こえるのに、遥の気持ちがわかんないよ。

　それから違うグループの曲がはじまってもなお、ずっと昼間のことを考えていた。

「くーるーみ！　胡桃ってば！」

「んん……っ」

「もう、こんなとこで寝てたの？　風邪（かぜ）ひくよ！」

「んん……おは、よ」
「おはよ。テレビもつけっぱなしだし、帰ってきてびっくりしたよ！」
　叫ぶような声にゆっくり目を開ければ、桃華が「起きた？」と私を見ていた。
「今、帰ってきたの……？」
「そう！　もう、めっちゃ疲れたぁ～！　撮影長引いちゃって、結局近くのホテルに泊まることにしたの。ごめんね、ご飯作ってくれてたのに」
「いや、それはぜんぜんいいんだけど……」
　モデルのお仕事大変なんだな……。
　深夜までなんて、私だったらぜったい眠くなっちゃうし。
　現に髪、乾かさないまま寝ちゃったし。
「てか、そんなにゆっくりしてていいの？」
「え？」
　窓から差し込む太陽の光に目を細めていたら、桃華が首をかしげた。
「もう、７時半だけど」
「えっ……はぁっ!?」
　寝起きでぼんやりしていた頭が、一気に覚醒する。
「やばいっ……！」
　また寝坊した！　２日連続とか最悪すぎる！
「桃華！　今日の予定は!?」
「深夜まで撮影だったから、午後から学校行くことになってる！　今日はオフだから、夜も家で食べるよ！」

「りょーかい！　ごめんだけど、朝とお昼は適当にすませて！」
「はいよー！」
　乾かし直した髪をといて、急いで制服に着替える。
　ああっ、もう！　急いでるときに限ってボタンが段違いになってるし！
「朝ごはん作れなくてごめん！　じゃ、行ってきまーす！」
「行ってらっしゃ〜い！」
　腕時計を見れば、いつの間にか８時をとっくにすぎてる。
　この時間はもう弓削兄弟はいないからあれだけど、遅刻しちゃう！
　それから私は髪が乱れるのも気にせずに走って学校に向かった。
「胡桃って、しっかりしてるのかと思ったら抜けてるところ多いよね。朝弱いとことか」
「ごもっともです……」
　なんとか学校についたのはいいものの、教室に入った途端チャイムが鳴って、本当にギリギリだった。
　間に合ってよかった……。

「で？　なんかぼーっとしてるみたいだけど何かあった？」
「そうかな？」
「そうだよ！　胡桃があたしの板書を見せて、なんて、ほとんどないもん」
　３限目が終わった中休み。

　今はいつもどおり、あーちゃんから不知火くんがどれだけかっこいいかについてを聞かされている。
「寝すぎで眠いだけだよ。10時間くらい寝ちゃったし」
　寝すぎで眠いってよくあるし。
「ふーん？　あたしは、てっきり遥くん関係かと思ったんだけどなー」
「っ、ごほっ！　な、なんでそう思うの!?」
「やっぱりそうなんじゃん！」
　あーちゃん、お茶が変なところに入っちゃったじゃん！
「で！　何!?　何があったの!?」
「ちょっ、あーちゃん近い！」
　鼻息を荒くして、不知火くんについて語っているときみたいに目を輝かせてる。
　なんで興奮してるの!?
「な、なんでもないってば！」
「ほんとに？」
「ほんとに！」
　ジト～ッと、あーちゃんが見つめてくる。
　これ、なんの拷問（ごうもん）……？
「ふーん？　まあ、いいや。でも、進展あったらぜったい教えてよね！」
「進展って……べつになんもないよ」
　嫌われてるし……。
　まあ、昨日の遥の言葉はちょっと意味不明だったけど。
「せっかく心の声が聞こえるんだから、直接本人のそばに行って確かめてみればいいのに」

それはまあ……そう、なんだけど。

私の力については、あーちゃんも知ってる。

「ベッドに乗るなとか、胡桃と部屋でふたりは無理とか、本人が言ってたの？」

「うん……そうだよ」

「それもう、完全に遥くん、胡桃のこと……」

「なんて？」

最初話したときはびっくりしていたけど、途中(とちゅう)からなんだか遠い目をしていた気がする。

「つねに無表情だし、クールだからなぁ～。もっと内心がうるさい人だったら、すーぐ気持ち丸わかりなのに」

「え？」

「まあ、胡桃が近づこうとしないんじゃ、しょうがないけど」

ん？　なんの話？

「それってどういう……」

―――キーンコーンカーンコーン。

「あ、チャイム鳴っちゃった。じゃ、またお昼に！」

言葉の意味を聞こうとしたら、ちょうど先生が教室に入ってきてすぐに授業がはじまった。

「じゃあ、今日は教科書の20ページから……」

その声を聞きながら、さっきのあーちゃんの話を思い出す。

直接、本人のそばに行く。

たしかにそれは、遥の本心を知るいちばんの方法だと思う。

でも、私が聞くのはいつも無理とか最悪とか、拒絶(きょぜつ)の言葉ばかりだから。

「っ……」

頭にズキッと痛みが走った。

べつにどうだっていい。

嫌われてるなら、それでいい。

そう思うのに。

心の声を聞くたびに、頭痛がするくらい傷ついている自分がいる。

「胡桃？　食欲ないの？」

「んー、なんかお腹すいてなくて……」

それから昼休み。

購買(こうばい)に行こうとしたけれど、食べる気にならなくてお茶を飲むだけ。

なんだか、頭痛がひどくなってる気がする。

遥のことをこんなにいろいろ考えるなんて、中学以来だからかな。

それでこんなに体も熱くなって……。

「胡桃。ちょっとごめん」

「え？」

「うっわ、あっつ!?　やっぱ熱あるよ胡桃っ!?」

珍しく、あーちゃんが慌ててるのがわかる。

頭がぐわんぐわんして、はっきりとは見えないけど。

「そういや、なんかやけに寒いなって思ってた……」
「もう！　寝すぎとかじゃなかったんじゃん！　ほら、保健室行くよ！」
「天草～！　委員会行くぞ～」
「うっそ、まじで!?」
　ところが、あーちゃんは同じ委員会の男子に話しかけられ……。
「あーちゃん、私なら１人で行けるから大丈夫だよ」
「あっ、ちょっと胡桃!?」
　慌てたあーちゃんの声が聞こえたけど、そのまま教室を出て保健室に向かう。
「っ、頭、痛い……」
　たぶん、昨日濡れた髪のまま寝ちゃったせいだ……。
　しかも暑いからって半袖のまま。
　ズキズキと痛む頭を押さえて、ゆっくりゆっくり階段を下りる。
　体の奥底から、火が出てるみたいに熱い。
　なんとか階段はクリアできたけど、廊下が傾いて見える。
　あ、やばい。全身から力が抜けて、リノリウムの床が目の前に迫った瞬間。
「──胡桃っ!!」
　腰に何かが巻きついて、力強く引き寄せられた。
「大丈夫か!?」
　焦ったような声のあとで。
「あっつ……どんだけ我慢してたんだよ」

　あたたかいはずなのに、どこかひんやりと心地のいい温度がおでこから伝わる。
「……ん、冷たい…気持ち」
「っ……」
「もっと……」
「っ、人の気も知らないで」
　目は閉じたまま擦(す)り寄れば、はー……っというため息と、地を這(は)うような低い声。
　あ……この、香りは……。
「首に手、まわして……って、聞こえてないか」
　レモンとオレンジブロッサムを合わせた爽(さわ)やかな香り。
　そっと両腕(りょううで)を持ち上げられて、引き寄せられる。
「はる、か……？」
「っ、そんな目でこっち見んな。あー、もう……生殺しかよ、まじで」
　何……？　潤(うる)む視界の中で見えたのは、余裕(よゆう)がないというように細められた瞳。
「ん。そのまま、俺に抱きついてて」
　その言葉とともに、まぶたを覆い隠されて目を閉じる。
　そして、眠りに落ちる直前。
「──胡桃」
　優しく前髪が払われて、ふわりとおでこに何かが落ちてきた気がした。

「桃華、すぐに帰れそうって？」

「うん。けど、もうちょいかかりそうだから、胡桃のこと看（み）といてだって」

誰……？　すぐそばで聞こえる２つの声に、ぼんやりしていた頭がはっきりしていく。

「遥、このあとなんもないよね？」

「ない。今日１日オフだし」

「じゃあ、桃華が帰ってくるまで胡桃のこと頼んでいい？　俺、このあと取材入ってて。さすがに１人にさせるのは心配」

「なんかその言い方……」

「彼女のことを頼むみたいに聞こえるって？　独占欲（どくせんよく）強いなぁ」

「知ってる」

この声……杏と、遥……？

「じゃあ、ちょっと出てくる。胡桃のこと、頼んだよ」

「だから言い方」

「はいはい。胡桃のことになるとすーぐ余裕なくすんだから」

「ほっとけ」

なんの話……？　なんて思っているのも束の間、パタンと閉まるドア。

あれ……もしかして今、部屋を出ていったのは杏？　取材がどうのって言ってたし。

ってことは今、遥とふたりきり。

《胡桃と部屋でふたりとか、無理》

よりにもよって、あのときの言葉を思い出す始末。

それに……。私たぶん、とんでもない粗相(そそう)をしたような気がする……。

倒(たお)れる直前。

あのオレンジの香りに抱きとめられて、運ばれたことはうっすら覚えてる。

そのときに私、気持ちいいやら、もっとやら、恥ずかしいことバンバン言って……。

っ〜!!　熱があるのに、記憶(きおく)がすべて思い出されて心の中で悶(もだ)える。

私、嫌われてる相手になんてこと……！　あー！　もう！　全力で逃げ出したい！　そもそも、なんで遥は私を助けたりなんか……。

そうやって、心の中で１人百面相(ひゃくめんそう)をしていたときだった。

ギシッ――。

えっ……？　ベッドのスプリングが鳴って、マットレスが少し下がる。

そして。

っ!!　顔にかかっていた髪がそっと耳にかけられた。

え、遥……？　遥だよね？　何、してるの……？　ドッドッドッと、一気に鼓動(こどう)が激しくなる。

「心配させんなよ、まじで」

髪に触(ふ)れられたのは一瞬で。

落ちてきたのはその言葉。

なんだ。どうしたってことはない。

嫌いな相手を助けたことを遥は嘆(なげ)いているんだ。

でも、それにしては……。

囁(ささや)くように、声が低くかすれていた。

心底心配で、不安でたまらなかったと言われてるような声に、また変に心臓がドキッとしたとき。

《あー……弱ってる姿、やばいな》

これは……心の声だ。

にしても、やばいって、何が……。

《加虐心あおられるっていうか、かわいすぎんだけど》

「……かわいい？」

「は？」

「あ……んんっ……」

やばいやばいやばい。

おさまったはずの鼓動が瞬(また)く間に暴れ出す。

《何？　寝言(ねごと)？》

「んんっ……」

身じろぎするみたいに体を動かして、またじっとする。

《気のせいか……》

あ、あっぶなかったあああ。

落ちつけ。おさまれ。

体が揺れそうになるくらい。

心臓の音がバレそうになるくらいの鼓動に、全身から汗(あせ)が噴(ふ)き出して止まらない。

《……めちゃくちゃ汗かいてる。顔もあっついし、つらい

よな》

やめてえええぇえ——!!

ほっぺたさわらないでえええぇぇ——っ！

《けど、こんな姿までめちゃくちゃかわいいと思うとか、重症(じゅうしょう)だろ俺》

っ!?　またもや聞こえた『かわいい』とその手つきに、ますます動揺が止まらない。

えっ？　えっ？　これ誰？　ほんとに遥？　遥だよね？

いくら心の声とはいえ、こんなになんか……甘い声、聞いたことな……。

「《———胡桃》」

っ!!　またもや鳴ったベッドのスプリング。

そして、心の声と遥の声が重なって。

「杏ばっかじゃなくて、俺のこともいっぱい名前で呼んでよ」

《声が聞きたい。胡桃に遥って呼んでほしい。胡桃の声、聞かせてほしい》

耳を脳を震わせるほど甘い声が、一気に流れ込んでくる。

「《胡桃……》」

頬を上下していた手が離れて、代わりに。

「早く元気になれよ」

《まじでかわいい。すっげえかわいい、胡桃》

ふわっと羽が落ちたみたいに。

優しく、口づけられた。

《まつ毛長いし、髪さらさら》

《あー……ほんと、かわいい。こんなに寝顔かわいいやついる？　いねーよな》

ほんと、どうしよう。

《ずっと見てられる。もう１日中……いや、一生見てられるわ、まじで》

さっきから、心の声が止まらない。

《やっぱ、昔っからめちゃくちゃかわいい》

あの一……遥。

ちょっと黙っててもらえませんかねぇ!?

「かわいい」なんて言われ慣れてないせいで、なんかもうめちゃくちゃ恥ずかしいからっ!!　熱どころか、あまりに声が優しくて、甘くて。

全部、夢なんじゃないかって思ってしまう。

《風呂上がりに、髪乾かさないまま寝ちゃったんだろうな》

な、なんで熱出したのが、寝落ちってわかるの？

《ほんと変わんないよな、胡桃……》

ま、また名前……。

ずっと呼ばれてなかったから、変に緊張(きんちょう)する。

《胡桃……》

私を呼ぶ声も、ふわふわと頭を撫(な)でる優しい手も。

全部全部、遥で間違ってないのに。

《ずっとこうやってふたりでいたい》

今までの遥は、どこに行っちゃったのかってくらい。

私を見つめるまなざしも、雰囲気も、すべてがはちみつみたいに溶けて甘く感じられて。

今までの冷たい言葉とか態度とか。

全部忘れてしまうくらい動揺して、頭がまわらない。

心臓がバクバクうるさい。

こんなに体が熱いのは熱のせいだけじゃない。

「《かわいい、胡桃》」

だから、耳元っ……！　それに“かわいい”攻撃(こうげき)も！

もう、限界……っ。

恥ずかしさと。

遥のギャップについていけなくて、ぎゅっと強く目をつぶったとき。

「遥ー？　いるー？」

桃華っ!!

「あんま大きな声出すなよ。胡桃が起きる」

「ハイハイ。っとに、遥は胡桃のことばっかり……って、杏は？」

「雑誌の取材」

よかった……桃華、帰ってきてくれて。

これ以上はもう、私の体がもたなかった。

熱以上に、恥ずかしさでいっぱいで。

「じゃ、俺帰るわ」

「っ……！」

さらりと流れるように。

オレンジの香りが全身を包んだと思ったら。

《またな》

ふわりと布団ごと抱きしめられたあとで、名残惜(なごりお)しいといわんばかりの手が頬を撫でていった。

「ちょっと遥!?」

桃華の驚く声が聞こえたけれど、遥は何も言わず出ていったみたいで。

ドアの閉まる音だけが聞こえた。

「はぁ……遥のやつ……胡桃？　胡桃ー……って、うっっっわ！」

「も、桃華ぁ……」

「ちょっと大丈夫!?　顔、りんごみたいになってるけど!?」

ゆっくり目を開けてむくりと起き上がれば。

「ちょっ、起きなくていいから！　待ってて！　今、氷枕持ってくる！」

桃華は、慌てて部屋を出ていった。

「あー……もう……」

上体を倒して、ポスンと布団に倒れ込む。

ほんとにどうしちゃったの、遥……。

無理とか最悪とか。

心の声は、ずっとそう言ってたのに。

名前もそうだし、かわいい、とか。

抱きしめられる、なんて。

抱きしめられた瞬間。

声を上げるのを我慢した私を誰か褒めてほしい。

「熱い……」

頭がグワングワンとしているのに、私を呼ぶ遥の声だけが聞こえる。

またなって言ってたけど、買い物のことを言ってるのか、それとも……。

なんにせよ、もしまた遥と会ったとしたら、普通でいられる気がしない……。

と、思ってはいたものの……。

「おっ、もう大丈夫そう？」

「うん。ごめん、いろいろ家事してもらって」

「平気平気！　いつもしてもらってるし、たまにはね！」

一昨日から昨日まで、家事をやってくれていた桃華に声をかける。

寝込んでいる間、ずっと遥のことを考えていたけれど、結局何もわからないままで。

最終的に、あれは熱にうなされてただ都合のいい夢を見ていただけだ、と自分の中で結論づけた。

だって、あの遥が。

最悪だの、無理だの。

中学のときだって、部屋にふたりきりは頭狂(くる)うとか言ってたあの遥が。

私に『かわいい』なんて言うはずがない。

抱きしめられたあのぬくもりも、優しい手も、雰囲気も。

いつかまた元どおりに戻(もど)れたらって思ってた、自分の願望なんじゃないかって。

熱も最高で40度まで上がったし、たぶん夢を見ていたんだ。

夢のほとんどは、その人の願望によるものだって聞くし。

それからひととおり準備を終えて、桃華に声をかけて玄関へ。

ローファーを履いて、時間は……。

うん、大丈夫。

「じゃ、行ってき……」

がちゃり。

「っ!?」

桃華よりも、ちょっと早め。

弓削兄弟に会わないようにと早めに出るのはいつものこと、なのに。

《……最悪》

私と同じタイミングでドアを開いたお隣さん。

「は……」

っ……！　ずっと遥のことを考えていたせいか、思わず名前を呼びそうになって、慌てて口を閉じる。

やっぱり、思ったとおり。

固まる私をじっと見つめるその口は、開いてはないけれど。

《同じタイミングでドア開くとか、ほんと最悪……》

涼しげな雰囲気をまとう遥の眉間(みけん)にはめちゃくちゃシワが寄っていて、口元は片手で覆われている。

わかっては、いた。

あれは夢で、今さら元の仲のいい幼なじみに戻れるなんて期待してたわけじゃない。

もしかしたら。

もしかしたら、ほんの1ミリくらいは夢じゃないかも、なんて、思っていた自分がいたのはたしかで。

《はぁ……》

そうだよね。

ため息つくくらい、嫌だよね、私のこと。

嫌いだよね。

知ってる。知ってるよ、そんなことは。

ズキズキと胸が悲鳴を上げる。

《……もう、ほんと無理だわ》

私が心の声を聞こえることを遥は知らない。

だからって、心の中でも本人目の前にして最悪とか、無理とか。

そんなに言われたら、さすがに泣きそうになって……。

《……ほんと、最悪。もう少しで、にやけ顔見られるところだった》

ん……？

最悪？

そのあとに聞こえてきた言葉に引っかかる。

に、にやけ顔……？

《この間も今もそうだけど、隣に住んでて朝ばったり会うとかいつぶり？　話さなくなってからはほとんどなかったから、めちゃくちゃうれしいんだけど》

ん？　んんっ？

《偶然(ぐうぜん)とはいえ、同じタイミングでドア開くとか、にやけ

る以外ないって。目合うのも久しぶりだし。あー……かわいすぎてちゃんと見られない》

　え……。

　たしかに今まで目が合っても、すぐに逸らされてはいたけれども……。

　えええ——っ!?　そ、そういうことだったの!?　思わぬ展開に、何も言うことができないのに。

《目合っただけなのに、死ぬほど喜んでんじゃん、俺。気抜いたらまじでニヤニヤしそう。胡桃かわいすぎ》

　遥の心の声は止まることを知らない。

　え、じゃ、じゃあ、今まで私と会ったとき、不機嫌そうにしていたのは全部……。

「っ!!」

　それがわかった途端、ぼぼぼっと一気に全身が熱くなる。

《え、なに驚いた顔してんの？　あー……幼なじみとはいえ、あんまし見たことない表情だから貴重だな。驚いた顔も超(ちょう)かわいい》

「……」

　そう、これはすべて遥の心の声である。

　お互い一言も口をきいてないし、言葉を発していない。

　でも、私の頭にはたくさんの『かわいい』が流れ込んでくる。

《体調、よくなったんだな》

「っ……！」

　ドキッとした。

いつの間にか口を覆っていた手は外れて。

私を見る目が一瞬だけど。

ほんの一瞬だけど、やわらかく細められた気がして。

「……体調」

「うっ……えっ!?」

「何？」

《よかった……応えてくれて》

「あっ……いや……」

やばいやばいやばい。

心の声だけかと思っていたら、急に話しはじめるからびっくりして変な声が出てしまった。

「この２日間、高熱だったって、桃華から聞いた」

《なんかテンパってるっぽいけど、応えようとしてくれてるみたいでよかった……》

「そ、そうなんだ……」

いつかのスーパーで聞いた、不安が滲(にじ)むような声。

《無視されたら……なんて考えたくはなかったけど、ずっと離れてたから、ほんと安心した……》

顔は相変わらず無表情に近い、のに。

心の声は。

いつものクールさを感じさせないような、小さな声。

一方的に避けはじめたのは私で、非があるとすれば私のほうなのに。

まさか話すことに、そこまで考えてくれてただなんて。

《熱出した日、ほんとはずっとそばにいたって言いたいけ

ど、急にそんなこと言われても驚くよな……》

驚くも何も、遥が私の部屋にいたとき、ずっと起きてたから全部知ってるって、やっぱり夢じゃなかった……。

「どうせまた、髪乾かさないまま寝たんだろ」

《もしかして、俺がスーパーであんなこと言ったから？》

「っ！」

なんで急に一緒に買い物なんて。

たしかに、それを考えてて寝落ちしたのは本当だけど。

《もし、それが本当だとしたらめちゃくちゃ申し訳ないけど……少し、いや、かなりうれしい》

う、うれしい？

《少しでも俺のことを考えて悩んでくれたとしたら、俺がそばにいない間でも、胡桃の頭は俺でいっぱいだったわけだし》

そ、そんなこと……。

てか、やっぱり気のせいなんかじゃない。

たしかにクールなのは変わってない、けど。

まとう空気が、なんというか。

「な、話聞いてる？」

っ、近い……！

「き、聞いてるよ！　寝落ちしましたけど、何か文句あります!?」

って、おいぃぃぃ――っ!!　なんだこのかわいくない返事の仕方は!?　文句ある？って、ケンカでも売ってるのか、私!!

　グッと近づいた顔にのけぞれば、遥はクスッと笑う。
「いや、変わんないなーと思って」
《何？　ちょっと近づいただけで、めちゃくちゃかわいい反応してくれるじゃん。照れてる姿、くせになりそう。あー……またこうやって会話できるようになるとか夢？　夢じゃないよな》
「っ……！」
　クールじゃない。
　クールどころじゃない。
　まとう空気感がこの間以上に、甘い……。
「熱、下がったんならいいけど」
《普段つっけんどんな分、弱ってる姿はやばかった》
「ど、どうも……」
　だから、やばいって何……。
　やばいなんて、心の声に反応しないように必死な私のほうがやばいんだけど……!?
　さっきからずっと飄々（ひょうひょう）としてるくせに、心の声うるさすぎじゃない!?
　言ってることと、心の声のギャップがすごいし。
　今までのが全部うそみたい。
「どうもって……くくくっ」
「……なに笑ってるの」
「べつに？」
《あー……ほんと無理。照れてんのかわいー。すっげえかわいい》

「っ!!」
《俺、さっきからかわいいしか言ってない？　けど、胡桃見てるとかわいいが止まんない》
「っ〜!!」
　遥相手なのに。
　心臓がバックンバックン鳴ってて、変に顔中がほてったみたいに熱い。
「あれ、遥？　まだいたの……って、胡桃？」
「おまたせふたりとも……って、胡桃？　もうとっくに行ったんじゃ……」
　なんて１人であわあわしていたら。
　遥がいたドアからひょこっと顔を出したのは杏で。
　うしろから聞こえた声は桃華。
「っ、わ、私、先に行くから！」
「はっ!?」
「あっ、胡桃!?」
「ちょっとちょっと遥ー？」
　うしろで三者三様（さんしゃさんよう）の言葉が聞こえたけれど、私は一目散に走り出す。
　２人が来てくれてよかった……。
　もし来なかったら、心の声にぜったい反応してただろうから。
　それにしても……。
　夢じゃなかった。
　その事実はうれしいけれど。

「っ、はぁ、はぁ……っ」

　マンションからだいぶ離れたところで、肩にかかっているカバンの持ち手をぎゅっと握って息を整える。

　遥、笑ってた……。

　普段、杏と歌ってるときも、学校でもめったに見ない、心から笑ってるといわんばかりの顔。

　私のそっけない反応に目を細めて、声を上げて笑っていた遥。

　最悪って言ってたのも、無理って言ってたのも。

　今までのは全部、私の勘違いだった……？　いやでも、部屋にふたりきりは頭が……って言ってたのは本当。

　でも……。

「かわいいかわいいって、言いすぎだよ、遥……」

　本当にどうしちゃったの？　別人？ってくらい。

　桃華と比べられて言われ慣れてない言葉すぎて、普通でいるので精いっぱいだった。

　遥と普通に話している状況ってだけでも、動揺しまくりだったのに。

　あんなに何度も言われたら、恥ずかしすぎて普通でいろってほうが無理だよ……。

「もう、ほんとどうしよう……」

「おっはよう！　胡桃！」

「あーちゃん……相変わらずテンション高いね……」

「そういう胡桃は、相変わらずテンション低いわね」

それからフラフラする頭を押さえて、なんとか学校に行けば。
「ふふふーん♪」
いつもより何倍も、いや何百倍も高いテンションのあーちゃんがいた。
目をきらきら、いやギラギラさせて唇はぷるっぷる。
「珍しいね、あーちゃんが教室でメイクするなんて」
他の女の子たちも……。
男子もみんなソワソワというか、浮き足立っている感じ。
「そりゃあ、するに決まってるじゃん！　だって推しに会うんだよ!?」
「えっ？」
推し……は、まあ、不知火くんのことだろうけど、放課後ライブにでも行くのかな。
あーちゃんがテンション高いときって、だいたい不知火くん絡(がら)みだし。
というか……。
「なんか、席数多くなった？」
もうチャイムが鳴るのに、空席も多いし。
ちなみに私の隣も。
休みが多いだけなのかな？
「え、桃華から聞いてないの？」
「桃華？」
なんで、ここで桃華？
「ほら席つけー」

「きゃあああ――っ!!」
　!?
　頭にハテナマークを浮かべていると。
　担任の先生が入ってきた瞬間、突如黄色い悲鳴を上げたあーちゃんにビクッとする。
「やばいやばいやばい！　緊張してきた～!!」
「ねえ!?　私のメイクおかしくないかな!?」
「頼む、どうか隣の席に……っ」
　えっ、えっ、何ごと!?
　教室中が一気に騒がしくなる中で、私だけが取り残されたみたいにポカンとしてしまう。
　なんて思っていたのも束の間に。
「きゃああ!!」
「やばいって！　かっこよすぎ!!」
「橘さん、羨ましすぎる～!!」
　より一層、教室が騒がしくなって。
　みんなの……とくに女の子が、みんな目をハートにさせて私を見ている気がする。
　えっ、今、名前呼ばれた？
「ここ、隣空いてる？」
「あっ、はい、空いてます……」
　って……この声!?　うしろから聞こえた声にバッと振り返ると。
　窓から入ってくる風に、艶のある黒髪がさらさらと揺れて。

　クールな彼を象徴させる、シルバーのピアスがきらりと光った。
「な……なな、なななんで、ここに……」
「なんでって、今日から同じクラスメイトだから」
　ふっと口角を上げてほほ笑むその顔は、紛れもなくつい先日から私の心を動揺させてばかりの。
「今日からよろしくな、胡桃」
「きゃああああああ!!」
「遥くんんんんん!!」
「名前っ!?　名前で呼んだ!?」
「頭ポンは、やばいってえぇぇぇぇ——!!」
　一昨日のことを、夢じゃなかったと喜んだ自分を罵りたい。
　ポンッと頭に手が乗ったのと同時に。
《隣の席とかまじ最高。ずっと胡桃のこと見てられるし、横顔ひとりじめできる》
　聞こえた心の声とまなざしは、とろけるほど甘ったるくて。
「誰か、夢だと言って……」
　教室中に響き渡る悲鳴も声も、全部が遠く聞こえるくらい。
　私の頭の中は、遥の言葉が埋めつくしていた。

☆
☆
☆
☆

第2章

独占したくてたまらない

隣の席

「不知火律です。crownのリーダーをしています。よろしくお願いします」
「しっ、不知火ぐんんんん!!」
　深いブルーの髪をさらりと揺らし、にこりと笑った不知火くん。
　あーちゃん、まさかの号泣……。
　他の女の子たちも、みんなズキューンとハートを撃ち抜かれたみたいに悶えている。
「不知火と同じcrownのメンバーの甘利です。よろしく」
「きゃああああ!!」
「甘利く――ん!!」
　パーマのかかった艶のある黒髪に、黒のリングピアス。中性的な顔立ちのクールな甘利くん。
「モデル兼女優のmiwaです！　男子の皆さん、たくさんお話しましょうね！」
「やっば！　生miwaかわいい～！」
　何これ。
　それからホームルームがはじまって、まずは自己紹介となったのはいいんだけど……。
　芸能人が同じクラスにいるという状況に、私以外の誰もが自我を見失ったみたいに騒ぎまくっている。
「弓削遥。よろしく」

「きゃあああ!!」
「遥くーん!!」
　えっ、それだけ？　他の芸能人の人たちは、みんな所属してるグループとか職業を言ってるのに。
　遥は無表情……というか、むしろ不機嫌な顔で名前だけ言うと、スタスタとすぐに席に戻ってきた。
　たぶん女の子たちの悲鳴やら、熱すぎるほどの視線をビシバシ浴びているからだと思うけど……。
《はぁ……》
　心の中でため息をついたあとで。
　カタンとイスが引かれて、遥は座った。
《やっぱ同じクラスっていいな。毎日顔見られんの、最高》
《女子はまあ、あれだけど……胡桃と隣ならそれ以外どうでもいい》
　遥、さっきから何、言ってるの……？　私の席はいちばん窓側で、遥はすぐ隣。
　なんとか下ろしている髪で顔を隠そうとするけれど。
《あー、かわい。こっち向いてくんないかな》
　なんで、こんなことになってるの……!?　止まらない心の声に、背中も手のひらも、ずっと汗でびっしょり。
　ことの発端（ほったん）は、芸能科……まあ各学年１クラスしかないんだけど、遥たち２年生のクラスの先生が産休（さんきゅう）に入ったとかなんとか。
　人数も少ないってことで、今日から１ヶ月、普通科のクラスと混合になって授業を受けることになったらしい。

「momoちゃんと同じがよかった……」
「ううっ、杏くん……っ」
　ちなみにだけど、桃華と杏はこのクラスにはいない。
　５つの普通科クラスに、芸能科の生徒が８人ほどずつ振り分けられてるらしい。
　杏と遥、桃華と私。
　一応学校側の配慮(はいりょ)として、双子同士は離してくれたみたいだけど……。
　だからって……。
《顔、見たい》
　隣の席に座らなくてもよくないですか!?　普通科の生徒の中に、点々と芸能科の生徒が座ってる。
　どうやら配置は先生が勝手に決めたらしいんだけど、どこに誰が座るかは自由らしい。
　だからって、わざわざ私の隣を選ばなくても……。
　私の隣に座ったあと。
「遥くん！　よ、よかったら、こっち座らない？」
「……」
「はーるーかー！　あたしの近く座んない？」
「……」
　同じ普通科の子が話しかけたときは、シカトのみだけど。
　芸能科の子が話しかけると、シカト+ギロリとそちらを睨む。
　そういや遥、女の子に名前で呼ばれるの昔から嫌がってたっけ……。

杏もいるから、下の名前で呼ばれるのはどうしようもないとは思うけど。

中学のときも女の子に騒がれるの、めちゃくちゃ鬱陶しそうにしてたっけ。

じゃあなんで、それに拍車をかけるような芸能界に入ったのかって話ではあるんだけど……。

《先生。俺、ここがいいので、さっさとはじめてください》

ここで、いい。

じゃなくて。

ここが、いいの？　騒ぎ立てる女の子たちには目もくれず、表情筋が死んだ顔でテンパる私の隣に座った遥。

《ここ以外、ありえねーだろ》

頬づえをついて、チラリとこっちを見て。

「っ……！」

《あ、顔逸らした。何？　もしかして照れてる？　ぜったいかわいいじゃん》

遥……。

《かっわいいなぁ。ほんとにかわいい。世界でいちばんかわいい》

だからもう黙ってえええぇぇぇぇ――っ!!　照れてるとかじゃなくて！

戸惑ってるの！

遥は知らないからわからないかもだけど、授業中に、しかも隣で、ずっと嫌われてると思ってた相手に『かわいい』を連呼される立場になってみてよ！

今にも逃げ出したい。

叫びたい衝動をこらえてうつむいてる私、ほんとお疲れさまだよ……。

遥は無表情なくせに、心の中は『かわいい』しか言ってない遥。

見た目と中身にギャップありすぎ……。

同一人物には思えない。

とまあ、こんな感じで悲しくも席は確定して、自己紹介となったわけです……。

芸能科との混合の話は急な話で。

私が休んでいた一昨日に決まったらしい。

にしても、桃華。

そんなに大事なこと、どうして黙ってたの……!?

一昨日も昨日も、家で顔を合わせてるのに。

遥のことを避けてる私を気にして、あえて言わなかったんだろうけど……。

これは言っといてほしかった……！　同じクラスなのはとくに!!

《胡桃》

っ!!　顔を上げそうになったところを寸前でこらえる。

《胡桃って、もう１回ちゃんと呼びたい。さっきはテンパっててちゃんと聞いてなかったっぽいし》

さっきの、よろしくって言ったやつ……。

一応は聞こえてたし、実際心の中で呼ばれてるけど、直接は久しぶりすぎて、普通でいられる気が……。

というか、現在進行形でテンパってるよ……！

《胡桃かわいい、ってあとで言ってみようか。驚くかな？あー……ぜったいかわいいって》

もう、静かにして……。

遥の声も、鼓動も。

先生の声も入ってこないくらい、頭の中でこだまする。

うー、視線もビシバシ感じるし、かーっと全身が熱くなる感覚。

こ、これ以上は心臓がもたない……っ！　早く!!　授業!!　終わって!!

それから。

「もう、どうしようかと思ったんだから……」

「ごめんって。だって胡桃、遥のこと避けてるから」

「そうだけど、同じクラスなんて聞いてないよ……」

あれからホームルームが終わってすぐ。

私は桃華と杏と３人で屋上にいた。

男女ともに人気の桃華を連れ出すのには、なかなか勇気がいったけど、

「桃華、胡桃が呼んでる」

廊下から教室を覗き込む私に杏が気づいてくれて、なんとか屋上にやってきた。

「杏……なんでいるの」

「ごめん、だめだった？」

「べつに、だめってわけじゃないけど……」

　桃華を呼んでくれたのはありがたい、けど。
　心の声のことは桃華しか知らないから、話しづらいと言いますか……。
　それにいちばんは……。
「ごめん、ついてきて」
　しゅんと眉を下げる杏。
　捨てられた子犬みたいに落ち込むから、うっと言葉に詰まる。
　だって！　桃華といるだけでも目立つのに、杏もいたら必然的に注目を浴びちゃうんだよ！
「けど、まさか隣の席とはねぇ……」
「それ！　遥やばすぎ！」

『芸能科の生徒がいてうれしい気持ちはわかるけど、あんまりはしゃぐなよー』
　チャイムが鳴って、ホームルームが終わってすぐ。
『は、遥くん！　一緒に写真いいかな!?』
『遥くん！　好きなタイプ教えて！』
『し、不知火くん！　あ、あたし、天草あすみっていいます……！』
『甘利くん！　サインしてもらってもいいかな……？』
　もちろん、先生の言葉を守る人は１人もおらず、教室中が大騒ぎ。
　とくに遥のまわりは大混雑で、隣のクラスから他学年から……まわりは女の子ですぐにいっぱいになる。

こ、これはチャンス……！

《あー……だるい》

とにかく外の空気を吸いたいと席を離れた瞬間。

一気に不機嫌になった心の声が聞こえたけれど、スルーした。

囲まれるのがイヤな気持ちはわかるけど、助けるのは無理です！　ただでさえ隣の席だし、教室に入ってきた瞬間、『胡桃』なんて呼ばれるし。

私がbondのふたりと幼なじみなのは、周知の事実だけれど、やっぱり過激なファンもいるかもしれないし……。

なるべく授業以外では、距離をとりたい。

そう思って、とにかく桃華に話を聞いてもらおうと隣のクラスに行った私。

なのに。

「……なんでニヤニヤしてるの、ふたりとも」

「だって、笑っちゃうほど独占欲が強すぎて」

「芸能科にかっこいいやついっぱいいるのはわかるけど、あんなクールな顔でそこまでするとか、こんなの笑わないほうが無理だって」

だからって。

あまりに笑いすぎじゃないですかね？　こっちは真剣なのに、教室に入ってきたときのことと、私の隣を陣取ったことを話すと、徐々に笑いが抑えられなくなって。

ブハッと、ふたりして噴き出したあと。

今はもう、ずうっとニヤニヤ。

一生ニヤニヤしていそうな勢い。
「で？　肝心の心の声はどんな感じなの？」
「……は」
え。
まってまってまって。
「……心の声って、なんのこと」
「それが理由なんでしょ？　中学から俺たちと話さなくなった理由」
とくに、遥。
「……桃華」
「ううっ、だってえ～!!　杏が教えてくれなきゃ仕事に行かないって、あたしの前で駄々こねはじめるから!!」
「……杏」
「胡桃、そんな引いた目で見ないでよ」
だって、ねえ？　身長180越えのイケメンアーティストが駄々こねる姿。
想像するだけでドン引きだよ。
「……いつ知ったの」
「この世界に入ってすぐだから、胡桃が俺たちを避けはじめてすぐかな」
「ええ……」
遥と同じクラスだったこと以上に衝撃的すぎて。
じゃあ私が避けてた意味って……と、めまいがした。
てことは、だから杏は私に、今までどおり普通に話しかけようとしてくれてたの？　遥の心の声が聞こえる。

だから、何？　みたいな感じで。

遥とは距離ができちゃったけど、杏は前と変わらず何度も話しかけてきてた。

この間、朝ばったり会ったときも。

普通に、おはようって言ってきたよね。

「はぁぁぁ……桃華」

「ううっ、ごめんってぇ……」

気をつかってくれるのはうれしいけど、言ってないことありすぎだよ、桃華……。

「まあまあ、あんまり責めないでやってよ。仕事を放り出してでも。どうしても、理由が知りたかったから」

一瞬。

穏やかな笑みを浮かべるその瞳が、切なく揺れた気がした。

「胡桃と離れてから遥、めちゃくちゃ荒れてたんだよ。目も当てられないほどに」

「え……？」

「あー、そうだったね。胡桃は知らないだろうけど、当時はすごかったねぇ……」

「あははー」と遠い目をしたふたりから、よほどひどかったんだとわかる。

「口の悪さとか、レッスンサボったりとか、マネージャーさんも手を焼いてたよ。あ、でも女遊びだけは一切してなかったから、安心して」

「そう、だったんだ……」

兄の杏が言うんだから、間違いない。

どうして私と離れたことで、そこまで荒れたのかはわからない。

けれど紛れもなく、原因は私……。

杏以上に遥は、何度も私に話しかけてきてくれた。

そのたびに私は無視して、視界から遥を消して。

まるで、嫌いとでもいうように、振る舞って。

私の言動で遥を傷つけたという事実に、胸が張り裂けそうなくらい痛い。

「べつに胡桃のせいじゃないよ。わかりにくい遥にも責任があるわけだし」

わかりにくい……？

「まあねぇ〜。とくに遥の場合はクールだから、あんまり言葉にしないのがもったいないよね」

落ち込んでいる私を励ますように杏は目を細めて笑うと、「大丈夫だよ」と、頭をポンポンしてくれた。

「遥ね、最近やわらかくなったんだよ」

「え……？」

「そうそう。

女の子に対する態度は変わらずだけど、今朝胡桃といたとき、俺でも見たことないくらい、優しい顔してた」

「あたしには喜んでるようにしか見えなかったけどなー」

「それも言えてる」

ニヤリと笑ったふたりに、下へ下へと落ちていく気持ちがぴたりと止まった。

「え、まさか……見てたの……？」
　いつから、とは聞かなかった。
「うん」
「もうバッチリ☆」
「っ、さ、最悪……っ」
　はたから見れば、ただ無言で向かい合わせで立っているように見えただけかもしれないけど、私の秘密を知ってるふたりは、どういう状況だったかわかってたはず。
　いくら見られた相手が幼なじみと姉とはいえ、恥ずかしいこと、この上ない……。
「で？　そんなにうろたえてるってことは、遥の心の声、やっぱやばいんだ？」
「それ！　めちゃくちゃ気になる！　あんなすました顔してるけど、実際のところどうなの？　あたしたちだけには教えてよ～！」
　しんみりとした空気だったのに、一気に目をキラッキラさせるふたり。
　ちょっ、急にグイグイくるじゃん!!
「まってまって！　ち、ちなみに遥は私の秘密、知らないんだよね……？」
　教えて教えてと顔を近づけてきたふたりから離れるように、両手を前に突き出す。
「うん、言ってない。ていうか、教えてくれればよかったのに！　心の声が聞こえるなんて、めちゃくちゃおもしろいじゃーん！」

杏……これ、ネタじゃないからね？　どれだけ悩んだと思ってるの。

嫌われてると思っていたのに、まさか『かわいい』と思われてるとか、予想外すぎて。

「うふふうふふ！　いいね〜！　青春だね〜！」

「桃華……勝手に杏に話したこと、まだ許してないからね」

「ええっ〜、胡桃〜！」

「まあまあ、落ちつきなって。で、どうなの胡桃。実際のところは」

「な、何が？」

「ごまかせると思ってる？　心の声のことだよ。まあ、かわいいだのなんだのって悶えまくってるとことか？」

「……」

あ、やばい。

かーっと熱くなる頬を隠そうとしたけれど、もう遅い。

へえ？とか、ほーん？とか。

ニヤニヤコンビが復活しちゃった。

「昔っからダダ漏れだったもんなぁ、遥。小学生？　いや、保育園のときから？　胡桃は、ぜんぜん気づいてなかったけど」

「胡桃がいないとき、ことあるごとに『かわいい』って言ってたよね。あたしには１回としてないのに」

「なに桃華、遥に言ってもらいたかったの？」

「いや、まったく。けど姉妹なのに、遥の目には胡桃しか映ってないんだなーと」

「それは言えてる」
　勝手にふたりで話を進めているけれど、私の頭の中はますますパニックに陥(おちい)っていた。
　保育園って……。
　そんな前から!?　ど、どど、どうしよう……。
　ほんと私、これからどんなふうに遥と接したらいいの!?
「いやー、楽しくなってきたねぇ、桃華さん」
「ほんとですよ、杏さん」
「ちょっと、ふたりとも!?」
　私はこれからどうしたらいいのかを相談するために、ここへ呼んだのに……！
　親身どころか、めちゃくちゃテンション上がってて、ニヤニヤが抑えきれてないふたり。
「じゃあさ、これを機に遥と元の関係に戻ってみようよ！　遥はそれ以上を求めてくると思うけど」
「うんうん！　まあ、幼なじみではいられないだろうね！」
　それ以上？　幼なじみではいられない？　ふたりが何を言ってるのかがわからない……。
「とーにーかーく！　胡桃は遥にかわいいって思われて、まあ若干(じゃっかん)……」
「え？」
「いや、かなり。引くぐらい重いと思うけど、嫌ではなかったんでしょ!?」
「えっ!?　あっ、う、うん……」
　もちろん、嫌ではなかったよ。

　びっくりした、だけで。
「ならかわいいって言わせとこうよ！　物理的に離れてた距離もそうだけど、今いちばん遥の心に近い距離にいるのは胡桃じゃん。今まで知らなかった遥を知るチャンス！」
「な、なるほど……？」
「そーれーに、胡桃も知りたくない？　杏はまだしも、遥のほうは少なからず胡桃と距離をおいてたわけだし。かわいいって思われる理由も。知りたくない？」
「……知りたいです」
「桃華、なんだか愛の伝道師（でんどうし）みたいだね」
「でしょ!?」
　両手を腰に当てて、ふふふんと得意げにする桃華。
「遥のこと、もっと知って、とりあえず遥と前みたいに話せるようになろうよ。杏だって、また胡桃とごはん食べたりしたいもんね」
「うん。遥も俺も胡桃を嫌いだとか、嫌だとか思ったことないし、今もずっと大事な幼なじみだと思ってる。だから、昔みたいにまた仲よくしたい」
「杏……」
　じんわりとあたたかいその言葉に、鼻の奥がツンとして泣きそうになったけれど。
　杏は、また優しい顔で頭を撫でてくれて。
　桃華は「あたしがついてる！」と笑い飛ばしてくれた。
「じゃあ、今後の方針も決まったところで！　杏！　今日の遥の予定は！」

「はい！　１日オフであります、桃華隊長！」
　何このやりとり……。
　そういえば昔もこうやって。
　桃華と杏がおもしろいことやって、遥と私が笑ってたっけ。
　なつかしいな……。
「ふふふ！　そうやってもっと笑いなよ、胡桃！　せっかくあたしより何倍もかわいい顔してるんだから！」
「そうそう！　正直そこらのモデル以上、いや、ウルトラ級なんだし！」
「いいよ、お世辞(せじ)は……」
　芸能界にいるふたりとじゃ、オーラも容姿も。
　全部が比べ物にならないくらい劣(おと)っているのは、ほんとだから。
「んー、これは遥も苦労するなぁ」
　杏は頬に指を当てて、苦笑い。
「自分に自信がないところは、おいおい直していく必要があるね。もしくは、遥におまかせ」
　なぜか桃華も、ヤレヤレとため息をついた。
「あんまりアテにしないほうがいいよ。遥の場合は、逆にもっと地味にしたいって言いそうだし」
「あー、かわいさ、気づかれたくなくて？」
「そういうこと」
　ま、また話がわからない……。
　というか、話ズレすぎでは？

「まあ、とにかく！　胡桃、今日買い物に行くって言ってたよね？　たのんだよ！」
「ああ、うん。任せて……？」
「杏。任せたわよ」
「りょーかい！」
　そのあとふたりはコソコソとスマホを見ていたけれど、何をしているのかわからず。
　あれ、結局何も解決してなくない……？
　そう１人で落ち込むしかなかった。

夜、ふたりきり

放課後。
はぁ、やっっっと帰れる……。
帰る準備をしながら、ドッと疲れた今日1日のことを思い出す。
まず、遥が仕事で帰るまでの3限目まで。
《ホームルームが終わったあと、どこ行ってた？　まさか芸能科の男に気に入られたとかじゃないよな》
《女子に対応するの疲れたけど、胡桃の顔見たら一気に元気でた。まじで癒やされる……》
などなど。
ホームルームのときよりはだいぶおさまってたけど、聞こえるのは変わりなくて。
《あー、仕事行きたくない。ずっとここにいたい。胡桃のそばにいたい》
《一緒に連れていきたい。あ、そっか。聞く前に連れてけばいいのか》
なんて言い出したときには、さすがに声を上げようかと思った。
そして、遥がいなくなったあと。
「橘さんて、遥くんと付き合ってるってほんと!?」
「え……ええっ!?　な、なんでそんな話に!?」
「名前で呼んでたし、脇目も振らず隣に座ってたから、てっきりそうなのかと」
「付き合ってない付き合ってない！　というか、幼なじみだから普通じゃ……」
「……苦労するね、遥くん」
「えっ？」
「わかる。美人さんだし、他の男がどうやらって、いろいろ大変そう」
「えっと……」
「橘さん！　あたしたちはファンなだけで、決して恋愛感情があるわけじゃないから、頑張ってね！」
「ど、どうも……？」
　とまあ、こんな感じで。
　遥の心の声と、女の子たちからの質問攻めと謎のエールをもらって、めちゃくちゃ疲れた。
　人生でいちばん、心臓がうるさかった日かもしれない。
　今日の夕飯、何にしようかな……。
　ぐうっとお腹はすいてる、けど、作るのはめんどくさい。
　基本作るのは好きだけど、疲れてるときはさすがにあんまり乗り気じゃない。
　桃華からメールで、今日も遅くなるって来てたし、凝ったものはやめよう。
　ヘルシーで、野菜がたっぷりとれるものならなんでもいいよね。
「あーちゃん……私、帰るね」
「お疲れさま～！」

お疲れさまって……。

夕方なのに、朝みたいなテンションだね、あーちゃん。

推しの力は偉大(いだい)だ、ってやつ……？　宝物を見つけた子供みたいに、たぶんサインが書かれているであろうＴシャツを大事に抱(かか)えて、同じcrownのファンらしき子と教室を出ていった。

「はいはい、ちょっと待ってね。押さないでね～」

さすが、芸能人。

放課後になっても行列が絶えない。

不知火くんをはじめとして、このクラスの芸能科の人たちは、疎(うと)い私でも知ってるくらい有名な人たちばかり。

どれだけ握手やサインを求められても嫌な顔１つせず、笑顔で応えててほんとにすごい。

「あ、あのっ……！　耳元で甘い言葉、囁いてもらえませんかっ……！」

あっ、よく握手会(あくしゅかい)とかで見るやつ……！

「うーん、そうだね……じゃあ僕と、イケナイコトする？」

「「「する～!!」」」

うわぁ、すごい……。

囁かれた子は昇天(しょうてん)しそうな勢いでバタンとその場に倒れ、あたりはピンクのハートが埋めつくさんばかり。

さすがアイドル、どこぞの誰かさんとは大違い……。

そういや、もう１人のcrownメンバーである甘利くんがいない……。

お仕事かな？

バチッ。

あ……。

「あ、きみも握手希望？　もしくはハグ？」

「っ、え、遠慮(えんりょ)します……！」

じっと見ていたらふと目が合って、話題の中心人物である不知火くんがニコッと笑って話しかけてきた。

「ふふふ、そう？」

不意打ちすぎて変な返答してしまったけれど、そんな私にも不知火くんは

「いつでも待ってるからね」

目を細めて、これでもかと優しくほほえむ。

この人、ほんとに同い年？　ってくらい、大人な雰囲気が漂(ただよ)ってる。

王子様みたいな人だなぁ……。

なんてちょっぴりドキっとしてしまって。

ごめん、あーちゃん……！　心の中で全力で謝(あやま)った。

「あ、納豆がない」

それから家に帰ってきた私は、買い物に行く準備をしていた。

前は学校帰りにそのまま行っていたけれど、エコバッグを忘れてしまったことに気づいて、いったん家に帰ってきた。

袋(ふくろ)１枚買うのももったいないもんね。

とりあえず野菜と、納豆と……。

私服に着替えて、買うものをメモに書いていく。

んー……あとは行ってみて、かな。

結局メニューも決まってないし。

にしても……。

「はぁ……疲れたなぁ」

重い腰を持ち上げて、エコバッグにサイフやメモをいれる。

さっさと行ってさっさと帰ってこよう。

そう思ってリビングのドアを閉めようとしたとき。

ピーンポーン。

「え？」

珍しくインターホンが鳴った。

誰だろ？　このマンションは桃華たちがいるということもあって、セキュリティが高い。

エントランスは部屋番号を打ち込むオートロックだし、何より桃華とふたり暮らし。

家に尋(たず)ねてくる人なんか、ほとんどいない。

宅配便の人かな？

そう思ってボタンを押して、画面に映り込んだ人を見たとき。

えっ、な、なんで……!?

「遥……!?」

私服に黒マスクをつけた遥。

な、なんでうちに……!?

桃華に用事!?

てか、仕事行ってたんじゃなかったの!?

――ピーンポーン。

っ、またっ!?

「はい……」

あっ……。

居留守を使おうと思ったのに、つい反応してしまった。

やばいやばいやばい!!　どうしよう!?

どんな顔して会ったらいいの!?

てか、やっぱり本人目の前にして普通は無理だって！

なんて後悔(こうかい)してもあとの祭り。

「俺、遥だけど。買い物行くって言ってたって杏から聞いた」

買い物？

って、あ……っ！

もしかして、屋上でふたりがコソコソしてた理由ってこれのこと!?

そういや、前に遥から買い物行くときは声かけてって言われてたし、その話も杏たちにはしたけれど。

急展開すぎるよ！

「胡桃？」

「っ……」

その声が、なんとも優しいといったら。

「もしかしてまた体調悪い？　大丈夫か？」

「っ……」

だから、やめてよ、それ……。

急に優しくされると困るんだよ。

『かわいい』もそうだし、ずっと離れてた分、私の中でクールな遥が定着しすぎて、戸惑ってしまうから。

いくら幼なじみで他の女の子たちよりも近い距離にいたとはいえ、こんなに直球で心配といわんばかりの目をする遥なんて、ほとんど見たことがなくて。

今日は朝からずっと。

声も、視線も。

他の女の子たちに向けるのとは違う、冷たさの欠片も感じないまなざしで見つめるから。

心臓が、痛いくらいにドキドキしてるんだよ……。

「今、行くから……ちょっと、待ってて」

「……うん」

一瞬目を見開いたのが、画面のはしで見えた。

たぶん、私が一緒に行くって言うと思わなかったんだと思う。

でも……。遥のことを知るチャンス、だから。

《胡桃と離れて、めちゃくちゃに荒れてたんだよ》

小さいころから、ずっと一緒にいた遥。

でも心の声のことがあって、離れてる間のことを私は何も知らない。

あのとき本当は、私をどう思っていたのか。

何を考えていたのか。

もしまた昔みたいに戻れるなら、話がしたい。

元の関係に戻りたい。

楽しかったお互いの部屋を行き来するような、仲のいい関係に。
　遥のこと、もっと知りたい。
　そう、思ったから。
「ご、ごめん……待たせた、かな」
「ぜんぜん。体調、悪いとかじゃないよな」
《胡桃のことならどれだけでも待てるよ、俺》
「っ……」
　ドアを開けて飛び込んで来たのはほっと息をついた、安心するかのような表情と。
「熱はない、けど……なんか疲れた顔してる」
「っ、あっ……こ、これはその……」
　遥のせい、だよ……。
　体調を心配してくれるのはありがたい、けど。
　何も顔を近づけて、頬をさわらなくてもっ……!!
《何、照れてる？　くっそかわいい》
　だから、この距離の《カワイイ》はやめてって！　見ていられなくて思わず顔を逸らしたけれど。
《「心配だから。俺のこと見て、胡桃」》
「っ……!!」
　もう一度、今度はスッとあごを持ち上げられた。
　マスクをしているからわからない、けれど。
　絡まる視線も。
　するりと頬を撫でた手も。
　伝わる体温も。
　甘い心の声も。

全部が『カワイイ』って、叫んでるみたいで。

「行くか」

「うん……」

こんなに甘い遥、知らない。

「……」

「……」

む、無言……。

それから、スーパーまで歩き出したのはいいものの。

心の声が聞こえない距離である、1メートルうしろをついていく私。

だから、静かなのは当たり前なわけで。

今日は朝からずっと、頭の中で遥の声がしていたから変な感じ。

今までふたりのときって、何を話してたっけ!?

変に緊張しちゃって、うまく言葉が出てこない。

何よりも、いくら住宅街とはいえ、もしかしたら、遥のファンの子に気づかれるかもしれない。

勘違いされるかもしれない。

そう思ったら、うしろを歩くしかできなくて。

遥、身長伸びたな……。

艶のある黒髪が夕日に照らされて、ますますキラキラしてる。

中3で、すでに180センチ近くあった身長はさらに伸びて、私が見たことないくらい、おしゃれな服を着てる。

私はラフなジーンズと、Ｔシャツの上にカーディガンを羽織っただけ。
知りたいって思ったのは自分なのに、物理的にも心が遠く感じて……。
「あのさ」
「っ、は、はいっ……！」
「ふっ、朝も思ったけど、なんで敬語？」
立ち止まって振り返ったその目が、きゅうっと細められた。
ずっと遥のうしろ姿を見ていて、遥のことを考えていたからです、なんて言えない……。
「普通に話して」
「え……？」
「距離感じるの、めちゃくちゃやだ」
え……。
ま、まあ、たしかに昔は普通だったけど、今は前とは関係も変わって……。
「それに……なんでそんなうしろ歩くの」
「えっ」
「授業中も隣の席なのに、こっち見ようとしないし、なんで。俺は四六時中、胡桃のそばにいたいのに」
んん？
待って待って待って。
「杏とばっかり」
「え」

「ホームルーム終わったあと、杏のところ行ってたんだろ？ 俺が胡桃に言った買い物のこと、杏には話してない。話なら杏じゃなくて、俺じゃだめなの」

一歩。また一歩。

近づこうとするたびに、私の足もうしろへ動く。

「今もほら、離れようとする」

「こ、これは……」

「俺が女たちに囲まれてるから？　俺は顔しか見てないやつなんかどうでもいい。胡桃がいい」

向けてくる視線の中に、何か秘められた熱みたいなものを感じて見ていられない。

何やらとんでもないことを言われてることだけはわかって、今でこんななのに、心の声まで聞いたらぜったいに反応しちゃうって思ったから。

「ゆ、弓削くんの、思い違いじゃ……」

「……何それ」

「はっ？」

一気に声のトーンが落ちた気がした。

「遥」

「え」

「昔は呼んでくれてたじゃん、遥って。なんでそうなってんの」

「あっ、ちょっ、弓削く……!?」

ちょっと待って、どういう状況!?

離れていたはずの距離は、いつの間にか――。

　鼻がぶつかるくらい、吐息が感じられるくらい近づいて。
「《胡桃》」
「っ……！」
「《遥って呼んでよ、胡桃》」
　声と心の声のダブルパンチに、途端に心臓が暴れ出して。
　全身は熱いし、めまいもする。
　家を出てから今もそう。
　遥のパーソナルスペースが急激に狭くなってる。
「こ、ここ、外だから……っ」
　そう言うけれど。
　クールな瞳の中には、逃がさないというような獰猛さと強い意志が見えて。
「まだ、呼んでくれない？」
《なら……》
　視界のはしで、マスクを下ろす遥の手が見えた瞬間。
「っ!?」
　耳元をかすめる何かに、全身がぶるりと震える。
「外なんかカンケーない。俺は胡桃に、胡桃だけに遥って呼んでほしい」
「っ、ちか……っ」
「なぁ、呼んで？　声、聞かせてよ胡桃」
《顔、真っ赤。かわいい。たまんない》
　頭、おかしくなる……っ。
　アーティストとしての声をフルに使って、耳がとろけるかと思うほどの低音が耳に注ぎ込まれて。

　はちみつみたいにどろりと甘い心の声が、脳を震わせる。
「わ、わかったから……！　呼ぶから離れて……！」
「だーめ。逃げようとしてるだろ。遥って言わなきゃ、ずっとこのまま」
《こんなに慌ててる胡桃はじめて見た。何、かわいすぎんだけど》
「《呼んで、胡桃》」
「う、あっ……えっと……」
　いじわるに微笑(ほほえ)んでいた顔は、いつの間にか。
　ん？と首をかしげて、ただ目を細めてやわらかい笑みを浮かべるだけ。
「恥ずかしい？　大丈夫、俺しか聞いてないし」
《恥ずかしがってんの、やばい。めちゃくちゃかわいいって。かわいいがすぎる》
「ううっ……」
　そーじゃなくて……っ！　かわいいかわいい、うるさいって言ってるの!!
「なら、これならいい？　顔、見えないし」
「っ〜!!」
　ますます無理だよ……っ!!　腰にまわった腕と、するりと絡まる指。
　耳にキスができちゃうほど近づけられた唇と、鼻をくすぐるオレンジの香りが。
　全部がまた一度、体温を上げる。
「ほら、言ってみ？　遥って」

「……はる、か」
「もういっかい」
《もっとちゃんと。昔みたいに》
「はるか……」
「っ、はぁ……もういっかい」
《あー……久しぶりに呼ばれた。すっげえうれしい。でも、まだまだ。ぜんぜん足んない》
　うええ、ま、まだ……？
「き、聞こえてるでしょ……？」
「うん。でも胡桃の声不足でどうにかなりそうだから、あと5回と、終わったあともちゃんと遥って呼んで」
「ご、5回も!?」
「うん。だめ？」
「っ〜、だ、だめじゃない、けど……っ」
「じゃあ、何がだめ？　恥ずかしさなら、もっと呼んだらなくなるよ」
「っ〜!!」
　遥には、すべてがお見通し。
　彼の心の声が聞こえる私のほうが、どうにかなっちゃいそうで。
「遥」
「うん」
「遥」
「うん」
「遥……遥、はる、か……っ」

「ん。最高」

　そう言って頭を撫でてくれたあと、体を離した遥は。

《はぁ……名前呼ばれるだけで、すっげえうれしい。めちゃくちゃうれしい。幸せ》

　弾（はず）む心の声に、ぶわっと顔がまた熱を持つ。

　お、大げさだよ……。

　いまだ片手はつないだまま、これ以上にないくらい目をとろけさせて見つめてくる遥に、恥（は）ずかしいを超（こ）えて、胸がきゅんと音を立てる。

「これからもだよ、胡桃。もっともっと、俺しか呼んでないってくらい、呼んで。他の男の名前はぜったいだめ」

《俺しか見ないで、俺だけにして》

「っ、でも、杏とかは……」

「……ほんとは、嫌だけど。めちゃくちゃ嫌だけど、特別に許す。けど、あとはだめ。ぜったい」

「……ぜったい？」

「ぜったい。何、呼びたい男いんの？」

《どこのどいつ？　頭おかしくなりそう》

「っ、いない、けど……っ」

「ならいいじゃん。俺だけで」

《他の男に胡桃のかわいい声を聞かせるとか、正気でいられる気しない》

　っ〜!!

「わ、わかったから、早く買い物行こうよ……」

「ほんとにわかってる？」

《胡桃は、自分がどれだけかわいいかわかってない》
「わかってる！　だからこの手、離して……！」
「だめ。前にスーパーで変な男に引っかかってただろ。だから離さない」
《牽制(けんせい)だよ。わかれよ》
　わかんないよ……。
　それから結局、そのままスーパーへと行った私たち。
　ただでさえ遥はマスクをしていてもオーラが目立つから、私の心はいろいろな意味でうるさかった。

「胡桃は座ってて。俺が作るから」
「あ、あの、私帰り……」
「だめ。帰さない」
「ちょっ、遥……っ」
　ドアノブに触れた私の手に、じんわりとあたたかい手のひらが重ね合わされる。
「できるまでここにいて」
　……なぜ、こんなことに。
　あれからスーパーに行って、帰ってきたものの。
『はい、逃げない。それとうしろじゃなくて、隣な。俺と歩くときはぜったい隣』
『ええ……』
　渋々(しぶしぶ)……いや、めちゃくちゃ苦労して手は離したけれど。
　とにかく近い遥に、私はとっくにキャパオーバーで。
『に、荷物貸して……！』

『だめ。荷物持つくらいなら、俺の手つないどいて』
『な、何それ……遥、だめばっかり……！』
『っ……上目づかいは反則』
『……』
『それで怒ってるつもり？　かわいいとしか思えないんだけど』
……上目づかいしてるつもりはない。
平均的な私でも見上げるほど高いから、どうしてもそうなっちゃうの！
『胡桃はかわいいだけで、俺のそばにいてくれるだけでいい。俺、胡桃かわいい症候群（しょうこうぐん）になってる？』
何バカなこと言ってるの……。
とまあ、なんとか家までやってきて。
やっと、このドキドキから解放される。
そう思って荷物をもらおうとしたら。
『中まで運ぶから』
『いいよっ、ずっと運んでもらったから、それくらい自分で……』
『いいから。じゃあ、入るよ』
『あっ、ちょっ、遥!?』
そして私が止めるまもなく、なぜか冷蔵庫にぽんぽんと物を入れた遥は。
『じゃあ、来て』
『えっ？　ど、どこに……』
『もちろん、うちだよ』

『はっ!?』

　そして意味がわからず固まる私の手をとり、ぎゅっと握った遥。

『ちょっ、ちょっと遥、何して……！』

『いいからいいから』

　そして私の手を引き家の中に入ると。

『じゃあここ、座ってて』

『え？』

　私たちの家にあるものよりも何倍も高そうなふっかふかの革のソファがあるリビングに通されて。

『今日は桃華も杏も遅いって聞いたから、俺が作る。だから、一緒に食べよ』

『えっ……ええ――っ!?』

　そして、話は冒頭(ぼうとう)に戻る。

「あの～、遥？　そろそろ離れてくれるとうれしいんだけど……」

　それからキッチンに向かった遥の隙(すき)を狙(ねら)って、出ていこうとしたのに。

「手、離したらぜったい帰るだろ」

《だから無理》

　手を重ねられていることよりも。

　背中にピタッと張りつくように、遥が立っているせいで。

　直に体温が伝わってきて、変に意識してしまう。

「そっ、そもそもなんで急に帰さない、なんてっ……」

「それは胡桃がいちばんわかってんじゃないの」

《声震えてる？　意識してんのかわいー。このまま抱きしめたら怒る？》

「だっ!?」

「だ、が何？」

「い、いやなんでもないです……」

　またやってしまった……。

　反応しないように。聞き流さなきゃ。

　そう思うのに、遥の心の声はとにかく聞いてるこっちが恥ずかしくなることばかりで、どうしても声を上げたくなってしまう。

《やっぱりな》

　な、何が……。

　そう思った瞬間。

「ちょっ、遥……っ!?」

「はいはい、暴れない」

「なっ、お、下ろして……っ」

　ふわりと体が持ち上げられて、気づけばお姫(ひめ)さま抱っこをされてる状態。

　なっ、なんで急に……!?

「胡桃、軽すぎ。ちゃんと食べてる？」

《心配になる。腰とかほっそいし》

「たっ、食べてるよ……」

　これでお姫さま抱っこは2回目、だけど。

「うっ、わっ、落ちる……っ！」

「落ちない落ちない。怖いなら、俺の首に手、まわしてくれていいけど？」

《てか、まわしてほしい》

　そんなことしたら、心臓の音がバレる……!!

　頭の上でフッと笑う声が聞こえたけれど、なんだか負けた気がして、私は目の前のカーディガンを掴(つか)むだけ。

《んー、もっとぎゅっと抱きついてくれていいんだけど。胡桃が俺の腕の中にいるって実感したい》

「ほら、こうして？」

　なんて手を取られそうになるけれど。

「っ、し、しない……っ。というか、ごはん作らなきゃだから帰る……っ！」

　とにかく離れたくて、全力で拒否(きょひ)する。

「だから帰さないって」

《あー……このままぎゅってしたい。つーか、していい？》

　話聞け――っ!!　そう叫びたいのに、ただよう甘い香りと、お互いの心臓の音が聞こえるくらいの距離に、頭がクラクラしてきて。

「なっ、なんでそんないじわる……っ」

「だって、疲れてるだろ」

「え……？」

　ずっとジタバタとしていたけれど、聞こえた言葉にぴたりと止まる。

「さっきも言ったけど、顔、すごい疲れてる。今もほんとは、眠いんじゃないの」

　そう言って片手は私を持ち上げたまま。

少し骨張った、けれど優しい指が下まぶたをゆっくりなぞる。
「っ……」
「なんでって顔してる。病み上がりで混合クラスってなって。疲れるなんて当たり前だろ。そういうときは無理せず甘えること」
《まあ本音は、いつもツンツンしてるから、たまには甘えてほしいから、だけど》
「それに、ただでさえ１人で抱え込むタイプなんだし。頼むから、心配させんな」
息を吐いて、きゅっと目を細めた遥。
「ご、ごめん……」
「ん。わかったならいい」
だって、あまりに心配だとその瞳が訴(うった)えてくるから。
さすがに、素直に謝るしかできない。
「まあ、今日の疲れは俺のせいでもあるかな」
《いろいろ迫っちゃったし？》
「……」
うそ。
ぜんぜん切ないとかじゃない。
《あれ、もしかして意味わかってる？　なら、今日はそれだけで大満足》
しんみりとした空気を返して！
あの遥がそんなに悲しい顔するなんてって思って、こっちはめちゃくちゃ反省したのに！

「どうかした？」

　なのに遥はクスッと笑って、楽しそうに顔を覗き込もうとしてくるから。

　っ、顔ちかいっ……！

「危な……っ！」

　肩を押してのけぞったら、落ちそうになって慌てて遥の首に抱きついた。

「はー……心臓止まるかと思った」

《え？　もしかして、胡桃から抱きついてくれてる？　ツンツンからの不意打ちはやばいって》

「移動する……」

「うん……」

　ソファまでは、もう少し。

　けれど、自分から抱きついてる状況に顔がみるみるうちに赤くなるのがわかって。

「ん。そのままぎゅっとしてくれてていいから」

　もう、うなずくしかできない。

《耳まで真っ赤。あー……かわいい。かわいすぎ。なんで急にそんなかわいーことすんの？　俺のこと殺す気？》

「体勢、つらくない？」

「へ、平気……今こっち見ないで」

「無理、見る」

「っ、見ないでってば！」

　そう思ってポスンと肩に頭を乗せて、擦(す)り寄るようにすれば。

「っ……」
《あー……どうしよ。何このかわいい生き物。すっげえかわいい。閉じこめたい。ずっと家にいてほしい。どうしたらこんなに俺のこと、ドキドキさせられんの？》
　口から出る声は淡々(たんたん)としているのに。
　心の中は『かわいい』の嵐(あらし)で。
　抱きついている恥ずかしさよりも、そっちのほうに気をとられてしまう。
「ん。じゃあ今度こそ、ここで待ってて」
《あー……離れたくない。ずっと抱きしめてたい》
「あ、あの遥……？」
「んー……」
《まじで離したくない》
　ソファについたはいいものの。
　遥はそのまま腰を下ろして、ぎゅっと私を抱き寄せた。
「ご、ごはん作らなきゃ……」
「わかってる」
《俺はずっとこうしてたいけど、胡桃は離れたい？　まあ、離さないけど》
　ううっ……。
　肩にぐりぐりと頭を当てられてるせいで、頬に髪が当たってくすぐったいし、腰と背中にまわった腕には力が込もってて、びくともしない。
　ぜったい心臓の音、バレてるよ……っ。
「あ、あの、はる、か……っ」

「ん。これだけ」
「っ、ん……っ」
　ゆっくり体を離して、私を見つめたそのあとは。
「ふっ、こんなとこまで真っ赤」
《かわいすぎ》
　首にキスを落とされてビクッとすると、遥はとびきり甘くほほえんでクスッと笑った。

「ご、ごちそうさまでした……」
「ん。お粗末さまでした」
　それからパパッと作ってくれた遥のメニューは。
「遥……こんなオシャレなの作れたんだ」
「べつに大したやつじゃないから」
　でも私、こんなの作れないよ……？　ミートソース、なんだけど、カマンベールチーズやトマト、バジルものってて、見た目も味もパーフェクト。
　あとは、野菜たっぷりのスープもついて。
「な、なんか、お店で食べるやつみたいだった……」
「それは言いすぎ」
　なんて言ってクスッと笑う。
《すっげえうれしい。胡桃にいろいろふるまえたらって、練習しといてよかった》
「っ……！」
　練習って……。
　胸がドキンと音を立てた。

固まる私に遥は、頬づえをついて、この世界のすべての甘さを煮つめたような目をして。

愛おしいといわんばかりに、じっと見つめてくる。

「っ、わ、私も今度何か作る……！」

「うん。楽しみにしてる」

っ、なんて顔してるの……。

そんなうれしいって、これ以上幸せなことなんてないって、喜んでるみたいな。

他の女の子には決して向けない、やわらかい笑顔で見つめられたら。

胸の奥がじわじわと熱を持って。

ドキドキ、するしかない。

「つ、作ってくれたお礼に、お皿洗うよ！」

急いで目を逸らして、お皿を重ねて立ち上がる。

こんなの私じゃないみたい。

遥相手にドギマギして、緊張なんかして。

「いいよ、胡桃は座ってて。でも、俺が戻ってくるまではここにいて？」

《もしかして意識してくれてる？　やばい。めちゃくちゃうれしい》

「っ……！」

また心臓がドクンと音を立てた。

さっきからどうしちゃったの、遥!?　こんなに笑う姿、見たことない。

これでもかと目を細めて、口元はずっと三日月型。

　パスタがおいしかったってほめたから？　今度は私が作るって、言ったから？　それとも……。
「胡桃はいい子だから、待ってられるよな」
「なっ、子ども扱いしないでっ！」
「はいはい」
《あー……もう、幸せ。すっげえ幸せ。夢みたいに喜んでる。頬緩みっぱなしだ、俺》
　立ち上がって私の正面に立つと、また一段と目をとろけさせて。
　ふわふわと私の頭を撫でてくる。
　そんな目で見ないで。頭もポンポンしないで。
　そう、思うのに。
「……」
　あまりにふわふわとやわらかく笑うから、何も言えなくなって。
《あー……好きだ……》
「す、き……？」
　その心の声に反応してしまったことに、気がつかなかった。
　瞬間。
「は……？」
　頭を撫でていたその手が、ぴたりと止まった。
「今……なんて？」
　え……？　一段と下がった声のトーンと空気に、恥ずかしさで伏せていた顔を上げれば。

「っ!!」
「胡桃。今、なんつった？」
　鼻がぶつかるくらいの顔の近さと、心を見透(みす)かすような鋭い視線にハッとする。
　今——。
　あれ？　もしかして私、遥の声に……。
　反応、してしまった……!?
「は、放して……っ」
　手首を掴むその手を振り払って、ダッシュで部屋を出ようとしたけれど。
「今、好きって言ったよな。なんで？」
　グッと込められた力が、離さない、逃がさないって言ってる。
　ドッドッドッと心臓が嫌な音を響かせて。
　血の気が引いた頭の中で、もう１人の私が何度も声を上げる。
　逃げなきゃ、逃げなきゃ。
【心の声が聞こえる】
　もし、そのことが遥にバレてしまったら。
　今度こそ、嫌われるかもしれない。
　俺のこと全部盗(ぬす)み聞きしてたとか、タチが悪い。
　気持ち悪い。
　そう言われるかもしれない。
　なのに。
《好き。好きだよ、胡桃》

「っ、だから……！　好きって言うの、やめ……」

「俺いま、好き、なんて声に出してない」

「っ!!」

　もしかして今、わざと……！

「胡桃。もしかしておまえ……」

　言わないで。言わないで!!　聞きたくない。聞きたくない!!　でも、遥は止まってくれない。

《俺の心の声、聞こえんの？》

　その言葉が聞こえた瞬間。

　頭から氷水をかけられたみたいに動けなくなった。

　ずっとずっと隠していた秘密だったのに。

　心の奥底に閉じこめていた秘密だったのに。

　遥に嫌われてるから。

　最初はその理由から遥と距離をおいて、それからもほとんど関わることはなかったのに。

　遥の本当の心の声を知って。

　嫌われてない、むしろ私と元の関係に戻りたいって思ってくれてて。

　私と同じ気持ちだったんだって、遥もそう思ってくれてたんだって。

　うれしくて。泣きそうなくらい、うれしくて。

　そんな遥が、まさか私のことを。

　好きで、いてくれたなんて。

　驚いた。本当に驚いた。

　でも、それよりも。

たくさんの女の子に囲まれて。

bondの１人として、芸能人としてかわいくてキレイな子ばかりを見ているはずの遥が。

ただの幼なじみで、なんの取り柄もない一般人の私を好きでいてくれたことに。

うれしい以外の気持ちはなくて。

けれど。

「心の声が聞こえる？　何？　俺の心の声聞いてて、楽しかった？」

騙してたんだ？　俺のこと。

杏は当事者じゃない。

心の声を聞かれる当事者じゃなかったから、私との仲を疎遠にして、離れるなんてことはなかった。

でも遥は？

心の声をすべて聞かれていた遥だったら、どう思う？

嫌うに決まってる。

人の思ってることを盗み聞きして、楽しかったか？と。

ずっと離れていたこの距離がせっかく縮まって、また昔みたいに戻りつつあったこの関係が——また、遠く。

今度こそは、私からじゃなくて、遥から遠ざけられてしまったら。

自分がどうなってしまうのか。

それを想像するのも怖いくらい、遥と離れることに、怯えている自分がいる。

もし軽蔑の目で見られたら。

そう思ったら、遥の目を見ることができない。

「胡桃。聞いてる？」

「……」

「な、頼むからこっち向いて」

少し強引な、でもどこか泣きそうな声がうしろから聞こえる。

その声がまた、私の胸を締めつける。

きっと、傷ついた顔をしているに違いない。

さっきまであんなに優しくて穏やかな表情だった遥の笑顔を、この力が奪（うば）ってしまった。

この、力のせいで。

「胡桃……っ」

《……》

さっきからずっと、遥の心の声が聞こえない。

きっと、わざと押し殺しているに違いない。

そうだよね、気持ち悪いよね。

いくら幼なじみとはいえ、私なんかに聞かれていた、なんて。

「っ、ごめん……」

「聞きたいのは、それじゃない。さっきの質問に答えてくれてない」

「ごめん……」

遥は好きって言ってくれているのに。

こんな自信のない私でごめんなさい。

「くる……」

「放してっ!!」

　もう、我慢できなかった。

　普段の私だったら、ぜったいに出さないような大きな声。

　遥の前でも出したのは、あのとき。

　遥とふたりきりで、遥の心の声を知った日の、次の日の朝。

　私を心配してくれた遥を、突き放したとき以来のボリューム。

「っ……」

　ごめん。ごめん、遥。

　息をのんで、手首に込められた力が抜けたその瞬間に。

「胡桃っ!!」

　遥の手を思いっきり振り払って、走って家を出る。

「胡桃っ!!」

　うしろで遥の呼ぶ声が聞こえたけど、振り向かなかった。

　振り向けなかった。

　だって、泣き顔なんて見られて。

　泣きたいのは自分だって言われて、嫌われたくなかったから。

「っ……ううっ……」

　ガチャンと扉(とびら)を閉めて、鍵をかけた途端。

　もう限界といわんばかりに、涙が止まらなくて。

　顔を覆って、その場にズルズルとしゃがみ込んだ。

　この部屋に越してきたとき、心配性な両親は遥たちにうちの合鍵(あいかぎ)を渡した。

だから、入ってこようと思えば、私を追いかけてうちに来ることもできたはず。

でも……。

「……」

遥は鋭いから、私の声が震えていたことに気づいていたはず。

遥は優しいから、泣いている私のところに無理やり来るはずがない。

「はるっ、か……っ」

その優しさに、胸が張り裂けそうなくらいの痛みが全身を駆(か)け抜けて。

コンクリートの玄関に、ぽたぽたといくつものシミを作っていく。

ずっと黙っていたこの秘密がバレてしまった以上、もう遥と普通に話すことはできない。

接することはできない。

遥だって、自分の心の声がもろばれな相手となんて話したくないに決まってる。

やっと元の、昔みたいに仲のいい幼なじみに戻れていたのに。

また、離れなきゃいけない。

また距離をおかなきゃいけない。

もう、泣き続けるしかできなかった。

保健室、ベッドの上

「ちょっ、どうしたのその目!?」
「あは、なんでもないよー？」
　次の日。
　結局、あのあと遥が部屋に来ることはなくて、泣き疲れた私はそのまま寝てしまった。
【胡桃ごめん！　結局泊まりになっちゃって、明日の夕方には帰る！　ほんとごめん！】
　朝起きてスマホを見ると、桃華からメッセージが来ていてホッとした。
　こんな顔を見せたら、また心配させるに決まってる。
　顔はむくんでるし、目は充血(じゅうけつ)して腫(は)れぼったい。
　家を出る直前まで冷やして、なんとか目の腫れはおさまったけれど、マスクをつけて学校に来た。
「もしかして、心の声が原因？」
「……どうして？」
「んー、胡桃が自分を過小評価してるのって、その力のことと、あとは身近に芸能人が３人もいるからでしょ？」
「それは……」
　桃華たちにも言われた。
　自分に自信がないのを治す必要があるって。
　でも、それが当たり前のようになってる私にとって、そんな簡単に自分を変えることなんかできない。

「泣いたんだ？」
「……」
「まあ、答えなくてもわかるけど」
　あーちゃんは私の力について知ってる。
　遥と杏と話さなくなったことにいちばん驚いていたのは、小学校から一緒のあーちゃんだったから。
「まあ、何があったかは想像つくし、胡桃のことだから、あたしに心配かけたくないって、思ってるんだろうけど」
「……」
「変わんないねぇ、ほんと」
　と、前に遥にも言われたことを苦笑いで言った。
「変わってないよ、遥くんは」
「え……？」
　不知火くんが表紙の雑誌をパタンと閉じて、あーちゃんは私をじっと見つめる。
「胡桃が遥くんの心の声を聞いて、離れたあとも。遥くんの気持ちはずっとずっと、今も変わってない」
　まあ、胡桃に距離を置かれて、荒れてたこと以外は何も。
「あーちゃんも、遥が荒れてたこと、知ってたの……？」
「知ってるよ。というか、この話、同中で知らない人はいないんじゃないかな。それくらい有名な話」
「え……」
「まあ、それを胡桃が知らないってことは、よほど遥くんと疎遠にしてたからだと思うけど、他クラスの人まで知ってるくらい、遥くんの気持ちは誰が見ても明らかだったってことだよ」
「遥の、気持ち……？」
「そう」
　それって……。
　キーンコーンカーンコーン。
「あ、チャイム鳴っちゃった」
　そう言ったあーちゃんは、雑誌を片づけて自分の席に戻っていく。
「あとは自分で考えなよ。遥くんのこと、自分のこと」
「あーちゃん……」
「自分に自信がないのは、わかる。でも、遥くんは芸能人の前に、胡桃の幼なじみなんだよ。そこんとこ、ちゃんと覚えといて」
「……あーちゃん」
「何？」
「ありがとう」
　私の言葉に、あーちゃんは驚いたように目を見開いたけれど、すぐににこっと笑った。
「んーん、たまには頼（たよ）ってよね！」
　そしてあーちゃんは、またいつもどおりのテンションで「不知火くん！　おはよう！」と席へ戻っていく。
「ホームルームはじめるぞー。席つけー」
　それからすぐに先生が入ってきて話しはじめたけれど、隣の席に遥の姿はない。
　今日も仕事、か……。

毎日毎日、仕事に授業に大変なのに。

昨日は私を心配して、買い物の荷物を持ってくれて、ご飯まで作ってくれて。

なのに私は、また自分の身勝手で一方的な感情で突き放してしまった。

嫌われたかもしれない。軽蔑(けいべつ)されたかもしれない。

そんな気持ちが頭をよぎるのはたしかだけど。

遥にちゃんと、この秘密のことを話さないといけない。

こんな私を、好きだって言ってくれた遥、だから。

昨日はごめんね。

それと、いろいろありがとうって伝えたい。

ぎゅっと手を握って、うつむく。

遥は私に話しかけてきてくれた。

私と元の関係に戻ろうと頑張ってくれた。

だから、今度は。

今度は私から遥に歩み寄らなくちゃいけない。

どんな反応が返ってきても受け止めよう。

先生の話を聞きながら、強くそう思った。

「あのね、胡桃？　ちゃんと考えなって言ったのはあたしだけどさ」

「ごめんなさい」

「競技中にしてもいいとは言ってないよ!?」

「すみません……」

今は本日最後の授業である、体育の時間。

芸能科の生徒が混じってのはじめての体育ってことで、前半は練習で、後半はずっとゲームをしている。
ちなみに女子はバレー。
男子はバスケだ。
「甘利くん！　頑張って！」
「不知火く――ん!!　こっち向いてえええぇぇぇ――!!」
だって、女子が試合をしてる隣のコートで、こんな歓声(かんせい)が飛び交ってるんだよ。
気にならないってほうが無理な話だよ……。
「きゃあああ!!　遥く――ん!!」
「ジャージ姿、かっこよすぎ!!」
いつの間にか戻ってきたらしい遥も試合に参加してる、らしい。
らしいというのは、私が遥のほうを一切見ていないから。
強く意気込んだものの、なんて伝えたらいいのか。
どんな目で遥を見たらいいのか。
また、だ。
さっきから視線をビシバシ感じる。
思いつくのは１人しかいないけれど、どんな目でどんな表情で私を見ているのか知るのが怖くて、そっちを振り向けない。
「せっかく胡桃、運動神経いいんだから、勝たなきゃもったいないじゃん！」
「ごめん」
今はあーちゃんと私を含むチームで試合だったけど、隣のコートに遥がいると思うと集中できなくて。
　得意のバレーも、ミスばかりしてしまった。
「で、でも、あーちゃん。不知火くん、見なくていいの？」
　もちろん試合中はだめ、だけど。
　今は休憩中。
　いつもだったら、他の女の子を押しのけていちばん前の最前列で、応援してそうなのに。
　でも、あーちゃんは応援するどころか、見向きもしない。
「だって、ここで応援してたら他の子とおんなじじゃん！　不知火くんは、ただ応援してる子よりも、試合に勝つために一生懸命頑張ってる子のほうが好きだと思うから！」
「そ、そうなんだ？」
　つまりは、自分なんかに見向きもしないで、試合を勝とうと頑張ってる方が、好きってこと、らしい。
「それなら胡桃だって、言えることじゃん。応援、しなくていいの？」
「べつに、いいよ……」
「だって私より何倍もキレイな芸能科の子とか、たくさんの女の子が遥の名前を呼んで、遥のことを応援してる。それなら私だって、あーちゃんみたいに応援を頑張るよりも、自分の試合に集中したほうが、頑張ってるって思ってもらえると思うから……」
「って、ちょっとあーちゃん!?　勝手に私の心の声、アテレコしないで!?」
「だって、胡桃があまりにかわいい顔してるんだもん。それに、当たりでしょ？」

「な、何が……」

「あたしがアテレコしたの、実際に思ってることでしょ？」

「ちっ、違うよ！　ほら、もう試合はじまるから！」

「あたしたちの試合、まだあとだけど？」

「なっ！」

「あら～、顔あっかい！　男子みーんな、恥ずかしがってる胡桃のこと、見てるよ」

「見てないってば！」

私なんか見てどうするの？　芸能科の子がたくさんいるのに。

「そりゃあ、胡桃が美人さんでかわいいからに決まってるじゃん！　うりゃうりゃ～!!」

「ちょっ、やめてよあーちゃん!!」

「自分に自信がないんだったら、あたしがかわいいって何回も言ってあげる！　それなら少しは自信つくでしょ！」

だっ、だからって……！

くすぐったいよ、あーちゃん!!

私がくすぐりに弱いってわかってるのか、あーちゃんはまわりにたくさんの人がいるというのに、くすぐりをやめない。

「ほれほれ、こっち見ろ男子～！　かわいいだろ～？　かわいいだろ胡桃～！　声、かけたくなっちゃうよな～？」

あーちゃんが何か言ってるのは聞こえたけれど、とくに弱い腰をくすぐられて、はっきりとは聞こえない。

「っ、ぁ、ちょっと、あーちゃ……っ」
「嫉妬しろ、嫉妬しろ遥くん」
何やらとある方向を見て、にやにやするあーちゃん。
けど、私はそれどころじゃなくて。
「うりゃうりゃ～！」
もう完全に背中が床についちゃってる私に構わず、あーちゃんは手を止めてくれない。
「っ、もう、だ、め……っ、あーちゃ……」
全身に力は入んないし、目も潤んできて。
もう、無理……っ。
震える声で、なんとかあーちゃんを呼んだとき。
「ねぇねぇ～！」
「キミ、momoちゃんの妹ちゃん？　だよね？」
誰……？　あーちゃんが隣で驚いた声を上げたのはなんとかわかったけれど、目が潤んで、誰なのかまではわからない。
「俺、crownのメンバーの八朔小春って言うんだけど」
たしか、隣のクラスの人だっけ……。
杏や桃華たちとは反対の隣のクラスで、今私たちが一緒に合同で体育をしている教室の人。
「八朔、くん……？」
「うん。そうだよ！　にしても……この子、近くで見るとめちゃくちゃかわいいね。他の男子もみーんな顔赤くして、この子のこと見てるよ」
「でしょでしょ？　たまんないでしょ？　八朔くんもそう

思う？」
「ほんとにね。君は、不知火の追っかけしてる子だよね」
「知ってるんだ？　あたしのこと」
「知ってるよ。かわいい女の子のことなら一目見て覚えちゃうから」
「不知火くんにはないそういうところ、ちょっといただけないかな～」
　何やら楽しそうに話してる横で、なんとか息を整える私。
　はぁ……やっとくすぐったいの、おさまった……。
「髪、崩(くず)れちゃったね。あー……なんか、それも逆にそそられるな」
　近い……っ!!　くらりとする頭を押さえて起き上がった瞬間。
　グッと距離を縮めてきた八朔くんに、息が詰まる。
「へぇ、bondのふたりと幼なじみって聞いてたし、高嶺(たかね)の花って感じなのに、男慣れしてないんだ？　そこもまたイイね」
「っ……！」
　なんて言って、にっこり笑ってまた顔を近づけようとしてくるから。
「あの……っ」
「ん？　何？」
　は、離れてください。
　そう伝えて、なんとかうしろへ下がろうとしたとき。
「危ないっ……!!」

えっ……？　隣の男子コートから聞こえた声に、思わずそっちを向いたら、目の前にスローモーションでボールが迫っていて。

「胡桃!!」

ぶつかる……!!　あーちゃんの声に、痛みを覚悟して目を閉じたとき。

バンッ!!　ふわっと体を包む香りのあとで、ボールが何かにあたって床に弾む音があたりに響いた。

この、香りは……。

「は、遥……」

そっと目を開ければ目の前に。

息を荒げて汗を流しながら、私の背中に片手をまわして手をかかげる遥がいた。

途端に。

「きゃあああ!!」

シーンと静まっていた体育館が、耳をつんざくほどの黄色い悲鳴に包まれる。

「胡桃っ!!　大丈夫!?」

「遥、悪い!!」

「弓削、大丈夫か!?」

あーちゃんの驚く声と、他の男子や先生が駆け寄ってくる声がする。

「えっ、え、遥くん!?　妹ちゃん、ケガは……」

ぽかんと遥を見ていた八朔くんだったけど、ハッとして私に手を伸ばそうとして。

「さわんな」

　パシッとその手を遥に払われた。

「行こう」

「えっ、ちょっ、はる……」

　瞬間。

「きゃあああ!!」

　ふわっと私をお姫さま抱っこした遥は、駆け寄ってきたままぽかんとしてる先生に向かって。

「先生。

　橘さん、保健室連れていきます」

「お、おおう……」

　なんとか正気を取り戻した先生の横をスタスタと通りすぎた遥は、そのまま体育館を出ていく。

　っ、何この急展開!?

　ど、どうしよう!?

　まだ遥になんて言うか決めてないよ!!

　そう思って必死にあーちゃんを見れば、「よし！　作戦成功!!」なんて言って親指をグーにして突き出していて。

「い、妹ちゃん……」

「あきらめな」

　さらに、隣でなぜか落ち込んでいる八朔くんを、一刀両断している。

「あ、あの、はる……っ」

　慌てて、私は大丈夫だよ、と言おうとしたけれど。

「保健室、行くから」

「っ……」
　有無を言わさない声と瞳に、それ以上何も言えなくて。
《……》
　遥の心の声は、また何も聞こえなかった。

　誰も、いない……。
　それから、そのまま保健室にやってきた私たち。
　ドアには【保健医、今日１日不在】と書かれた紙だけが貼ってあって。
　午後の心地いい陽射しが差し込む窓には、カーテンがそよそよと風に揺れている。
「下ろすよ」
　そして遥はそっと私をベッドに下ろす。
「べつに私、ケガは……それより遥は……」
　指、大丈夫なの。
　そう、聞こうとして。
「胡桃」
「っ……」
　耳にキスできちゃうかと思うほど、唇を寄せて名前を呼んだ遥は。
　同じくベッドの上、私の隣に腰かけた。
「胡桃」
　そしてもう一度、今度はかすれた声で名前を呼んで。
　私の両頬をそっとその優しい手で包み込んで、コツンとおでこを合わせた。

「胡桃。好きだよ」

涙が出そうなくらい、優しく微笑んだあと。

息もできないほど強く、ぎゅうっと抱きすくめられた。

トクントクンと聞こえる遥の心音と。

全身を包むオレンジの香りに、めまいがしそうになって。

「は、はるか……っ」

そっと遥のシャツを握ったら、それに応えるように、抱きしめられた腕の力もまた強くなる。

《好きだよ》

《小さいころからずっと、胡桃が好き》

「聞こえる？　俺の心の声」

遥の声、優しい……。

今まで聞いたどんな声よりも、私を落ちつかせるような優しい声に、心がじんわりと温かくなる。

けれど。

「杏から聞いた。心の声のこと」

「っ……、あ、ご、ごめんなさい……」

「なんで、謝んの？」

告げられたそれに、一気に胸が苦しくなる。

だって、嫌われるに決まってるから。

そう思うのに。

そっと体を離した遥は、ズキンズキンと音を立てる胸の痛みにこらえる私を、これでもかとやわらかく、目尻(めじり)を下げて見つめる。

っ、なんで……っ。

「そんな顔、するの……っ」

「そんな顔って？」

　声が震えて視界もぼやける私を、どんなスイーツよりも甘いまなざしで見つめるから。

　もしかしたら、離れなくていいかも、なんて。

　期待しちゃうんだよ……っ。

「教えて？　胡桃」

　そっと目尻にキスを降らせて、頬に手をすべらせる。

「っ、そんなっ、だ、大好きで、仕方ないって顔で……っ」

「うん」

「でも私は……っ、ずっと、遥を騙してた……っ」

　涙がこぼれて、顔もぐしゃぐしゃで。

　自分でも何を言ってるのかわかんないのに。

「ゆっくりで大丈夫だよ」とあやすように、そっと後頭部を撫でてくれる。

「中３の夏……ふたりで部屋にいたときに、遥、心の中で、ふ、ふたりは無理だって言って……っ」

「うん」

「それで私、遥はずっと私を嫌いだと思って、離れて……」

「うん」

「でもそのあとで、遥が手もつけられないくらい荒れたって聞いて……っ」

「知ってたんだ？」

「っ……」

　声が震えて、それ以上何も言えなくて。

ただうなずくしかできない。

「たしかに荒れてた。小さいころから好きでたまらなかった子が隣からいなくなって、声も聞かなくなって……」

そっと下まぶたを撫でられて、思わず目を閉じる。

そしてもう一度。

目を開けた先に待っていたのは。

「――俺は、もう二度と胡桃から離れない」

愛おしい、好きだ、離したくない、ずっと一緒にいたい。

ぎゅうっと絡められた指先からも。

私を見つめる真剣なまなざしも。

遥から感じるすべてが、そう叫んでいて。

また涙があふれてくる。

「一度離れて、自分の中でどれだけ胡桃の存在が大きかったのかが改めてわかったよ。自分が自分じゃなくなるくらい、胡桃は俺にとって、好きでたまらない子なんだって」

「はる、か……っ」

「うん？」

名前を呼ぶたびに「ん？」と、とびきり優しい声で聞いてくれる。

その優しさと遥の想いに、また涙が止まらない。

「胡桃は、俺が心の声のことを知ったら、嫌いになるって思ったんだろ？」

「う、ん……」

だって、いくら幼なじみとはいえ、他人に自分の内心を盗み聞きされるなんて、嫌に決まってるって……。

「そんなこと、死んでもありえないのにな」

「え……」

一度うつむいて自嘲気味に笑うと、私の頭をふわふわと撫でながら、ゆっくりゆっくり顔を傾けて。

「《好きだよ胡桃。すげえ好き。大好き》」

脳内を震わせるような甘さを含んで、心の中と遥の声、両方で語りかけるように囁いた。

「っ、あ……ぅ、はるか……っ」

「うん？　何？」

「ち、近いし……っ」

「近いし？」

《好きって伝えたらもっと赤くなった。めちゃくちゃかわいい》

「ううっ……」

好き、とか、かわいい、とか。

そんなに何度も言わないで……。

どうしたらいいのか、わかんなくなるから。

ぶわっと顔がまた熱を持つのがわかって、思わず両手で顔を覆ったら、クスクスと笑う声が聞こえた。

「ごめん、ちょっといじわるした」

「っ、遥っ!!」

「だって、あまりに俺のこと“意識してます”って顔するから、たまんなくって」

「っ……！」

「ねえ、そのかわいい顔。隠さないで俺にだけ見せて？」

「っ、恥ずかしい、から……」
「知ってる。でも恥ずかしがってる胡桃はもっとかわいいから、すげえ好き」
　そして。
「おねがい」と追い打ちをかけるように、顔を覆う手に、ふわっとキスが落ちてくる。
「《胡桃……》」
「ううっ……」
　ハチが蜜(みつ)に誘(さそ)われるような、甘ったるい声。
　全身が熱くて、心臓もバクバクしてる中で、ゆっくりゆっくり顔を上げたら。
「やっと目、見てくれた」
《はぁ……超かわいい》
　うれしくてしょうがない。
　より一層目尻を下げて、甘すぎる目をするから。
「は、はるか……っ」
「うん？」
「遥は、ほんとに、遥なの……？」
　恥ずかしさとぶつけられる熱量に耐(た)えきれなくて。
　思わず出たのはその言葉。
　だって、あまりにやわらかく笑うから。
　どんなキレイな芸能科の女の子や、たくさんの子に応援されたって、クールで冷淡(れいたん)なまま。
　反応するどころか、鬱陶(うっとう)しいといわんばかりに顔を歪(ゆが)める遥が。

「そうだよ。目の前の女の子しか見えてない、独占したいとしか思ってない、ただの男だよ」
「目の前の、女の子……」
「うん、胡桃のことな。俺は胡桃しかいらない。どうしようもないくらい好きでしょうがなくて、ほんとどうしたらかわいい胡桃の姿、誰にも見られないか、まじで考えてる」
　私しか見えてない。私しかありえない。
　私しか……。
「今もこの先も、俺は胡桃しか好きにならない。つーか、世界中で女の子として見てるのは胡桃だけ」
　もうっ、どうしたらいいの……っ。
　遥は遥なのに。
　幼なじみとしてそばにいたときも、普通に笑って話してたけど。
　こんなに甘くて、砂糖にシロップをかけたみたいな目をするとか。
　何度も好きだと、かわいいと伝えてくる姿とか。
　全部が普段のクールな姿とは真逆すぎて、さっきまでの暗い気持ちなんか飛んでいっちゃうくらい、くらくらして。
　何度も胸がキュンと甘く音を立てる。
「《胡桃……》」
　ドキッ……。
「もう何度も伝えてるからわかったと思うけど、俺はずっと、胡桃が好き。めちゃくちゃ好き」
「うん……」

もう、十分なくらいわかったよ、遥の気持ち。

絡められた指を握り返せば、遥はますますとろんと目尻を下げた。

「俺と付き合ってほしい」

「っ……」

「俺の彼女になってほしい。だめ……？」

っ、そんな目で見ないで……っ。

熱を秘めたみたいな、濡れて揺らぐ瞳から逃げたくてうしろに下がろうとすれば。

「だめ。逃げない」

《俺に応えて》

「っ!!」

片手が腰にまわって、グッと引き寄せられて。

「は、はる……っ」

コツンとまた、おでこがぶつかる。

「胡桃は俺のこと、嫌い？」

私、私は……。

遥に無理だって言われて、何度も泣いたのはどうして？胸が張り裂けそうなくらい、つらくて苦しくて。

死にそうなくらい、落ち込んだのはどうして？　心の声のことを知られて、嫌われたくないって怯えて、一晩中泣いたのはどうして？　こんな、こんなの。

「はる、か……」

「うん？」

震えてかすれた声。だけど遥は変わらず目を細めて優しく笑って。

「教えて？　胡桃の気持ち」

　そのやわらかい表情と声に胸がきゅうっとなって、目の奥が熱くなって。

「っ、私、も……」

「え？」

「私も、遥が好き……すごく好き」

　自覚していなかった遥への気持ちが、あふれて止まらなくて。

「っ、胡……」

「でも……」

　その先に続けようとした言葉が、グッとのどの奥で詰まる。

　だって、この世でいちばん幸せだといわんばかりに笑った遥の顔が、曇ったように見えたから。

「なんの取り柄もない、ただの幼なじみの私なんかが、遥の隣にいていいのか自信が……」

　これは昔からずっと。遥が芸能界に入る前からずっと思っていたこと。

　桃華みたいにかわいくない、美人でもないただ大人しいだけの私なんかが遥の隣にいたって……。

「胡桃」

「何……っ、!?」

　瞬間。

　グッと腕を引かれて、気づけば視界は天井と、ドアップに映った伏せられた遥の長いまつげだけ。

「っ……ちょっ、はる……っ」

「黙って」

　なんで、どうして。キス、されてるの……っ。

「っ、ぁ……はる、か……っ」

　私の声なんか聞く気はない。

　そう言うように、どんどん口づけが深くなって。

　なんとか押し返そうと手を伸ばしても、ぎゅっと握られて、シーツに押しつけられるだけ。

　っ、どうして、目、あけてるの……っ。

　前髪から覗く瞳は、ずっと私を見ていて。

《好き、好きだよ。すげえ好き》

「胡桃……、胡桃」

　熱に浮かされたかのように何度も呼ばれる名前と、好きの数。

《ちゃんと見て、俺のこと。俺から目、離さないで》

　心を見透かすようなまっすぐな視線が熱に濡れて、私にいくつもの愛を紡いでいる。

「っ、はぁっ……はぁっ」

　それから唇が離れたころには、ドッと全身から力が抜けて、息を荒らげるしかできなくて。

　なのに遥は。

「《胡桃……》」

　１つも息を乱さないまま、まぶた、こめかみ、耳へとキスを降らせて。

「《好きだよ》」

　囁かれた低くて甘い声に、全身が震える。

「っ、も、もう……」

　限界だよ。

　そう伝えたくて、潤む瞳で見上げれば、

「俺がどれだけ胡桃を好きか、わかってくれた？」

　クスッと笑いながらも、逃がさないといわんばかりに私を見つめたまま。

　握っていた手を取って、指先にふわりと口づけを落とす。

「俺が芸能界に入ったのだって、胡桃が好きだったからなのに」

「え……」

　それって……。

「俺が芸能界に入った理由は、胡桃を振り向かせたかったから、なんだよ」

最愛の幼なじみ

【遥side】

　俺が芸能界に入った理由。

　それは。

『っ、いいからっ!!　先に行っててよ！』

　俺を避けはじめた大好きな幼なじみに。

『遥』

　その大好きな笑顔と声で、また名前を呼んでほしかったからだ。

　いつから、なんて言われても、気づいたら……としか言えない。

　胡桃のことは、保育園のときからずっと好きだった。

『昨日もさ、たまたま出かけようとした俺に、いってらっしゃいって言ってくれたんだよ。かわいすぎない？』

『それ、いつも言ってない？』

『遥はさ、１日何回かわいいって言えば気が済むの？　本人に言ってあげなよ』

　杏にも桃華にも呆(あき)れられるほど俺の気持ちはバレバレだったのに、悲しいくらい鈍感(どんかん)な胡桃はまったく気づいていなかった。

　だから、小学校でも中学でも必ずと言っていいほど、胡桃のそばにいて。

彼女の隣は俺しかありえないって。

胡桃は俺のだと、いつもまわりに牽制していた。

胡桃は昔から、まわりの男の高嶺の花だった。

明るい桃華に比べて、あまり自分からは話さない胡桃。

本人は性格も容姿も、全部が桃華と比べられてコンプレックスだと思ってるけど、いくら二卵生とはいえ、桃華とは姉妹。

かわいくないはずがない。

むしろ、そこらのモデルや女優なんかと比べ物にならないくらい、めちゃくちゃかわいい。

今どき珍しい黒髪ロングに、長いまつげ、凜(りん)とした雰囲気。

それに大人しいって性格がプラスされて、高嶺の花。

「あ、あの、遥……」

今も、ほら。

きっと無自覚。

顔を真っ赤にさせて、目を伏せて。

震える手で、ぎゅっと俺のシャツの裾(すそ)を握るその姿。

っ……かわいい。

すっげえかわいい。

さっきのキスじゃ、ぜんぜんたりない。

胡桃がたりない。

きっといくらキスして抱きしめて、触れて、好きだと囁いても、一生満たされることのない、底沼(そこぬま)な感情。

胡桃の全部が欲しくてたまらない。
「ぜ、全部って……」
ああ、そっか。
俺の心の声、聞こえるんだもんな。
「胡桃に触れたすぎて、頭おかしくなりそうなんだよ、俺」
「っ……」
あの日、胡桃に心の声が聞こえるようになって、俺が胡桃を嫌いだと勘違いしたあの夏の日。
《前から思ってたけど、胡桃と部屋でふたりとかほんと無理》
《つか、ベッド乗んなよ》
《頭おかしくなる》
あれは全部、たしかに俺の本音。
だけど。
部屋でふたりが無理なのは、理性を保つのに必死だったから。
中学なんて思春期真っ盛り。
好きな子とふたりきりで、しかもその子はベッドでくつろいでる。
押し倒してめちゃくちゃにしたいって、内心理性がぶっ飛びそうだったんだよ。
「り、理性……」
そう、理性。
好きな子が自分のベッドにいる状況に、普通でいられる男のほうがどうかしてる。

「じゃあ、あのときコンビニに行くって言ったのは……」

　そうだよ。

「これ以上ふたりでいたら、ぜったい襲うって確信してたから」

「……」

　確信。

　そう、耳に唇を寄せてわざと低く囁けば、ビクリと肩が跳ねて、俺のシャツを掴む手に力が入る。

「シャツじゃなくて、俺の手、握っててよ」

　そう言えば、恥ずかしそうに目を逸らしたまま、何も言わないから。

「俺のほう見てくれないんだったら、このまま話し続ける」

「っ、や……っ」

　あー……声、やっば。

　甘いし、かわいいがすぎる。

　胡桃見てると甘やかしたくなる反面、いじらしくて、いじわるしたいって気持ちもむくむくと湧き上がってくる。

　もっとその顔がみたい。

　もっとその声が聞きたい。

「まだ話、終わってねーけど？」

　体を倒して、グッと顔を近づけて。

　シャツを掴んでいた両手を絡め取って、シーツに押しつければ。

「っ、だから、やめてって……っ」

　ほらまた。

もっともっと恥ずかしがって、顔を背けるから。

はぁ……ほんっと、かわいすぎだって。

くっそかわいい。

「かわいい」が、あふれて止まんない。

あー……キスしたい。

恥ずかしさにぷるぷると震える唇に、今すぐ噛(か)みつきたい衝動(しょうどう)を必死にこらえる。

胡桃見てると、ほんとバカみたいに「かわいい」と「好き」しか出てこない。

ほんとは杏にも、桃華にだって妬(や)いてる。

昨日胡桃が帰ったあと、杏を問い詰めたら。

心の声のことを知ってるのは中学のときから、なんて。

駄々こねてまで、桃華に聞いたとか。

もし俺がそこまでしてたら。

もっとはやく、胡桃の力のことを知っていたら。

もうずっと、片時も胡桃と離れることはなかったのかと思うと、ただ避けられていたことに荒れまくっていた自分が情けなくなる。

名前を呼ばれない。

目も合わない。

話しかけようとすれば距離をとられる。

『遥』

そう、胡桃に名前を呼ばれないだけで。

胡桃の声を聞かないだけで。

胡桃と目が合わないだけで。

『っ、くっそ、なんで……っ』

荒れて荒れて荒れまくって。

いつも冷静でいられる自分が醜(みにく)いくらいに苛立(いらだ)つ毎日。

そんなときに桃華のモデルデビューが決まって、たまたま杏と俺がスカウトされて。

芸能界なんて興味すらなかった。

というか、胡桃と離れることすら考えてなかった。

ただ、『遥の歌、私は好きだよ』。

そう胡桃が言ってくれるだけで、俺はいつもいつも十分なくらい幸せだった。

『歌手として、アーティストとして活躍(かつやく)するようになれば、胡桃の気持ちが変わるかもしれない』

そう杏から言われたとき。

また前みたいに。

一緒に登下校して、話して。

遥って、呼んでくれるかもしれない。

また胡桃が笑って、「遥」って呼んでくれるかもしれない。

そう思ったら、どんな世界にだって飛び込める気がした。

「じゃ、じゃあ……私とまた話したいから、芸能界に入ったってこと……？」

「そうだよ。そのためならレッスンだって、嫌いな女たちと話すのだって、なんだって我慢できた」

胡桃とまた、話すことができるなら。

瞬間。

　驚きで見開いていた胡桃の目から、大粒の涙がこぼれた。
「遥……っ」
「何？」
「っ……どれだけ私のこと、好きなの……っ」
　ああ、やっと伝わった。
　その言葉に思わず笑みがこぼれた。
「そうだな。どんなものよりも大きくて重いかな」
「それっ、自分で言っちゃうの……っ」
「うん」
　だってほんとだから。
　誰にも渡したくない。
　ずっと俺の腕の中に閉じ込めておきたい。
　俺だけを見ててほしい。
　他人の目なんかどうだっていい。
　俺は胡桃しか見てないから。
　胡桃の視界に映るのだって、今もこれからもずっと、俺だけでいい。
「《胡桃……愛してる》」
「ううっ……も、もう、いいから……っ」
　眉を下げて涙をポロポロとこぼしながらも、必死に顔を隠そうとする胡桃が愛おしくてたまらない。
「かわいい」
「っ、だから、やめてって……」
　髪をふわふわと撫でると、またビクリと肩を震わせて。
　あー……めちゃくちゃにやけてる自信しかない。

さっきから頬、緩みっぱなし。

けど。

「まだ、やめねーよ」

どれだけ俺が胡桃を好きか、独占したいと思ってるか、もっともっと知ってもらわないと、離れてた分の心が満たされない。

「ううっ……」

だから、その赤くなんのも、あおってるふうにしか見えないのに。

買い物も、さっきの体育もそう。

胡桃は自分がどれだけかわいいか、わかってない。

小学校のときから、胡桃を好きになるやつなんてごろごろいた。

それはもう、数えきれないほど。

ナンパだって、されそうになればすぐに『この子は俺のだ』と睨みつける。

胡桃は昔から運動神経もいい。

かわいくて運動もできて、高嶺の花。

なのに、本当は友達にちょっとくすぐられただけで顔を赤くして、恥ずかしがって。

こんなの好きになる他ない。

どの男子もみんな胡桃を見て、顔を赤らめて。

この子は俺のだというように、わざとみんなが見てる前で抱き抱えた。

芸能科にも、胡桃の噂を聞いて、何度も俺に「会わせろ」

と言ってきたやつが何人もいる。

　杏や桃華も、何回も同じことを言われるって言ってたっけ。

　でも俺はそう言われる度に。

「胡桃に手出したら、他の女と遊びまくってること、マスコミにばらす」と脅(おど)した。

　芸能科に通ってる男なんて、みんなそんなやつばかりだ。

　とくにcrownの八朔。

　胡桃に近づいてたあいつなんて、とくにそう。

　かわいい子なら、誰でもってやつ。

「もう、遥……っ！」

「まだだーめ」

　今度はキッ！　と睨みつけるように下から見上げてきたけど、りんごみたいに真っ赤で。

　そっとまぶたをなぞれば、ピクリと跳ねる胡桃。

　愛おしい。かわいい。

　また「好き」が降り積もる。

「最後に１つだけ、聞いて」

「ま、まだあるの……っ」

「うん。でもこれで、ほんとに最後だから」

　ふわっとおでこにキスを落として、内心ほくそ笑む。

　俺の心の声だけが聞こえる。

　胡桃は俺に嫌われるって思ってたみたいだけど、こんなのうれしい他ない。

　だって、好きな子の特別になれたみたいだから。

「と、特別……」

「そう。胡桃だけ」

ホッとしたように息をはいた胡桃の頭を撫でた。

俺はもう二度と胡桃から離れないし、むしろ、胡桃が俺から逃げ出したいって言わないかが心配なくらい。

「え……」

そうだよな。

最初は嫌われると思ってた相手から、そんなことを言われるなんて。

でも、これは今後の、胡桃のコンプレックスをなくすために必要だから。

「そ、それってどういう……」

目を白黒させてあたふたする姿もかわいいと思いつつ、じっと見つめて俺は言った。

「俺と付き合って、俺のそばにいて。それだけで胡桃のコンプレックスはなくなるから」

☆
☆
☆
☆

第3章

「好き」が止まんない

同居

「なるほどねぇ……それで付き合うことになったと」
「にしても君たち、授業サボって何やってんの？」
「だって……」
　それは遥が……。
「胡桃がかわいすぎるのが悪い」
「開き直んなバカ」
　その日の夜。
　遥と杏がうちに遊びに来て、今は桃華も合わせて４人でご飯を食べているところ。
　あのあと保健室で、遥にまたしばらくの間、抱きしめられていたら。
『胡桃っ!!　ケガしたって大丈夫……』
『しかも、お姫さま抱っこで保健室に……って』
『『何してんの、遥』』
『見てのとおりだけど？』
　仕事を終えて授業に来た桃華と杏は、私たちが保健室に行ったことを聞いて、慌てて来たらしく。
『っ、もう、離れて遥……っ!!』
　ぽかんとするふたりにハッとして、遥から距離をとれば、めちゃくちゃ不機嫌になったけれど、なんとか離れてくれた。
「で？　その、コンプレックスを治すっていうのは、具体的にどうするの？」
　オムライスを口いっぱいに放り込んで、モグモグしている杏が不思議そうに言った。
　どうするって……。
　どうしたもこうしたもないよ……。
　だって、遥が言ったのは……。
　ちらりと隣を見れば、遥はじっとこっちを見ていて。
《好きだよ、胡桃》
　目を細めて、どこか楽しそうにほほえむ姿に、またぶわっと顔が熱くなった。

『俺と付き合って、俺のそばにいて。それだけで胡桃のコンプレックスはなくなるから』
『ど、どういうこと？』
　杏たちが来る少し前。
　言葉の意味がわからず首をかしげていたら、遥はふっと笑って、
《その顔も。めちゃくちゃかわいい》
『っ!?』
　私の背中に手をまわし抱き起こすと、全身を包むようにぎゅうっと抱きしめた。
『あ、あの遥……？』
《慌ててんのもかわいい。はぁ……胡桃がかわいすぎて死にそうなんだけど》
『っ!?』

　オレンジの香りが全身を包む中で、甘い心の声が聞こえたら。
　恥ずかしい気持ち以上に、頭も体も全部が遥でいっぱいになる気がした。
『女の子はかわいいって言われれば言われるほど、かわいくなれるって知ってる？』
『聞いたことは、ある……』
　やっと口を開いたと思ったら、遥が言ったのはその言葉。
　たしかテレビで、実験してみたっていうのをやってて。
　結果としてその女の子は本当に自信が持てて、かわいくなれたって。
『って……ま、まさか……』
『お、意味わかった？』
　うれしさで弾(はず)む声に、ギクリと背中が跳ねた。
　うそ、だよね？
『俺の心の声が聞こえるってことは、俺が思ってること、全部胡桃に筒抜(つつぬ)けなわけ』
『はい……』
『ってことは、好きとか、かわいいとかたくさん言えば、胡桃は自然と自分に自信が持てるようになるかもしれないってこと』
　まあ、それ関係なしに、俺はいつもそう思ってるし、言いたいけど。
『っ、ええっ!?』
『そんな驚く？　ずっと思ってたことなんだけど。まあでも、毎日聞いてたら慣れるよ』

　だ、だからって……。

　こっちは恥ずかしくてしょうがないのに、な、慣れるとか、そういう問題なの……？

『コンプレックスは自分で克服（こくふく）するのが難しかったら、他人に協力してもらうのも１つだと思う。俺は胡桃の力になりたい』

『遥……』

『でも俺は、もっと胡桃とイチャイチャしたいし……』

『っ、ん……ちょっ、遥っ!?』

　一瞬離れた隙をついて、触れるだけのキスが降ってきた。

『胡桃からもキスしたいって、俺に触れたいって思ってほしいから、一緒に頑張ろうな』

『ううっ……は、い……』

　なんてにっこり笑って言われれば、拒否することはもちろんできるはずがなく。

　とまあ、そんなこんなで。

「つき合うことになったわけね？」

「はい……」

　ニヤニヤと笑う桃華の隣で、杏も一段とニヤニヤしている。

　ううっ、そんな楽しそうな目で見ないでよ……。

「でもさ、ちょうどよかったよ」

「そうだね！」

「何が？」

　杏と桃華の言葉に、遥も私も首をかしげる。

　何が、ちょうどいいんだろう……？

「俺たちさ、今度ドラマ出ることになって」

「えっ、ドラマ？」

「そうそう！　しかも、杏とあたしでW主演!!」

「えええぇぇえっ――!?　ほ、ほんとに!?」

「うんっ!!」

「ほんとだよ」

　じゃあ、ほ、ほんとに……。

　ダブルピースをするふたりに、一気に喜びが込み上げてくる。

「っ、やったね桃華！　夢、叶(かな)ったね！」

「ありがとう胡桃!!」

「杏も！　おめでとう～」

「ありがとう、胡桃」

　モデルとして活躍(かつやく)してる桃華だけど、ずっと演技のレッスンを受けてたことは知ってるし、何度もオーディションに落ちたって泣いてたから。

　そっか、でもやっと。

　やっと、念願叶ってドラマに出られるんだ。

　しかも主演だなんて。

　自分のことのようにうれしいよ……。

「ちなみにだけど、どういう内容なの？」

「んーとね、普通に学園モノ！　杏とあたしが同じクラスの同級生って設定なんだけど、まったく接点はなくて。とあることがきっかけで、距離が縮まるって感じかな」
「そ、そうなんだ」
　聞けば原作の少女マンガがあるらしく、それの実写化なんだとか。
　幼なじみ歴長いふたりだし、相性もバツグンなはず。
　今度そのマンガ読んでみようかな。
「で？　それと俺たちが付き合ったこと、なんの関係があんの？」
「え、なんでそんな怒ってんの？」
「べつに怒ってない」
《桃華はいいとして、他の男のことで喜んでるのなんか複雑。胡桃は俺のなのに》
「っ……！」
　テーブルの下。
　隣に座る遥から伸ばされた手が、私の手をそっと開いて。
　するりと指が絡んで、甘えたように手の甲を撫でられる。
　っ、くすぐったい……。
「まあ、なんとなく想像つくけどさ。さっきの話に戻るけど、そのドラマの撮影、じつは明日からなんだ」
「明日!?」
「急すぎだろ」
　杏の言葉に、さすがの遥も驚いたみたい。
　ドラマの撮影って、そんな急にはじまるものなの？
「仕事のスケジュール上、仕方なくて。とりあえず１ヶ月なんだけど、舞台になるとこがここから結構遠いから、しばらくの間、ホテルに泊まろうと思って」
「えっ、で、でも学校は？」
「マネージャーさんに送ってもらうよ。
　だから桃華と俺、１ヶ月くらい家あけるね」
　そっか。
　やっぱり主演となると、家にも帰れないくらい大変なんだ。
　ん……？　でもそれにしたって、私たちとなんの関係が？
　また首をかしげれば、ふたりは不気味なくらいニヤリと笑った。
「それで、なんだけど。一緒に住みなよ、ふたりとも」
「採用」
《胡桃とふたりとか最高すぎ》
「っ、え!?」
　返事早すぎない!?　私、まったくついていけてないんだけど!?
「いっ、一緒に住むって……」
「だってさ、いくらセキュリティがしっかりしたマンションとはいえ、かわいい妹を１人にするのは心配だもん。遥なら……たぶん、安心」
　たぶん？
「俺はあんまりオススメできないけど……胡桃１人はさすがに心配だから、妥協点かな」

えっ、えっ、ちょっと待って？
「俺が危険なやつだと思ってる？」
「当たり前じゃん」
「だって、胡桃とふたりきりだよ？　何かするに決まってるじゃん」
「ご名答」
《あー……これで心おきなく胡桃とイチャイチャできる。死ぬほど楽しみ》
イ、イチャイチャって……！　なんか勝手に話進んじゃってるけど、私、遥と同居するの!?　今付き合ったばかりのこの状況で!?　しかも明日から!?　今こうして隣にいるだけでもいっぱいいっぱいなのに、朝から夜まで一緒だなんて、心臓もつ気がしないよ……。
「で、でも、遥はいいの？　私とふたりで……」
「いいに決まってる。つーか、ふたりが戻ってきても、このまま一生胡桃とふたりだけがいい」
《胡桃は俺とふたりは、嫌？》
「っ、あ……えっと」
一生って……。
杏と桃華がいる手前、遥の顔は変わらずクールなままだけれど。
《俺は胡桃とふたりになりたいし、離れてた分、少しでも長く一緒にいたい》
「っ……」
《胡桃は俺と同じ気持ちじゃねーの？》

　ゆっくり隣を見れば、私を見つめるその瞳が切なげに揺れた気がして。
「私だって、嫌じゃない、よ……」
　胸がきゅうっと鳴る中で、自分が今言える精いっぱいの答え。
「ねえ、杏。あたしたち今、なに見せられてんの？」
「たぶん、心とココロで会話してる。いや～、甘酸（あまず）っぱいねぇ」
「オッサンかよ」
《まじで。すっげえうれしい。胡桃、好きだよ》
　っ、またっ!!
《大好き》
《もう、どれだけ言ってもいいんだもんな》
　握られた手に力が入って、親指がまた甲を撫でる。
　っ、だからそれ、やめてってば……！　あまりのくすぐったさに身をよじれば、横からクスッと笑う声が聞こえた。
《やっぱ、くすぐったいの弱いんだ？　あー……今すぐ押し倒してめちゃくちゃキスしたい》
　……!?　なに言ってるの!?
　バッと横を見れば変わらず涼（すず）し気な表情のままなのに、その瞳はとても熱くて見てられない。
「はいはい。ごちそうさま。遥、言いたいことはちゃんと口で言わなきゃ伝わんないよ」
「いいんだよ、俺たちはこれで。それにほら、胡桃見てみ？」
「うっわ！」

「胡桃、大丈夫!?」

もう、遥……っ!!　恥ずかしいやら、少しうれしいようなそんな気持ちで遥を睨みつけたのに。

ふっと笑ったその目は、いつだって愛おしいと叫んで私を見ているから。

「胡桃……顔、冷やす？」

「遠慮(えんりょ)しときます……」

また胸がドキドキと音を立てて。

また１つ、遥への好きを自覚する。

「ど、同棲(どうせい)──っ!?」

「ちょっ、あーちゃん声が大きいっ!!　それに、同棲じゃなくて、同居だから!!」

「いや、それにしたって……展開急すぎない!?」

「ですよね……」

次の日の昼休み。

休み時間になればまたいつものごとく囲まれる遥をよそに、お弁当を持って、あーちゃんと一緒に中庭に来た。

「にしてもまさか、芸能界に入った理由が胡桃のためだったなんて」

うん、それは私も驚いた。

最初は信じられないと目を見開いていたあーちゃんだったけど、途中から腕を組みながらウンウンうなずいていた。

「まあでも、納得だわ」

「え？」

「遥くんが荒れてたことも、結局は全部胡桃を好きだったからだし」
「えっ、あーちゃん、もしかして気づいてたの？」
　遥が私を想ってくれてること。
「え、むしろ気づかない胡桃のほうがやばいってレベルで、気持ちダダ漏れじゃない？」
　そ、そうなのかな……。
　私は幼なじみとしてそばにいたから、そういうふうには思わなかっただけで。
　あーちゃんに言わせれば、他の女の子と比べれば一目瞭然とのこと。
　あんなに優しい顔してるの、胡桃にだけだよ、と。
「今日も朝、一緒に来てたじゃん」
「……」
　本当は、いや、だったんだけど。
　いくら付き合ったとはいえ、芸能人、ましてや今女子高生に大人気の遥とふたり並んで歩くのは目立ちすぎて。
　いくらマスクをしているとはいえ、遥のファンの子はいっぱいいる。
　歩くたびにいろいろな子が私たちを見ていて、めちゃくちゃいたたまれなかったのに。
《また胡桃と登下校したいってずっと思ってたから、まじで幸せ。しかも今日から一緒に住むとか、こんなに幸せでいいのかな、俺》
　なのに遥は、これでもかと目元をゆるませて私の手をつなぐから。

　そんなにうれしそうにされたら、ほどくにほどけないし、遥にいちいち胸が騒いで、キュンとしてしまう。

　プラス、自信をつけるためのリハビリってことを忘れてしまう。

「あたしはぜったいに、ふたりはうまくいくって思ってたよ。あとは胡桃自身の問題。応援してるから」

「あーちゃん……」

　青空の下、少し真剣な顔をしたあーちゃんに、私も強くうなずいた。

　ささっ！　早くごはん食べないと授業はじまっちゃうよ！　少し頬を赤く染めて、そのふわふわの髪を揺らしたあーちゃん。

「ありがとう、あーちゃん」

「っ、当たり前でしょ！」

　胸がぽかぽかとあたたかくなる中でお礼を言えば、あーちゃんはちょっぴり照れくさそうに。

　でもとびきり優しい笑顔で、たくさんのエールをくれた。

「じゃあ、次、不知火。読んでくれるか」

「はい」

　それから昼休みも終わって、授業中。

　今は私の大好きな古典の時間。

　いつもなら先生の話にしっかり耳を傾けて集中しているのに。

　今は……。
《あー……早く帰っていっぱいイチャイチャしたい》
　隣の席の人の声に、集中力、かんっぜんに削がれちゃってます……。
《真剣にノートとってるの、かわいい。寝てるやつとかいっぱいいんのに、一生懸命話聞こうとするのもかわいい》
《でもいちばんは、やっぱり……》
　やっぱり、何？　できる限り、目いっぱい髪で顔を覆い隠す。
　だって、隣でずっとかわいいかわいいなんて言われたら、顔が熱くなっちゃうから。
　心の声が聞こえるにあたっていちばんつらいのは、耳を塞ぐだけじゃ意味がないってこと。
　だから、遥から距離をとることしか手立てはない。だけど……。
　いちばん窓側の私は、これ以上席を動かすことはできないし、何より……。
《俺に心の声でかわいいって言われて、照れて席を離そうとしたり、髪で顔を隠そうとすんのがいちばんかわいい》
　あのクールな遥の声が弾んでる。
　そう思ったらまたドキドキして、それ以上何もできない自分に、叫びたくなる。
　っ、なんでバレてるの……っ!!　エスパー？
　ていうか、いちばんとかどうでもいいから、ちゃんと先生の話聞いて!!　もう、何も頭に入ってこない……。

《あー……やば、めちゃくちゃキスしたい。今日、押し倒してもいいよな》
「だっ、だめに決まってるでしょ!?」
「俺、なんも言ってないけど?」
「こら、そこ!　静かに」
「すみません……」
　っ、もう、遥のせいで怒られた!!　しかも注目浴びちゃったし……!　っ、あーちゃん!!　笑わないで!!
　離れた席なのに、どうやら今の私の状況を理解したらしいあーちゃん。
　口、押さえてるけど、肩が震えてるからバレバレだよ。
　小声で言ったつもりだったのに、遥には返事されるし、地獄耳(じごくみみ)の先生には聞こえちゃうし。
　っ、もうっ、最悪だ……!!　反省して遥!!　いちばんうしろの席なのをいいことに、キッ!　と顔を上げて隣を見る。
《ごめん、俺のせいで。けど、胡桃にこっち見てほしくて、わざといじわる言った。ごめんな?》
　っ、だからって……。
　していいことと、悪いことがある。
　許さない……!!　そんな怒りの気持ちを込めて今度は睨みつければ、遥は、ただただ目元をゆるませて口角を上げるだけ。
《悪いけど、怒ってんのもめちゃくちゃかわいい。こんないじわる言う俺は、嫌い?》

なんて、眉を下げてショボンとするから。

っ、嫌いなわけない……っ。

だから、そんな目で見ないで。

「き、嫌いじゃない」

顔にどんどん熱が集まってる気がして。

口パクで、早口でそれだけ伝えて前を見る。

今の、伝わってないよね……？　ちらりと横目で見れば、なぜか口に片手を当てたまま、ほんのり耳を赤くして、同じく横目でこっちを見る遥がいて。

《あー……嫌いじゃないって言われるだけで喜んでる俺、重症？　なんか、こういうのもいいな》

っ〜!!　あんなに早口で言ったのに、聞き取れたの!?

《胡桃、好き》

もうやめてって……!!　私よりも遥のほうがこの力を楽しんでる。

けれどそれに怒ることもできず、許しちゃう自分もどうかしてるよ……。

「胡桃。帰ろ」

「う、うん……」

「きゃあああああ!!」

「一度でいいから言われてみたい!!」

「橘さん、羨ましすぎるっ!!」

たった一言。

授業が終わって、たった一言遥が言っただけなのに、教室がライブ会場へと早変わり。
　みんな、遥に聞き耳を立ててる……？　そうじゃなきゃ、こんなにすぐ反応できるわけないし……。
「行こう、胡桃」
「っ……!!」
　けれど遥はそんな女の子たちのほうを振り向くこともなく、表情を変えることもなく。
　っ、こ、恋人（こいびと）つなぎって……！　私の手をぎゅうっと握って、ただ優しい色の目をして見つめてくる遥。
　な、なんかすごく特別扱いされてる気がする……。
《早くふたりになりたい。いっぱいキスして、抱きしめて、遥って呼んでもらいたい》
　それに心の声も相まって。
　っ、頭から湯気が出そう……。
　そう思ってたら、頭上でクスッと笑う声が聞こえて、うつむいた。
《かわいい》
　すると今度は腰に手がまわされて、もう全身から汗が噴き出しそうなほど緊張してしまう。
「は、遥、早く……」
「うん」
　教室中のあちこちから感じる熱い視線にいいかげん限界で、なんとか歩きだそうとしたとき。
「ねぇねぇ、遥〜！　今日ヒマ？　遊びに行かない？」
　にっこり笑った女の子が目の前に立った。

「駅近くに、芸能人しか入れない秘密のカフェがあるの！　よかったら一緒に行かない？」
「あの子ってたしか、アイドルの……」
「かわいいって、今めちゃくちゃバズってる子だよね」
　どうやら、隣のクラスの芸能科の子、らしい。
　アイドル……。
　たしかに言われてみれば。
　肌は真っ白だし、メイクをしているのか、まつげがぐんっと上がってて、唇も桜色でプルプル。
　身長も平均より少し高めの私よりもだいぶ低くて、つやつやのブラウンの巻き髪がとっても似合ってる。
　さすが芸能科。
　モデルに女優にアイドルに、見とれるくらいかわいい子がいっぱいいる。
　たしか前にも遥に話しかけてたような……。
「胡桃。今日部屋行く」
「っ!?」
「きゃあああああ!!」
　遥!?　なに言って……!?
　けれど、その子の姿などどこ吹く風の遥は、よりいっそう私の腰をグッと引き寄せるから。
「っ、あっ……ご、ごめん」
　トンっと遥の胸に顔がぶつかる。
「ごめん、痛かった？」
「あっ、ぜんぜん平気……」

っ〜、ちかい近いっ!! 平気って言ってるのに、遥は心配といわんばかりに私を見つめて、しかも頬まで撫でてくるから、くすぐったいし、恥ずかしくてしょうがない。

っ、ここ教室!! みんな見てるから……!!

「ちょっと、遥、聞いてるの!?」

「……」

けれど遥は相変わらず。

目をつり上げて怒りＭＡＸな女の子を目の前にしても、クールな表情を変えることはなくて。

「胡桃。どこ見てんの？ 俺はこっち。もっと顔見せて」

ぬおおおお——!! もっともっとというように、そっと両手で頬を包み込んで、「好き」を滲ませた目で私に顔を寄せてくる。

「ちょっと遥!? 話聞いて……」

もう一度女の子が叫ぶように声を上げて。

遥へと腕を伸ばそうとしたとき。

「触(さわ)んなよ」

バシッと音を立てて弾(はじ)かれた手と、地を這うような低い声。

「隣に胡桃がいんの、見えてねーの？ 俺はおまえのこと知らないし、知りたくもないのに、さっきから遥、遥ってうるさいんだけど」

ライブ会場同然だった教室が、一瞬にして静まり返るほどの冷たい声。

遥の顔は見えないけれど、声だけでどれだけ遥が怒っているのかがわかる。

「どうせ俺の容姿と、名誉だけが目当てなくせに。彼女がいる男を遊びに誘おうとするとか、なに考えてんの？」

「えっ、か、彼女……？」

「何？　文句ある？　他人のおまえに胡桃のこと、とやかく言われる筋合いないんだけど」

「彼女」

それに反応したのは目の前の子だけじゃなくて、教室中の女の子がざわっとする。

「ちょうどいいから言っとくけど、告白したの俺からだし、ベタ惚れなのは俺のほう。正直１人で外歩かせるのも嫌なくらい、好きなんだよね」

っ、なっ!?　なななっ!?　ちょっと待って!?　急な展開についていけなくて、ただただ顔を赤くする私。

そして、きゃあああああ!!と過去一レベルで教室がうるさくなった瞬間。

「胡桃に何かしたら誰だろうと潰すから。──胡桃」

「っ、何、んんっ……!?」

くいっと顎を持ち上げられて、遥を見た瞬間。

女の子たちの悲鳴が、今度は遠くのほうで聞こえた。

「胡桃は俺のだから」

《誰にも渡さない》

だって、あまりに深く唇が重なるから。

頭がくらくらして、もう遥しか見えなかった。

「胡桃。こっち向いて」
「無理」
「なぁ、お願い。頼むから」
「っ、無理って言ってるでしょ……っ!?」
　あれから家に帰ってきた私たちは。
「《胡桃……》」
「っ、だから！　耳はやめて……!!」
　帰ってきて早々。
「遥、この抱え方好きなの!?」
《これならぜったい逃げないだろ？》
　お姫さま抱っこでソファへと連れていかれた私は、
「お、下りる……」
「だめ。もっとくっついて」
　こ、この体勢はほんとに無理っ……!!　遥の足に跨る形で座っていて、正面から抱きしめられていた。
「なんでこっち見てくんねーの」
「……」
「胡桃」
　っ……。
　トンッと肩に頭が乗って、甘えるようにぐりぐりされる。
　ずるい……。今度は声だけ。
　いつも心の声と一緒だから、声だけで囁かれると、ダイレクトに耳から全身にそれが伝わるから。
「それっ、や……っ」
　耳元で名前を呼ばれただけなのに、体が震えてしまう。

「耳、弱い？」
《へえ。まずは弱点１つ》
「っ、よ、弱くな……っ、ひゃっ…ぁ」
　今度は耳に何かが這う感覚。
　ビクリと腰が跳ねて、うしろへ下がろうとしても。
　後頭部と腰にまわった手に、力が込もるばかり。
「もっともっと、胡桃の弱点教えて？」
《んで、もっとその声聞かせて》
「っ、なっ、弱点なんかっ、ない……っ」
　ぐぐっと肩を押しても。
　ふっと笑った唇が耳に押しつけられて、とろけるほど甘い声が私を狂わせる。
「うそばっか。じゃあ、これは？」
　ちゅっと耳たぶに口づけられたあとで。
　シャツのボタンがいくつか外されて、首から鎖骨（さこつ）へと唇が落ちていく。
「んっ、や……っ」
　でもそれでも。
　声は抑えられないけれど、顔だけはぜったいに見られたくない。
　そう思って、変にゾクゾクする感覚を必死にこらえて、顔を背けたら。
「まだ頑張る？　なら……」
「ひゃっ……！」
　手がシャツの中にすべり込んできて、直に背中をなぞられる。
「んっ、は、はるか……っ」
「ん」
　そして、耳に何度も何度もキスが落ちて。
「顔、見たい。見せて、胡桃」
「っ、ぁ……」
　ふっと息を吹きかけられたあとで、甘い声が鼓膜（こまく）を震わせる。
「っ、はる……かっ……」
「何？」
「手……っ、抜いて……っ」
「っ、だからそれやめろって」
《っ、やばい……》
　震える声で遥のシャツをぎゅっと掴んだら、その手をとられて、開かれて、指が絡んで。
「どれだけ俺のこと、あおんの」
　珍しく強気な声に、揺らぐ頭と潤む視界の中、まっすぐ見つめれば。
「はる、か……？」
《っ、あー……くそ。舌ったらずなの、ほんとクる》
「胡桃、キスしたい」
「あっ、待って……んんっ……」
　余裕がないと揺れた瞳に射抜（いぬ）かれて、応える前に唇を塞がれる。
「んっ、や……っ」

《はぁ、かわいい。めちゃくちゃかわいい。もっとキスしたい》

「っ、ふぁ……ん」

《好き。好きだよ、胡桃。すっげえかわいい》

　もう、何がどうしたらいいのかわからない。

　全身が熱い。

　心臓が壊(こわ)れそう。

　力が入らない。

　めまいがする。

　背中をなぞる手はそのままだし、もう片方の手はぎゅうっと握られたまま。

　何度も重なる唇がどんどん深くなって。

「っ、もっ、無理……っ」

「うん。でも、まだ。もっと胡桃に触れたい」

　だから……。

「口、開けられる？」

「まっ、待って……」

「待たない」

　唇が触れ合ったまま。

　甘いのに、どこか獰猛(どうもう)なまなざしが逃がしてくれない。

「なぁ、胡桃」

　おでこに、まぶたに、頬に。

「好きだよ。あーん、して」

　最後に、唇に触れるだけのキスが落ちてきて、愛おしいと目を細められたら。

遥から伝わる体温が、視線が、私を好きだと叫んでいるみたいで。
「ん、そのままな」
「っ……ぁ」
胸がきゅうっとなって、受け入れることしかできなくなる。
「ん、上手だよ。もっと」
《舌、絡ませて》
私はこんなにいっぱいいっぱいなのに、遥は甘い声で囁いて、首筋をつつーとなぞる。
「っ、ぁ……っ」
途端に。
体の奥底が変に疼(うず)く感じがして、思わずビクッとしてしまう。
「っ、かわいい……」
「《好き。好きだよ》」
っ、そんなに何度も言わないで……っ。
漏れる声、唇が合わさる度に聞こえる水音。
そして、囁かれる“好き”に耳が支配されたみたいにおかしくなるから。
「はっ、はるか……っ」
「ん。ここまでかな」
もう、限界……っ。
瞬間。
我慢できずにぽろりと落ちた涙を見て、遥はとけた目で、ふわっと目尻にキスを落とした。
「はぁ……っ、はぁ……」
「頑張ったね。かわいかったよ」
　シャツの中に潜り込んでいた手が抜かれて、後頭部をふわふわと撫でられた。
「はるかっ……余裕、ありすぎだよ……っ」
　私はこんなに呼吸が荒いのに、どうしてそんなに涼しい顔でいられるの……っ。
「そんなことない。あまりにかわいい声だったから、もっと聞きたいって思ってがっついたし」
「か、かわいい声……」
「うん。もうずっと聞いてたいくらい」
《それに、いっぱい気持ちよくさせてあげたいって思ったら、止まんなかった》
　あとは顔、見たくて。
「っ〜!!」
「だ、だからって……」
「こんなに激しいキスするなって？」
《俺はもっと激しいやつしたいけど》
「っ、バ、バカっ!!」
　もっとって。
　これ以上のって、何っ!?
「ふっ、ごめんって。でも、なんであんなに顔見られるの嫌がってたの？」
「っ……」

そ、それは……。

「教えてくんないと、次はもっとすごいのいっぱいするけど？」

《あ、もしかしてしてほしい？》

「違う!!」

「じゃあ、なんで？」

ううっ……近いよ……っ。

ググッと近づけられた顔に、急上昇していた体の熱がますます上がってしまう。

こんなの、逃げられるはずない。

「うれしかった、から」

「何が？」

「その……みんなの前で彼女って、言ってくれたり……」

キス、してくれたり。

遥のおかげで、だいぶ自分に自信を持てるようになったから。

「……」

《……》

「あ、あの、遥……？」

う、うつむいてる……。

何も言わないし、心の声も聞こえない遥ははじめてで、一気に不安が込み上げてくる。

私、何か変なこと言っちゃった……？

「ご、ごめん遥っ、変なこと言って……っ、ん」

「っ、ばっか。変なことどころか、うれしすぎて心臓止まった。なあ、ほんとなんでこんなかわいいの？　俺のこと殺す気？　胡桃のこと、好きで好きで狂いそうなんだけど」

く、狂いそう!?　というか、いきなり饒舌（じょうぜつ）に話しはじめた遥にびっくりしてしまう。

珍しく「あー……」って言って、髪をぐしゃぐしゃとする遥。

あ……耳、赤い。

もしかして、照れてる？　なんか遥って、たまにかわいいとこあるよね……？

胸がキュンとして、つい耳へと手を伸ばせば。

「っ、もっとさわって」

一瞬びくりとしたのに、予想外のことを言われて固まってしまう。

さっき教室で、女の子に触られそうになったときは、あんなに嫌がってたのに。

「胡桃は特別。というか、もっと俺のこと欲しがってよ」

《なんなら胡桃から抱きついて、キスしてくんないかな》

はっ!?　なんてバッチリ心の声まで聞いちゃった私は。

「っ、遥のバカ！　どれだけキスしたいの！」

恥ずかしさと、照れくささと。

それ以上のうれしさに、思わず声を荒らげてしまう。

「したい。胡桃となら、四六時中ずっとしてられる」

《次は俺の首に手、まわしてほしいな》

さっきまで照れてたはずなのに、ニヤリと笑ってまたいじわるスイッチが入っちゃった遥。

四六時中なんて唇が腫れちゃう……じゃなくてっ！　もう無理!!

そう思って今度こそ本気で下りようとすれば、遥はクスクス笑いながらやっと手を離してくれた。

「じゃ、じゃあ、私ごはん作るから!!　遥はその間に荷物、整理してきて！」

今日からうちに住むからって朝に一度荷物を置きに来てたけど、まだ何もしてないみたいだし。

「はいはい」

《まー、照れちゃって。ほんとにかわいい》

またうしろで声が聞こえたけれど、今度こそ無視してキッチンへと向かう。

あの子にはめちゃくちゃ嫌がってたのに、私は特別、なんて。

キスも……。

思い出したら沸騰しそうなほど体が熱くなりそうで。

っ、今度は流されないようにしなきゃ。

そう、強く心に誓った。

「今日、何？」

「っ、は、離れてよ！」

「やだ。できるまでこうしてる」

「も、もうできます！」

「えー？　まだ煮込みたりないんじゃない？」

「もう十分だから！」

「はいはい」
《あー……残念》
　何が残念だっ!!　それからキッチンに立って、おたま片手に鍋と向き合ってたら、うしろから抱きつかれた。
「胡桃が俺のために作ってるの、まじで感動」
《夢、叶った》
「夢……？」
「うん。昔作ってもらったとき、めちゃくちゃおいしかったから。胡桃のごはん、また食べたかった」
《なんか、こうしてふたりでキッチンにいたら新婚っぽくない？》
「っ、バカ！」
「そのバカ、もっと言って？　めちゃくちゃかわいーから」
「っ、ばっ……言わないっ！」
「今、言いそうになったじゃん」
　私の顔を覗き込んで、ツンツンと頬を触られる。
　プラス、クスクス笑うから、その度に私の肩で遥の頭がゆれる。
　ううっ……首に髪が当たってくすぐったい。
「しかも料理するとき、髪くくってるんだ？　超かわいい」
「あ、ありがとう……」
《首、真っ白。痕つけたくなる》
　……!?
　その言葉に逃げようとするも、遥が放してくれるはずもなく。

「はいはい、逃げない」
「っ、あ、痕って……」
「ん？　キスマーク」
《俺のってしるし》
　さらりとポニーテールが梳かれて、うなじにちゅっと口づけが落ちてきた。
「っ！　あっ、危ないから……っ」
「大丈夫。火、止めるから」
「っ、あっ、ちょっ……」
　そこまでしてしたいの!?　なんてやりとりをしている間にお鍋の火が止められて、お腹にまわった腕にぎゅうっと力が入る。
「痕、つけるよ」
　っ、いちいち言わないでいい……!!　途端に心臓がバックンバックン音を立てる。
　そういうこと言われると、今からされるんだって思って、変に緊張しちゃうから。
「胡桃……」
　ビクッ……!!　うなじから耳のうしろへと寄せられた唇が低く、甘く囁く。
「耳だけじゃなくて、うなじも弱いんだ？」
《弱いとこ、一気に攻めたらどうなる？》
　なんてまたクスッと笑う声が聞こえたから。
「これ以上したら、遥のごはんナシだから」
「それは反則」

なんとか冷静を装って声を張って、またお鍋に火をつける。

「じゃあ、今度はキスするときに俺の首に手をまわすのと、痕つけるの両方しような」

「っ、し、しないから!!」

「やっぱ、めちゃくちゃうまかった……」

「そ、それはどうも……」

それからなんとか無事に完成してできたメニューは、カレーと付け合わせのサラダ。

材料切って煮込むだけだし楽だからって理由で選んだけど、遥みたいにオシャレなものを作ればよかったなってちょっと後悔。

「久しぶりにこんなに食べた。こんなにおいしいのが食べられるって思ったら、俺それだけで仕事頑張れる」

「お、大げさだよ……」

「ほんとだよ。だって、俺への愛、いっぱいこもってるもんな」

出た、遥のいじわるスイッチ。

たぶん今も、私が照れるってわかって言ったに違いない、けど……。

「……」

「否定しねーの？」

うん。

だって、本当、だから……。

あえて何も言わず、熱くなる顔も隠さないまま、まっすぐ遥を見つめる。

「俺、まじで浮かれちゃうけど、いいの？」

「うん……」

途端に。

パアッと華が咲いたみたいに頬を緩ませた遥は。

「っ、胡桃……っ」

うっ、かわいい……。

ガタッと勢いよく席を立ったと思うと、私の両手をとって、立たせて。

「《はー……すっげぇうれしい》」

ぎゅうっと抱きしめられて、その声がすごく弾んでて、私も恥ずかしい以上に胸がキュンとした。

何度もおいしい、うまいって言って、おかわりまでしてくれた遥。

久しぶりに食べてもらったから、少し緊張してたし、不安で。

だからこんなに喜んでもらえるとは思わなくてびっくりして、たまには素直になってみようって決めたの。

「こ、今度、唐揚げ作るね」

「……俺の好きなもの、覚えててくれたの？」

「……うん」

そっと体を放されて、すぐに飛び込んできたのは驚きで見開かれた目。

だって、そんなに喜んでもらえるならって。

また頑張って作ってあげたくなる。

「っ、何どうしたの？　さっきまであんなにツンツンしてたのに、めちゃくちゃ素直じゃん」

《胡桃好き。すげえ好き》

遥の目が珍しく動揺してるように見えて、ちょっぴりうれしくなる。

これは無意識の声だ。

遥の心の声は無意識のときと、わざと言ってるときの違いがわかりやすい。

遥が話してるときにつぶやかれてるのは無意識の声。

声と心の声が一緒に聞こえるときとか、授業中みたいに話してないときのやつは、だいたいわざと。

「お仕事、大変なのわかってるから、少しでも頑張れるようにって」

恥ずかしさ極(きわ)まりなかったけれど、なんとかじっと目を見て伝える。

遥はいつもまっすぐ気持ちを伝えてくれるから、私も同じ気持ちだよって伝えたくて。

「っ、胡桃……」

「っ、あ、き、キスはだめ……ごはん食べたばっかだし」

私の言葉のあとで、きゅうっと甘く細められた目が、すぐにドアップに。

で、でもカレー食べたあとだから……！　慌てて遥の口に手を当てれば、不機嫌な表情のまま、そこに口づけされて、ビクッとする。

「俺は気にしないけど」
「っ、わ、私が気にするの！」
　彼氏の前では少しでもかわいくいたいって思うのが女の子、だから。
「じゃあ寝る前。夜寝る前に、たくさんしような」
「っ、し、しない！」
　もう今日は無理だよ……！　そんな気持ちを込めて首をふったのに。
「約束」
　遥はクスッと笑って、私の手の甲にキスを降らせる。
「じゃあ、お皿洗っとくから、先にお風呂行ってきな」
　なんてめちゃくちゃ楽しみといわんばかりにキッチンに向かう。
「し、しないから……」
　つくづく遥の声に弱い私から出た声は、かすれるくらい小さかった。

「じゃあ、寝ようか」
「な、なんで私の部屋に来るの!?」
「俺の部屋のほうがよかった？」
「そ、そういう問題じゃない！　て、ていうか……」
　服着てよ……!!
　それから、私がお風呂から上がったあと。
『お風呂上がり、めちゃくちゃかわいい。俺も入ってくる。部屋で待ってて』

ポンポンと頭を撫でられて、火照った頬がますます赤くなった私。

それに遥はふっと笑うと、お風呂に向かった。

そして私はドライヤーを終わらせたあと、１人ベッドにうずくまっていた。

部屋で待っててって、何？　一緒に寝るってこと!?　た、たしかに彼氏彼女だから、そういうのは普通だとは思うけど!!　さっきたくさんしようとかなんとか言ってたから、そういうこと!?　私、何して待ってたらいいの!?

心臓がドッドッドと暴れる中で、１人頭を抱えてあわあわしてたら。

「胡桃」

「ひゃあっ……!?」

「なーに。そんなにかわいい声出して。襲ってほしいの？」

「ち、違います……」

「ふはっ、敬語。かわいー」

うしろから急に声かけられたら、誰だってびっくりするに決まって……って!?

「っ、て、な、なんで私の部屋に!?　ていうか、ふ、服着て!!」

バッとうしろを向くと、下はスウェットだけど、上半身は裸(はだか)の遥がそこにいた。

「何？　意識してくれてる？　ならずっとこのままでいよっか」

「っ、いいわけない！　早くして！」

「んー、でも……」

「っ、ひゃっ……」
「そんなにかわいい声出されたら、着るに着られないな」
《耳まで真っ赤。ほんっとかわいい》
「っ〜!!」
　なのに遥ときたら。
　ニヤリと笑って正面から私を抱きしめるから、遥の肌にじかに体がぶつかって。
　鼻をくすぐるシャンプーの香りにめまいがして、熱い体に私のほうが熱くなる。
《あー……やっぱいな》
　な、何が……。
　私はこの状況のほうがやばいと思うんだけど……。
「胡桃、めちゃくちゃいい匂いするし、いろいろぶっ壊れそう」
　い、いろいろって……？　首をかしげたその瞬間。
「っ!?」
　ドサッと音がして。
「はっ、遥……!?」
「ん？」
「な、なんで」
「押し倒してるのかって？」
《だってさ……》
　胡桃、今の自分の格好わかってる？
　格好？　大きめのTシャツにショートパンツ。
　だいぶ暑くなってきたこともあって、最近はいつもこの格好。

　これが、どうかしたの……？

「ここ、見えてんだけど」

「ひゃ……っ！」

　肩をなめられたあとで、鎖骨をつつーと指でなぞられる。

「彼氏がそばにいて、なーんでこんなえっろい格好しちゃうかな」

「え、えろい……？」

「うん。まあ正直お風呂上がりって時点でやばいし、ベッドで待ってるのもアレだけど。ここも……」

「っ、あ……！」

「こんな丸見えでさ、食べてくれって言ってるようなもんだよ」

「っ、は、遥……っ」

　ちゅうっと太ももの内側を吸われて、撫でられて、腰がびくびく跳ねてしまう。

《はぁ……かわいい。えっろ……》

　加えて両手をシーツに押しつけられれば、目の前を遮るものは何もない。

　たしかにTシャツは肩からずり下がるような大きさだし、太ももも見えちゃってるような露出が多い格好かもしれない。

　で、でも……。

「は、遥だって……」

「何？」

「遥だって、えろい格好してるじゃん……」

濡れた前髪から覗く目は、少し暗めにしたライトのせいか、なんだか変に色気が感じられるし、脱いでる上半身だって、ほどよく筋肉がついてて……あーっ、もう……！　これ以上はもう、無理……！　それくらい、今の遥の格好は普段のクールな姿より何倍も男の人って感じがするから。

「意識、しないほうが無理、だよ……」

「っ……!!」

おそるおそる見上げれば、遥の喉がコクリと上下に動いた気がした。

「っ、あー……もうっ」

「ひえっ……！」

ぎゅっと目を閉じた遥は一度空を仰いで、片手で顔を押さえた。

《ほんと、無理。まじで死ぬ。俺、ぜったい胡桃に殺される》

こ、殺される!?　なんで急にそんな物騒な言葉が出てくるの!?　しかも唸ったまま顔から手を離さないし……。

「あ、あの、遥？　とりあえず、服着よう……？」

風邪、引いちゃうし……。

そう思ってなんとかベッドから下りて、部屋を出ようとしたら。

「ひゃっ……!?」

「さっきの続き。しようか、胡桃」

うしろから抱きつかれて、グイッと顎を持ち上げられたかと思うと。

「ほら胡桃。キスするときは？　どうするんだっけ？」

ギラギラと燃えたような瞳が、濡れた前髪からのぞいていて。

背中にゾクリとした何かが走った気がした。

な、なんか遥、髪が濡れてるだけで、雰囲気が違いすぎて……。

「い、いじわるしないで……っ」

つい、口から出たのはその言葉。

「っ……」

《だから、その顔も言葉も反則なんだって。かわいすぎなんだよ》

「うん、でもこれだけ。胡桃、キスするときは？」

「……あーん、って、する……？」

自分で言っておきながら、ぶわわっと一気に顔に熱が集まる。

「いい子。よくできたね」

《っ、破壊力（はかいりょく）、やばすぎ》

そして触れるだけのキスから、すぐに熱い舌がすべり込んでくる。

「っ、ふ……」

「ん、かわいい。

もう少し、力抜ける？」

「っ、んん……っ」

「ん、そのまま。気持ちよくなることだけ考えような」

《好きだよ、胡桃。めちゃくちゃ好き》

「っ、ん……はっ」

　心臓がバクバクうるさい。

　遥からぶつけられる熱量に、なんとか必死についていこうとして手を伸ばせば。

「んっ、あっ、は、遥……」

「っは、何？」

「風邪、引いちゃう……」

　触れた腕が少し冷えてる気がした。

「大丈夫。胡桃にあっためてもらうから」

　そう言ってほほえむと、遥は私をふわりと抱えて、ベッドへ腰かける。

「胡桃」

「んん……はぁ……っ」

「さっき俺が言ったことの１つ目。覚えてる？」

　ひ、１つ目……？　何、言ってたっけ……。

　熱に浮かされてくらくらする頭じゃ、何も考えられない。

「お、覚えてない……」

「そっか。なら、もう１回教えるから、次からは頑張ろうな」

　そう言って私の両手をそっと持ち上げると。

「キスするときの２つ目の約束。俺の首に手、まわすの。
　できる？」

「た、たぶん……」

《ふっ、その答えが胡桃らしいよな》

「ん、じゃあ、あったまろ」

　そして。私の背中と後頭部に手をまわして引き寄せると。

「もっとくっついて。俺のこと、あったためて」
「っ、ぁ……はる、か……っ」
　肩に唇が押し当てられて、体がビクンと跳ねる。
「体あっつい……これ、好き？」
「っ、やめっ……」
「やめない。気持ちよさそうだから、いっぱいしてあげる」
「ふっ、遥……っ」
「ん、いいこ。手、下ろしたらだめだよ」
　肩にキスされるだけじゃなくて、なめたり吸ったりされたりしたら。
　恥ずかしさなんてとっくに振り切れちゃって、もうぎゅっと手に力を込めるしかない。
「じゃあ、もうちょいキスしたら寝よっか」
「ふっ、はぁ……」
　もう頭はぐらぐらだし、めまいがする。
　視界は潤んで、もうとっくに全身から力が抜けてるのに。
「１回休憩な。でも、まだだよ」
　まだ寝かせない。
　そういわんばかりに、口角を上げて、濡れたまぶたにキスを落とされる。
「ちょっと待ってて。服、取ってくるから」
　寝ちゃだめだよ。
　ふわふわと私の頭を撫でたあと、顔にかかったサイドの髪をそっと耳にかけてくれる。
　そして最後にクスッと笑って私を横たえると、ベッドから下りて部屋を出ていく。

寝ちゃだめって言われてるのに。

なんか頭ふわふわしてるせいか、眠くなってきた……。

まだ遥は戻ってきてない。

まだ寝ちゃだめ。

そう思ったけれど、少しだけ……と、目を閉じた瞬間。

一気に疲れが押し寄せてきて、すぐに夢の中へと落ちていく。

「あーあ、気持ちよさそうに寝ちゃって」

それからすぐ。

遠くで遥の声が聞こえたけれど。

「おやすみ、胡桃」

《大好きだよ》

その声に、今度こそ私は眠りへと落ちていった。

ドラマ出演!?

　ピピピ、ピピピッ。
　んー……もう、朝？　閉じた目の外からまぶしい光が入り込んでくる。
　ピピピ、ピピピっ。
　うるさいなぁ……。
　手探り（てさぐ）でスマホへ手をのばすと、ピタリとアラームが止まって、代わりにふわっと手をとられた。
「胡桃。起きた？」
　この声、遥……？　目を開けたいのに、眠くてできない。
　そう思って身をよじったら、ギシッとベッドのスプリングが鳴った。
「まだ、覚めない？」
《相変わらず朝、弱いのな》
　クスッと笑う優しい声のあとで、くすぐったい感覚が、手首、手の甲、頬に落ちてくる。
　そして。
「んんっ……ふ、ぁ」
　唇に落ちてきた羽みたいにやわらかいもの。
　なんとか目を開ければ、三日月型に細められた目がドアップで。
　でも、寝起きの頭じゃ、ぼーっとして何も考えられない。
「ふふ、とろんとしちゃってかわいい。ほら、もう１回キスしよ」
「んっ……」
　ふわふわと頭を撫でる手と、唇の甘いそれにゆっくりゆっくり目が覚めていく。
「はる、か……？」
「お、やっと起きた。おはよう、胡桃」
《寝起きも、とびきりかわいい》
「おは……って、えっ!?」
　脳内で囁かれた声に、ハッとする。
　なっ、なんで……。
「なんで遥が私の部屋にいるの!?」
　しかも両手は絡められてシーツの上で、なぜか押し倒されてる状態。
　どういうこと!?
「なんでって、昨日あのまま俺もここで寝たから」
《胡桃が寝ちゃって残念だったけど》
　昨日？　あのまま？　寝ちゃった……？
「……」
　ああっ!!
「っ〜!!」
「思い出した？　ここ、真っ赤になってる。かわいい」
　するりと撫でられた頬が熱い。
　愛おしいといわんばかりの目をして、遥はふたたびキスを落とした。
「っ、ちょっ、遥！　ち、遅刻するから！」

慌てて起きようとしたけれど、手がつながれたままだから、起きられなくて。

遥はすでに制服に着替えてるし、髪もセットしてるのに、私はまだ寝起き。

遅刻する……！

「大丈夫。いつもよりだいぶ早いし。俺、今日は仕事で早く起きたんだけど、どうしても胡桃の声聞きたくて」

《それと……いってらっしゃいって言ってもらいたかったから》

「い、いってらっしゃい？」

「うん。胡桃、いつも朝早く行ってたから会うことほとんどなかっただろ。これもずっと夢だった」

「遥……」

「それと……」

「っ、きゃっ!?」

「おはよう、胡桃」

「っ、えっ、えっ!?」

クスッと笑った遥は私の背中に手をまわして抱き起こすと、ぎゅうっと全身を包むように抱きしめた。

「あと、プラスでぎゅーもしたくて」

《ほんとはキスもしてくれたらうれしいけど、まあそれはおいおいで》

「っ、なっ、キスって……！」

「うん。朝は胡桃から。で、夜は俺から」

《朝だと歯止め効かなくなったら困るから。夜ならどれだ

けしてもいいもんな》
「っ、バカっ！」
「だから、そのバカもかわいいって言ってんの」
《あー……仕事行きたくない。ずっと胡桃とイチャイチャしてたい》
「っ、なっ、だめでしょ！　ちゃんと行かないと！」
「んー……でも」
　そっと肩から顔を上げて、じっと見つめてくるやわらかい瞳は何か言いたげで。
「な、に？」
「んーん、なんでもない」
　っ、何それ。
　あえて何も言わないで、ふっと笑うだけ。
《……》
　こういうときに限って心の声も静かで。
　わかってやってる。
　ほんと、いじわる……。
　でもどうすることもできなくて目をきょろきょろさせていたら、遥はまたふっと笑う。
「胡桃」
「なっ、何」
「言って？　俺に。おはようって」
「……お、おはよう」
「だめ」
「な、なんで」

《ちゃんと俺の目、見て》
「っ～!!」
　近いっ……！　スっとあごを持ち上げられてしまえば、目が合うのは必然で。
　てか、あいさつってこんな顔近づけてするものじゃないよね!?　それに、催促されてあいさつするのも、すごく恥ずかしいし……。
　なのに、期待と愛おしさを含む目に見つめられて、それに応えたいと思う私も大概だけれど。
「胡桃」
「お、はよう……」
　鼓膜を震わせるほどの甘ったるい声。
　こんなの、素直になるしかない。
「ん、これから毎日な」
「ま、毎日!?」
　こんなの毎日やってたら、私いろいろな意味で死んじゃうよ！
「約束」
「ちょっ、そんな強引……！」
「それで？」
「そ、それで？」
「うん。この次は？」
　どうするんだっけ？　私がうろたえているのをよそに、どんどん話を進めていく。
　私は知っている。

一度スイッチが入った遥は、止まることを知らないって。

「さっきのやつ、やって？」

ほら、やっぱり。

口角を上げて、ニッと笑ういじわるな顔。

でも、なんだろう。

なんか、めちゃくちゃうれしそうな顔してる……？　口元を緩ませて、目尻はこれでもかと下がっている。

どんな女の子の前でもクールなのに、私の前だけではこんなに優しく笑ってくれる。

そう思ったら胸がきゅーんとしめつけられて、どうしようもないくらいの喜びが込み上げてくる。

「言ってよ、胡桃」

「……い、いってらっしゃい？」

「あー……これだけで１日頑張れる、けど」

「っ……！」

私の肩に手を乗せたまま。

心の奥を見透かすような、熱っぽい瞳。

私を欲しがってるみたいな、色を含んだ瞳に胸がドクンと大きな音を立てる。

遅刻する。

早く起きなきゃ。

頭ではそうわかってはいるけれど。

「は、遥……」

「何？」

「お仕事、頑張って……」

「っ!!」
　はぁ……っ。
　めちゃくちゃ一瞬だったけど、頑張ったよ、私。
　唇はさすがに無理だったから、ほっぺで妥協点。
　熱くなる頬を隠したくて、すぐに遥の胸におでこをあてる。
　今はこれで許して。
「っ、あー……」
「遥？」
《自分で言っといてなんだけど、これはやばい。まじでやばい。幸せすぎる》
「ほんと好き。すっげえ好き」
《めちゃくちゃ押し倒したい。キスしたい》
「っ、ちょっ、はる……っ」
　静かだった心の声が一気に波のように押し寄せてきて。
「胡桃、好きだよ」
　っ、もうやめて……！　合わせてぎゅっと抱きしめられたら、ドキドキしすぎて、ますます抵抗できなくなるから。
「い、いいかげん遅刻しちゃう……」
　もう、いろいろ無理。
　耐えられない。
　身も心ももたない。
　けれど、その広い背中をポンポンと叩いてみても、一向に離れてくれない。
「わかってる」

「わかってるなら、早く離して……」
「……」
「ね、はる……」
「そんなに離してほしいの？」
「っ……！」
　コツンとおでこがぶつかって、交わる瞳が切なく揺れる。
《やっぱ、こんなに好きなの、俺だけ？　ずっとくっついていたいって思うのも俺だけなの？》
「っ……」
　いつもクールで余裕なところしか見せないのに。
　眉を下げて、悲しそうにほほえむ姿、なんてめったにしないくせに。
　だからなおさら。
　その顔をさせているのは私なんだと思うと、恥ずかしいとか、そんな気持ちなんてどこかにいっちゃって。
「そんなの……」
「何？」
「私だって、離れたく、なんかない……」
　できることなら、遥とまだ一緒にいたい。
　うつむいたままでしか言えなかったけれど、この気持ちだけは伝えたくて、遥のシャツをぎゅっと掴む。
　私だって遥をちゃんと好きなんだよって、遥と同じ気持ちなんだよって伝えたくて。
　でも、遥はお仕事、私は学校に行かなきゃだから。
「だから、その分……夜にしたい、の」

ぬあぁぁぁ!!　なに言っちゃってんの、私!!　そんな切ない目で見られるから、今にも顔から火が出そうなほどの恥ずかしい言葉が、自然とスルスル口からこぼれてくる。

はぁ……。

ほんと、こういうときしか素直になれない自分がつらい。

「……言ったな？」

「へ？」

「言質（げんち）、とったからな」

「っ、なっ、はっ!?」

言質って、騙したの!?　あんなに悲しそうだったのに、今はただただうれしそうに笑うだけ。

「俺も。夜にいっぱいイチャイチャしたい」

《胡桃が理性とばすくらい、とろとろになるまでキスして抱きしめて、なんなら……》

うわあぁぁぁ——!!

「ちょっ、ちょっと待って遥っ!!」

「何？」

「何？　じゃないっ！」

私が目の前にいるっていうのに、なに考えてるの!?　慌ててその口を押さえれば、遥はキョトンとしたまま、首をかしげるだけで。

ま、まさか……理性とばす云々（うんぬん）は、わざと私に言ったんじゃなくて、無意識に遥が思ったってこと!?

「だって、ほんとのことだし」

「っ〜!!」

いつもならここでニヤッてしたり、いじわるな顔をしてるのに。

め、めっちゃ笑顔……。

窓から差し込む太陽の光に負けないくらい、まぶしい笑顔を浮かべる遥に、どうしても口が引きつってしまう。

「胡桃」

「っ、な、何？」

「今日は仕事、午前で終わるから、昼は一緒に食べよ」

「あっ、う、うん……」

お昼、一緒に食べるんだ……。

高校に入って、ふたりでお昼とかはなかったから変に緊張する……。

「……」

「どうした？」

「べ、べつに……」

さっきまでの笑顔はどこへやら。

心の声も聞こえないし、ただ優しくほほえむだけ。

さっきのは幻覚（げんかく）？　幻聴（げんちょう）？　ってくらい。

「今めちゃくちゃ押し倒したいけど、今は我慢するから」

っ!?

「なっ、なななっ、な!?」

途端にぶわっと顔が熱くなる。

けれどそんな私に遥は、ただ目を細めて甘くほほえむだけで。

《あー……かわいい》

「昼食べたあとは、今の続き、しような」
　っ、なっ、なんでそんな！　もっと心臓に悪いことばかり言うの!?
「もっ、もう、どれだけキスしたいのっ！　早く仕事いって！」
「だって、胡桃が好きでたまんないから」
「っ〜、早く行って！」
「はいはい」
《あー、楽しみ。これで仕事頑張れる》
「きゃっ!?」
「ここ、寝癖ついてる」
《かわいいなぁ》
　そしてクスッと笑うと、前髪の上からキスを降らせて今度こそ部屋を出ていった。
　トクトクと鳴っていた心臓は、もはやバックンバックンになってて。
「っ、もう……っ」
　今にも叫びたくなるのをこらえて、ボスンと枕に顔をうずめて息を吐いた。
　あんな、私を好きで好きでたまらないって顔。
　私に触れる手も唇も、視線も。
　遥のすべてから愛おしいと叫んでいるみたいに感じて。
　っ、はぁ……。
　いじわるだったり、激甘だったり。
　朝からこんなに心臓が動いたのははじめて。

　ほんと、ずるいよ……。

「で、どうだったの、同居１日目は!?」
「どうしたもこうしたもないよ……」
　それから私は学校につくなり、あーちゃんに泣きついていた。
　昨日の遥の爆弾(ばくだん)発言のあと、案の定教室中はパニックになってたらしくて。
　居心地、悪すぎる……。
　朝来てみたらあちこちからビシバシ視線を感じる。
「最悪だ……」
「まあ、あんな発言されればねぇ」
　どうやら例のアレはあーちゃんにも見られていたみたいで。
　彼氏とのイチャイチャを友達に見られるなんて、こんなに恥ずかしいことってない。
　何よりも小学校のときからの同級生に見られるっていうのがなんとも。
　遥にああ言ってもらえたのはうれしかったし、自信もついたけれど、自分がどれだけ女の子たちに人気あるのかわかってる？　私、ぜったいいろいろ言われてるよ……。
「その心配はないんじゃない？」
「あーちゃん、エスパーですか？」
「胡桃の考えてることくらい、見てればすぐにわかります」
「ううっ、あーちゃん……っ」

「あーも、ほら、そんなメソメソしないの。胡桃を泣かせたって遥くんに怒られるのとかまじで勘弁（かんべん）なんだから」

「そこなの？」

「当たり前でしょ。いくら友達とはいえ、遥くん、あたしと胡桃がハグしてるときでさえ、羨ましいといわんばかりにこっち見てるんだから」

「ええ……」

　何それ……。

「でた、無自覚。
　胡桃、あんた遥くんの愛なめすぎ」

「な、なめすぎ？」

「いーい？　遥くんの気持ちをわかってなかったのなんて、小学校から胡桃だけよ？　いつも好きでたまんないって顔してるのに、一向に気づかないんだもん」

「……」

「あれはめちゃくちゃ重いし、大きいわ。断言できる。まさにベタ惚れってやつよ。他の女なんか100パー勝ち目ない」

　あたしは心の底からお断りだけど。

　ヤレヤレ……とため息をついた、あーちゃん。

　そういや、前に同じ普通科の子に応援してるって言われたことあったっけ……。

　遥の隣に私なんてって思っていたから、認めてもらえるのはうれしいけど、なんかいろいろ複雑だ。

「だから、それが芸能科の子が相手でも同じ話。あー……

なんか話聞いてると、あたしも彼氏欲しくなってきた」

　ちらりと目を向けた先には、女の子に囲まれた不知火くん。

　あーちゃんは相変わらず不知火くんラブなんだね。

「ありがとう、あーちゃん……」

「いいってことよ！　にしても人の恋バナ聞くのってほんと楽しいわぁ。またいつでも話聞かせてよ！」

「うん、ありがとう……」

　思えば私、あーちゃんに相談に乗ってもらってばっかりだ。

　たまには役に立ちたいと思うけど、あーちゃんは推しがいれば生きていけるってタイプだもんね……。

「ねぇ、あーちゃん」

「何？」

「crownのメンバーに、他に推しはいるの？」

「どうしたの急に？」

「いや、不知火くん以外にもメンバー何人もいるじゃない？」

　リーダーの不知火くんをはじめとして、crownにはメンバーがあと６人いる。

　八朔くんに、甘利くんに、あと桃華たちのクラスに３人いるって言ってたっけ。

「うーん……やっぱり不知火くんが不動かな。他のメンバーももちろん好きだけど、とくに甘利くんは正直苦手、かも」

「え？　苦手？」

「うん」
「ねぇねぇ不知火くん！　サイン書いて！」
「いいよ、ちょっと待ってね」
「不知火くんて、好きなタイプとかいる？」
「うーん、とくにはないけど、ファンの子はみんな好きだよ」
「きゃあああ！」
　うわぁ、すごい……。
　よくあんなこと言えるなぁ。
　たくさんの女の子に囲まれる中でも嫌な顔１つせず、優しい笑顔で対応する不知火くん。
　まさに王子様、アイドルの鑑って感じ。
「不知火くんに対して、甘利くんは逆なの」
　逆？　そう言ったあーちゃんの目線を辿れば、囲まれている不知火くんのすぐそばの席で。
「あ、甘利くん！　昨日の音楽番組すごくかっこよかった！」
「どうも」
「これ、よかったら甘利くんにって作ったんだけど、どうかな」
「悪いけど、他人が作ったものとか食べれない」
「っ!!」
　話しかけてきた女の子に対して返事はするものの、ずっと眉をひそめて、どこか冷え冷えとしたオーラの甘利くん。
　パーマのかかった艶のある黒髪に、黒のリングピアス。
　中性的な顔立ちで、よくファンの子がかわいいって言ってるのを聞いたことがある。

　あーちゃんいわく、歌もダンスもグループの中ではトップレベルらしいんだけど、女の子たちに対する態度が冷たいと評判なんだって。

　横顔も見とれるくらいキレイで、まわりの女の子たちはみんなうっとりしているのに、当の本人は、今もずっとスマホを触ってて顔を上げようとしない。

「ちゃんと知らなかったけど、甘利くんて、あんなキャラだったんだ……」

「そう。不知火くんの真逆よ、真逆。相手が女子であれば、ファンの子だろうと、とくに同じ芸能科の子にはもっとだね」

「そうなの？」

「うん。前に遊びに誘われたときもスルーしてたし。女嫌いなのに、なんで芸能界に入ったんだろうね」

　たしかに。

　見るからに王子様！みたいな優しいオーラの男の子が好きなあーちゃんからしてみればたしかに苦手なのかも。

　今までは、隣の席に遥がいるってことでいっぱいいっぱいすぎて、他の芸能科の男子を見ることはほとんどなかったけど……。

　ああして見ると、甘利くん、なんだか遥っぽいなぁ。

　女の子に対しての態度とか、ふるまいとか。

「でもグループの中ではいちばん人気あるから、不思議だよねぇ」

「そ、そうなんだ……」

理解できないといわんばかりに苦い顔のあーちゃん。

たしかに、もし自分がファンだとしたら、推しには優しくされたいと思うなぁ……。

遥のことだって、実際いろいろつらかったから。

「甘利くん、か……」

「ん？　あれあれ、もしかして浮気ですか？」

「ちっ、違うよ！」

ぼーっと甘利くんを見ていたら、ニヤニヤ笑いながらあーちゃんが顔を覗き込んできた。

「なんとなく、遥っぽいなぁって思っただけで……」

「おおっ、惚気ですか胡桃ちゃん。やっと遥くんと、ちゃんと向き合うようになったんだね！　胡桃の頭にはいつも遥くんがいるんだよーって今すぐ本人に言ってあげたい！」

「っ、ちょっ！　声大きい！」

遥の話になると、なぜか目をキラキラさせて、声が大きくなるあーちゃん。

ただでさえ、朝から肩身せまいからほんとやめてほしい。

ほら、今も。

遥の名前を出した途端、女の子たちが一気にこっちをふりむいて……。

えっ……？

「どしたの、胡桃？」

「あっ、いや、なんでもないよ……」

今……。

慌ててあーちゃんの口を押さえてまわりを見まわしたとき、ずっと下を向いていたはずの甘利くんがこっちを見ていた気がした。

——キーンコーンカーンコーン。

「あっ、チャイム鳴っちゃった。じゃ、またあとでね」

「う、うん」

それからすぐに先生が入ってきてホームルームがはじまった。

窓側のいちばんうしろの席から真ん中の前の方に座る甘利くんを、おそるおそる見る私。

気のせい、だったのかな……？

女嫌いで名高い甘利くんが、普通科の私のほうを見る理由もないだろうし。

ただ耳障りだって思って、こっちを見ていたのかも。

それから授業がはじまって、朝の時間がまたたく間に過ぎていく。

遥、お昼に来るって言ってたよね。

また、キスとかするのかな、なんて……。

こ、こんなこと考えてるなんて、私変態みたいじゃない!?

でも、緊張以上に、遥と昼休みを過ごせることにとびきり楽しみな自分もいて。

お仕事、頑張ってね、遥。

それから昼休みになるまで甘利くんが私を見ていたこと

なんて、まったく気づかなかった。

「ごめん、あーちゃん。昼休み、一緒に過ごせなくて」
「はぁ!?　なーに言ってんの！　遥くんがいるときはなるべく一緒に過ごしなさい！　これ、あたし命令！」
「め、命令？」
「そう！　胡桃が遥くんとイチャイチャしてる間、あたしは不知火くんのランチ姿を思う存分眺(なが)めてられるから！じゃあ、そういうことで！」
「あっ、ちょっ、あーちゃん!?」
　行った行った！　と背中を押されて、廊下にぽつんとたたずむ私。
　イチャイチャって……。
　なんか改めて言われると恥ずかしい……。
　ブーブー。
【もうすぐでつくから】
　遥からだ。
　とりあえず、お弁当が入ったランチバッグを持って出てきたのはいいけれど、どこに行こうか迷っていたからちょうどよかった。
　たしか、裏門って言ってたっけ……。
　芸能科の人たちはみんな、仕事終わりに学校に来るときは裏門から入るって桃華から聞いたことがある。
　普通の平日でも正門には出待ちがいたりするらしいんだけど、裏門のほうは木が生い茂(しげ)っていて昼でも暗いし、不気味な雰囲気だから誰も近寄ろうとはしないから、なんだって。

遥も杏もそうしてるって言ってたし、今日もそこに来るはず。

私が裏門に行くとは言ってないから、喜んでくれるかな。

それでおかえりって言ったら、どんな顔してくれるかな。

ドキドキするけど、お仕事終わりで疲れてるだろうし、少しでも喜んでくれるならうれしい。

そう思って玄関へと続く廊下を歩いて、角を曲がろうとしたとき。

ドンッ!!

「っ!!」

スマホを見ながら歩いていたせいで、曲がってきた人がいることに気づかなかった。

「っ、あっ、ごめんなさ……」

「ごめん」

尻もちをついた私の頭上から聞こえたアルト。

あれ、この声……。

「っ……、ごめん。ちゃんと前見てなくて。ケガ、しなかった？」

「えっ……」

そこには眉を下げて、心配といわんばかりに私を見ている甘利くん。

しかも、尻もちをついた私を立たせようとしてくれているのか、手を差し出している。

え？　この人、本当に甘利くん？　女嫌いじゃなかったの？　教室じゃ、普通科、芸能科関係なしに、女の子には話しかけるなオーラ出してるのに。

今は冷たいどころか、あたたかささえ感じるほどの目をしている。

近くで見ると、ますます中性的な顔立ち……。

けど、なんだろう……？　女の子たちはみんなかわいい、女子っぽいって騒いでたけど、私はそうは思わないかも。

身長は高いし、パーマのかけられた髪は目にかかっていて、すごく大人っぽいし。

女の子どころか、さすがcrownのメンバーの１人っていうか、すごくかっこいいと思って……。

「っ……」

「あ、甘利くん？」

瞬間。

なぜか手を差し出したまま。

ものすごい勢いで目を逸らされて、ぐりんと大きくうしろに顔を背ける甘利くん。

「あ、あの？　なんか顔、すごい方向に向いて……」

「っ、平気。大丈夫だから」

「でも……」

普通に心配するレベルの角度、なんですけど……。

しかも謎に耳もほんのり赤い気がするし。

「いつまで床座ってんの。早く、立って」

「あっ、ご、ごめん……」

そうだった。

私、座りっぱなしだった。

「ほら、手」

「あっ、ありがとう……」

手、結構大きいんだ……。

やっぱりちゃんと男の人、なんだ。

「っ、だから……」

「えっ？」

「……なんでもない」

再度差し出された手をとれば、なぜかまたびくりと震えた甘利くん。

「ぶ、ぶつかっちゃって、本当にごめんなさい」

「俺は平気だから。

そっちは、大丈夫なの」

「あっ、はい、大丈夫です」

「じゃ、俺行くから」

「あっ、ま、待って！」

それからあの変な角度のままうしろを向くと、スタスタと歩いていく甘利くん。

なんだかいろいろ言いたいことはあるけど、

「体調悪いなら、保健室に行ったほうが……」

アイドルなんだし、もし風邪で喉を痛めたらつらいだろうから。

「大丈夫だよ、橘」

「えっ……」

それから甘利くんの背中はすぐに見えなくなってしまった。

けれど“橘”って……。

甘利くんの声が妙に忘れられなくて、私はその場に立ち尽くしていた。

桃華もいるから、私を名字で呼ぶ人なんて、女の子はもちろん、男子の中でもほとんどいない。

小さいころからずっと下の名前で呼ばれる度に、はっきり桃華と比べられている気がして嫌で、本当はずっと名字で呼ばれたがっていた私。

なんで女嫌いなのに、私にはあんな心配って目を向けてきたの？　とか。

たまたまかもしれないけど、どうして名字で呼んでくれたの？　とか。

いろいろ聞きたいことはあったけれど。

《橘》

どこかでまた、もう一度。

私を呼ぶ甘利くんの声が聞こえた気がした。

「っ、はぁっ、はぁ……っ」

っ、あれ？　まだ来てない？　それから慌てて裏門へとやってきた私は、走って乱れた息を整えていた。

もうすぐって言ってたし、てっきりもうついてるかと思ってたのに。

「暑……」

季節はもう初夏。

青空の下、生ぬるい風が汗のにじむ首を撫でていく。

でも、やっぱりここは涼しいなぁ……。

さわさわと揺れる木々の音に癒やされる。

それから日陰になってる裏門によりかかって目を閉じていたら、車の近づいてくる音がした。

「胡桃っ!?」

ガチャっとドアの開く音のあとで聞こえた驚いた声。

「遥！」

遥は目を見開くと、光の速さで私に駆け寄ってきた。

「暑かっただろ？　なんでここに……」

《もしかして、俺のこと、待っててくれたとか？》

「うん、そうだよ。おかえり、遥」

「っ!!」

いつも素直になれないし、恥ずかしくて、すぐに離れてとか言っちゃうから。

たまには勇気を出して、少しでも素直になって遥と向き合って、遥に応えられたらって。

「っ、胡桃……っ」

「っ、ん、は、遥……？」

「ごめん。うれしかったのと、胡桃が好きって気持ちが止まんなくて」

みるみるうちに顔をほころばせた遥は、触れるだけのキスを落としたあと、ぎゅうっと私を抱きしめた。

《胡桃……好き。めちゃくちゃ好き。ほんと好き》

「ここ外！　外だから！」

　喜びで弾む声ととけそうなほど甘い顔に胸がきゅーんとなったけれど、慌てて我に返る。

「それに私、汗かいたばっかだから！」

　走って少し汗かいたし、いろいろ気になってしまう。

「暴れないで。てか、胡桃はいつもいい匂いするから大丈夫。ほら、今も……」

「ひゃっ！」

　首すじをなぞった唇がくすぐったい。

《かわいい声。たまんない》

「てか、走ってきてくれるほど俺に会いたかった？　死ぬほどかわいいんだけど。なぁ、もっとキスしていい？」

「っ、ちょっ、だめ！　だめだから！」

「なんで。仕事で疲れた俺のことたくさん甘やかして。いっぱいイチャイチャして、胡桃のこと補給させて？」

「っ、そ、それでも……っ」

「はいはい、そこまでにしとけよ、遥」

「清見さん！」

「んだよ、清見。邪魔すんな」

「久しぶりだね、胡桃ちゃん」

　清見千歳(きよみちとせ)さん。

　遥と杏をスカウトしたマネージャーさんで、私も何度か会ったことがある。

　パーマがかかったダークブラウンの髪。

　ブルーのカッターシャツに、紺(こん)のネクタイ。

骨ばった腕には筋が見えていて、鍛えているのがすぐにわかる。

たしか、趣味はジムに通うことって言ってたっけ。

「胡桃ちゃんがかわいいのはわかるけど、俺の前でイチャイチャすんのはやめてくんない？」

「その呼び方やめろって、いつになったらわかんの、清見」

「ちょっと、遥!?　お久しぶりです、清見さん。ご無沙汰してます」

「こんにちは〜、胡桃ちゃん。しばらく見ないうちにまたかわいくなった？　こんな無愛想野郎より、俺の方にしときな？」

「え、えーと……」

「断る」

《下の名前呼びやめろ。つか、かわいいとか言ってんな、くそ清見》

「うわっ」

ぎゅっと私の肩を抱いて、清見さんを睨む遥。

「胡桃は俺の」

遥――!!　めちゃくちゃうれしいけど、清見さんの前なんだから、少しは自重してよ、恥ずかしい……。

「はいはい、わかったわかった。おまえの胡桃ラブはわかったから、そんな怖い顔すんなって」

「……」

《また胡桃って言ったし》

ブーブー。

「あ、悪い、電話だわ」
「は、遥……っ」
それから話しはじめた清見さんをスルーして、どこか焦るように遥は私の腰に手をまわす。
「いこう、胡桃。はやくふたりになりたい」
《いいかげん、胡桃不足で死ぬ》
「っ……」
「昼休み終わるまで、ずっとキスしてぎゅーしてような」
「っ、なっ、ななな っ!?」
ずっと!?
《あー、かわいい。かわいすぎ》
「この後オフとか最高。夜もずっと胡桃といられる」
「あー……そのこと、なんだけどさ」
慌てて追いかけてきた清見さんが、なぜか珍しく引きつった顔をしている。
「どうかされたんですか?」
「あーそれがね……ふたりとも、今から来てくれる?」
「あ? どこに。つか、ふたりってなんだよ」
っ、怖い怖い!! 目はつり上がってるし、声もいつもより何倍も低くて。
さすがの清見さんも「いやー」と苦笑い。
「まあ、半ば強制なんだけど、車乗ってくれる?」
「だから、どこに行くか言えっつってんだよ」
「ちょっ、遥! 落ちついて!」
「無理。胡桃との時間奪うとか、さすがの清見でも許さない」

「ドラマ現場」
「は？」
「えっ？」
「杏たちが撮影してるドラマの現場。ふたりに出てほしいって監督直々にオファーがきた」

「んで……」
「私まで!?」
「ごめん、胡桃」
「遥も、ごめん。でも、そんな人を殺すような顔しないで」
「まじで清見やってきていい？」
「お、落ちつけ遥！」
　ほんと、どうして私がこんなことに……。
「メイクＯＫでーす！」
「はーい！　じゃあ、本番はじめるよー！　本番５秒前、４、３、２……」
　少し離れたところから、そんな声が聞こえてくる。
　そう、ここはドラマ現場。
　しかも……。
「ほんとごめんね、胡桃。出るはずだった女優さんが、どうしてもって降りちゃって……」
「いや、桃華が謝ることじゃないと思うけど、なんで私なの……」
　芸能人ならまだしも、ごく普通の一般人なんですけど？　学校のほうには清見さんが連絡してくれたけれど、それを

ＯＫ出す学校もどうなの……。

　カバンはなんとか持ってこれたけど、あーちゃんかつてないほど目キラキラさせてたなぁ……。

「代わりの女優探してたときに、たまたま監督が胡桃のことを知っちゃって、桃華が写真見せたらこの子連れてきての一点張りで」

「杏……なんでそこで頑張ってくれなかったの」

「ごめん！　けど、真面目な話、代わりの子が見つかんないって困ってたところでさ」

「杏、一生恨(うら)むからな」

「それはやめて!?」

「はいはい、おまえらケンカすんなって。桃華、胡桃ちゃんの付き添(そ)いでメイクさんのところ連れてってあげて」

「りょーかい」

「俺も行く」

「遥はこっちな」

「……ッチ」

「遥、めちゃくちゃ機嫌(きげん)悪くない？　何かあったの？」

「えと、むしろ何もなかったんだけど……」

　なんて言えばいいの、これ……。

　イチャイチャし損(そこ)ねたから、なんて、たとえ桃華でも言えないよ！

「千歳っちから聞いたけど、遥、今日は午後からオフだったんだって？　胡桃とイチャイチャできなくて拗(す)ねてんのかー」

「なっ!?」
　なんでわかるの!?
「なんでわかるのって顔してるね。遥の機嫌が悪いのなんて、だいたい予想つくよ。にしても、あたしたちがいない部屋でいろいろしちゃってるんだ？」
「もう、やめませんか、この話……」
　全身から湯気が出そう……。
「だって、胡桃があまりにかわいい反応するからさ～！　遥もぞっこんになるのわかるわ。ね、河内(かわち)さん！」
　ニシシと笑う桃華に、メイクの河内さんがウンウンうなずく。
「わかる！　清見さんもそう思うわよね！」
「めちゃくちゃそう思います」
　いつの間にやら連れてこられた場所は、どうやら出演者の人がメイクする部屋らしく、なぜか清見さんまでそばにいる。
　にしても、学園ものってだけあって、本当にどこかの学校を借りて撮影してるんだ……。
「じゃあ、とりあえずこれに着替えてもらって！　メイクはあとでね！」
「じゃあ、胡桃！　あとでね！」
　シャッとカーテンを閉められて、グイグイと押し込まれる。
　え、これに着替えるの……？　置いてあったのはブレザーにシャツと、やけに丈(たけ)が短い赤チェックのスカート。

それから渋々着替えはじめたけれど、気分はめちゃくちゃ重い。

いくら監督さんに気に入られたとか言われても、あくまで私は一般人。

演技なんてもってのほかだし、セリフとかちゃんと覚えられるかな……。

ぜったいカチコチに固まっちゃう気する……。

それに、降りた女優さんの代わりって聞いたけど、どういう役なんだろう。

それに遥も。

メイクするって聞いてたから、遥も飛び入り出演なんだよね。

「胡桃ちゃんどう？　着替えられた？」

「あっ、はい……大丈夫です……」

「開けるねー……って、うっわ！　制服めちゃくちゃ似合うね！」

清見さん！　清見さんも見て！　そう言って部屋の外に出ていた清見さんを呼んだ河内さんは、なぜかめちゃくちゃ目をキラキラさせている。

「黒髪だからだと思うけど、清楚感(せいそかん)すごいな。なんか、いい意味でエロ……」

「清見さん、いっぺんあの世に行く？」

「うそです、うそです！」

エロって……どういうこと？

ただ着替えただけなのに、清見さんも、河内さんも、はしゃぎすぎじゃ……。

正直私としては、スカート丈が短いのがすごく気になるんだけど……。

「じゃあ、こっち座ってくれる？　軽くメイクするから」

元がいいから、メイクのしがいがあるわ～！　なんて河内さんは腕まくり。

元がいいって……それは桃華のほうだよ。

「じゃあ、胡桃ちゃんはその間、俺とおしゃべりしない？」

「あ、清見さんまだいたんだ」

「ずっといましたよ」

それから、メイクをはじめた河内さんにならって目を閉じる。

「にしてもさ、遥ってあんな顔するんだね」

「あ、あんな顔って……？」

「胡桃ちゃんを見る目、すごく優しくてさ、見てるこっちが恥ずかしくなるくらい雰囲気も甘いし。普段クールな姿しか見てないからびっくりしたよ」

「まあ、遥くんの話は、業界でも有名な話ですもんね～」

「遥の、話……？」

「そうよ～！　bondの遥には溺愛（できあい）してやまない彼女がいるって話！　ねっ、清見さん！」

「そうそう。胡桃ちゃん、これ、俺から聞いたって内緒（ないしょ）な。もともと遥、芸能界に入るの、めちゃくちゃ嫌がってたって知ってる？」

「はい、それは……」

前に話してくれた。

もともと興味のかけらもなかったって。

「事務所はどうしても遥を欲しがってたけど、遥もどうしても嫌だって言って。で、理由聞いたら好きな子がいるから、その子と離れたくないし、恋愛禁止になるくらいなら、その子とのことを認めてくれるならいいって」

「えっ……えええ――っ!?」

「やだ〜、ロマンチック！」

遥、大人の人相手にそんな上から目線なこと言ってたの!?

「な、驚くでしょ？」

「ほんと、あのクールで女嫌いで有名な遥くんに好きな子が、しかも幼なじみでmomoちゃんの妹さんなんて、びっくりよね！」

「まあ、それが胡桃ちゃんなわけだけど。交際と、その先までを認めてくれることが大前提だって、中学３年の子が言うもんだから、さすがに事務所も驚いたよね。まあ、それをＯＫした事務所も事務所だけど」

「じゃあ、それで……」

「そう。それで遥は芸能界に入ったんだ」

交際と、その先……。

あのころ遥とはもう距離ができていたのに、それでもずっと私を好きでいてくれて、私との将来を望んでくれてた。

それで私の気持ちが変わるかもしれないって、杏に言われて、つらいレッスンも受けて……。
　瞬間。
「っ……」
　ずっと心にあった、かたまりみたいなのが落ちてなくなって。
　はるか、遥……っ。
　代わりにあふれてきたのは。
　好き。
　好きだよ。
　遥のことが、心の底から大好き。
　止まらない遥への想い。
「ちょっと、清見さん？　何こんなかわいい女の子泣かせてるの？」
「えっ!?　だ、だって、そんな泣くとは思ってなくて！ご、ごめん、胡桃ちゃん！」
「っ、ありがとう、ございます……っ」
「え？」
「ありがとうございます、清見さん……っ」
　ずっと、ずっと引っかかっていた。
　私なんかが、遥の隣に立っていいのかなって。
　キラキラまぶしい表舞台に立って、キレイでかわいいファンの女の子たちがたくさんたくさんいる中で。
　なんの取り柄もない、桃華と違って愛想も素直さもない、平々凡々で普通な私が遥の隣にいていいのかなって、ずっと自信が持てなかった。

でも……っ。

「清見さんのおかげで、大事なことに、気づくことができました……っ」

前に、あーちゃんが言ってた。

『遥くんは芸能人の前に、胡桃の幼なじみなんだよ』

私はずっと、自分の気持ちから逃げてただけだった。

遥はずっと、“bondの遥”としてじゃなくて、私の、幼なじみとしての遥として、ずっと真正面から向き合ってくれて、変わらず気持ちを伝えてくれていたのに。

遥が芸能人だから。

遥はたくさんの人に認められた人だから。

桃華とは違って、自分はかわいくないから。

それを理由にして、いちいちまわりの目を気にして。

一般人の私なんかがって逃げ道を作って、楽な方に逃げて、闘おうとしなかった。

ウジウジして、覚悟が決まらなかった弱虫な自分なのに。

遥はずっと“遥”でいてくれて、こんな私をずっとずっと好きでいてくれた。

「清見、さん……」

「えっ、な、何？」

「私、本当は反対されると思ってました」

芸能人で人気爆発中の遥が、私と付き合うことで、いろいろ言われたり、事務所の人にも反対されるんじゃないかって。

「さっきの話、遥から聞いてなかったんなら、そう思っても仕方ないよ」
「はい……」
「でも、胡桃ちゃんと付き合い出してからの遥、めちゃくちゃ調子いいから、事務所のみんなは本当に胡桃ちゃんに感謝してるんだよ」
「感謝、ですか……？」
「うん。ずっと好きだった子と付き合えて幸せといわんばかりにね。だからむしろ事務所はふたりの恋を応援してるよ」
「っ、清見さん……っ」
「あーあ、泣かないで。遥にキレられるとか、まじで勘弁だから」
　最初、事務所に入ってきたときは荒れまくりで大変だったから。
　もう、あのころの思いは二度としたくない。
　そう言って清見さんは苦笑い。
　遥は。
　遥はあえて私に、事務所に入るときのことを話さなかったのかもしれない。
　遥はもう、想いを伝えたから、あとは私が覚悟を決めてくれるかどうか。
「なんだか、すごくすっきりした顔してるね、胡桃ちゃん」
「はい」
　心にあったわだかまりが、やっとなくなった。
　やっと覚悟が決まった。

　遥が何度も何度も伝えてくれた分、今度は私が遥にぶつかっていかなきゃだから。
「よーし！　胡桃ちゃんがいろいろ覚悟を決めたところで、まずはこのドラマ、頑張ろうね！」
「うっ、そうでした……」
　自分の決意に気をとられて、完全に目の前のことを忘れちゃってた。
「泣かせちゃったし、メイク任せましたよ、河内さん」
「誰に言ってんの。胡桃ちゃん、勇気が出る魔法(まほう)、女の子がかわいくなれる、とびっきりの魔法をお姉さんがかけてあげる」
「河内さん、お姉さんは年齢的(ねんれいてき)にちょっと……」
「そこに座れ清見。おまえには、ゴテゴテのゴスロリメイクしてやるから」
「それはやめてください」
　ふふふ。
　そんなふたりのほほえましいやりとりを、クスクス笑いながら聞く私。
　心臓がトクトクと速い。
　ドラマへの緊張のせいか、それとも自分の覚悟を伝えることへの緊張か、それはわからないけれど。
　私は、今自分ができる精いっぱいのことをやるだけ。
　遥。
　遥。
　今度は私が遥にぶつかっていくから。

待ってて。

「うっわ、超かわいい〜!!」
「胡桃、もうホンモノの女優さんじゃん！」
「あ、ありがとう……」
それからメイクをしてもらった私は、メイク部屋へと迎(むか)えに来てくれた桃華と杏と話していた。
「こりゃあ遥、独占欲の嵐(あらし)だな」
「ふふふ、遥くんの反応が楽しみね！」
「見物だよね、杏」
「楽しみすぎてこのあと集中できる気しないわ」
清見さんに、河内さん、桃華に杏まで、全員が頬を緩ませてニヤニヤしている。
けれど私はいろいろな意味でドキドキしていた。
いつもは下ろしている髪も、今はキレイにまとめられてポニーテールに。
ブラウンのアイシャドウだったり、きつめに引かれたアイラインや赤いリップ。
どこかギャルっぽさを感じさせるメイクに、普段はしない分、より別人になった気がして。
どんな反応してくれるかな、遥。
私、ちゃんと演技できるかな。
いろいろな思いに鼓動(こどう)がトクトクと速い。
「お疲れ様です、監督！　代役で妹の、橘胡桃です」
「橘胡桃です。よ、よろしくお願いします」

「君がmomoちゃんの妹さん!?　本当にどこの事務所にも入ってないの!?」
「は、はい……」
「彼女はごく普通の高校生です」
　驚きの表情を顔に浮かべる監督さんに、清見さんが助け舟を出してくれた。
「こりゃあ、遥くんが大事にしてる気持ちもわかるなぁ」
「でしょう？」
「胡桃！　恥ずかしいのはわかるけど、もうちょっと胸張って立ちなよ！」
「だって視線が痛すぎて……」
　桃華がこそっと喝を入れてくれたけど、どうしてもうつむいてしまう。
　学校といい今といい、今日は大勢の人に注目される日なの……？
「あの子がmomoちゃんの妹さん？　めちゃくちゃかわいいじゃん」
「声、かけにいく？　連絡先教えてくれるかな」
「バッカ、おまえ！　知らねーの!?　あの子はbondの……」
「遥さん！　入りまーす！」
　その声に、その場にいたスタッフや、出演者、そして私たち全員が振り向く。
「よろしくお願いします」
「はる、か、だよね……？」

「くる、み……？」

「……」

　遥も目を見開いていたけれど、あまりのかっこよさに、もう完全に何も言えなくなってしまった。

　ブレザーの私に対して、黒の学ラン。

　学ランは前を開けていて、白いカッターシャツは、ボタンを上から３つほど開けている。

　その隙間（すきま）からはシルバーのネックレスが見えていて、髪はセンター分けで、コテでセットしたのか、ゆるいパーマをかけたみたいになっている。

　か、かっこよすぎる……。

　おでこを出してセットされた髪型（かみがた）なんて見たことないし、普段のピアスも相まって、ネックレスがめちゃくちゃ似合う。

　どこか悪い雰囲気があるのに、清潔感もあって。

　他にもかっこいい出演者の人はたくさんいるのに、誰しもを圧倒（あっとう）するそのオーラに、まわりの人全員が息をのんでいる。

「胡桃、だよな？」

「う、うん……」

《……》

　珍しい……。

　心の声、静かだ。

《……くっそ》

　え？　そう思っていたのもほんの一瞬。

《は？　くっそかわいいまじで。え、かわいすぎない？　かわいすぎなんだけど。俺の彼女、いつも世界一かわいいけど、今宇宙一じゃん》

　!?　なっ、何!?

《昼休みからずっと我慢してんのに、ほんと押し倒していい？　襲いたいんだけど。てか、胡桃のかわいい姿、誰にも見せたくない。本気でこのかわいいので出んの？　監督本気？　俺無理なんだけど》

　一気に流れ込んでくる情報に、頭が追いつかない。

「……」

　いろいろな人の前だから何も言わないし、顔はいつもと同じクールで淡々としたまま。

　その反動なのか、心の声がいつにも増してうるさすぎるっ!!

《あー……かわいい、かわいい、ほんとかわいい。胡桃好き。すげえ好き。ほんと頑張ってよかった。こんなにかわいい子が俺の彼女とか最高。あーこのまま家帰って抱きしめて、キスしていろいろしたい》

「っ、はる……っ」

「胡桃？　どうかした？」

「っ、はー……なんでもない」

　よし。

　よく我慢した私。

　遥の心の声に今にも叫びたいのを、必死に堪(た)えて我慢我慢。

　ほんと、今にも逃げ出さなかった私を誰かほめてほしいよ……。
「いやー、熱いね、おふたりさん。本番中もぜひともそれで頼むよ」
「あっ、そ、それで、私たちはどういった役なんでしょうか？」
《てか、え、ポニーテール？　中学のとき以来じゃん。うなじえっろ。あー……しるしつけたい》
　っ、遥！
「ふたりにセリフはないから安心して。でもその分、体当たり、頑張ってもらうから」
《メイクも若干きつめな感じ？　他の女だったらぜったいケバく見えんのに、胡桃がやったら愛おしいとしか思えない。こうやって見ると、胡桃ってほんとかわいいよな》
　っ、だからっ……！
《しかもスカート短すぎない？　太ももとか、もう全部がエロかわなんだけど》
「っ〜!!」
「「遥、ちゃんと話聞こうか」」
「聞いてるけど」
《家帰ってイチャイチャしたい》
　聞いてないじゃん!!
　監督が話をしている横でどんどんうつむく私に気づいてくれた桃華と杏が喝を入れてくれた。
　はぁ……顔あっついし、変な汗かいた。

これから撮影だってのに、うまくやれる自信がない。
「それで、体当たりって具体的になんですか」
遥……心の中ではあんなにうるさいのに、よくもまあそんな淡々としていられるね。
さすがというか、なんというか。
「うん、それなんだけど、ふたりはカップル同士ね。なんか校内のちょっと遊んでる系のカップル。で、ふたりが仲よくイチャコラしてるところを、momoちゃんと杏くんの2人が偶然見てしまうって設定」
「っ、え？」
「イチャコラ？」
あ、だからお互いちょっと派手めな格好なんだ。
え、でも待って？
イチャコラって、それってつまり……。
ちらりと遥を見れば、遥もポカンとして……。
《じゃあ俺、胡桃とイチャイチャしてるだけでいいってこと？　最高じゃん》
うそです！　ぜんっぜんしてなかったあぁぁぁ——!!
なんっっってそんなに飲み込み早いのっ!?　こっちは他人にそういうことをしているのを見られるっていうので、いっぱいいっぱいなのに!!
「momoちゃんたちはクラスの委員長、副委員長設定。で、ふたりが先生から用事を頼まれて数学準備室に行ったところに、遥くんたちがイチャコラしてるって内容ね」
「……」

もしかして、もともとこの役だった女優さん、それが嫌だから降りたんじゃ……。

いくら演技とはいえ、他人とイチャコラなんていろいろつらいだろうし。

聞けば相手の俳優さんも嫌だ、無理だの一点張りだったらしいし、ぜったいそう。

だから、付き合ってる人が身近にいたから召喚(しょうかん)されたんだろうけど、さすがにハードル高すぎるって!!

「安心してね。カメラの角度的に胡桃ちゃんの顔は一切映らないようにするから。ちゃんと顔が映るのは遥くんだけ」

あっ、いや、私が言いたいのはそういうことじゃなくて!!

《当たり前だろ。キスしてるときのかわいい顔とか、とろけそうな顔撮影するとか俺が許さない》

そこなの!? てか、遥はどういう立ち位置にいるの!?

「ち、ちなみにイチャコラってどういう……」

「あ、それは君たちに任せるよ～」

かるっ！ え、軽すぎない？ あくまでも私たちはエキストラ、なんだろうけど、私はいろいろ初なんだって！ いくら相手が遥とはいえ、どうしたらいいのかわかんないよ！

「じゃあ、本番はじめまーっす！」

「えっ!? もう本番!?」

「胡桃、ガンバ！」

「遥、やりすぎるなよ」

「わかってるって」

桃華と杏に助けを求めたけれど、ふたりとも笑顔で手を振るだけ。

主演で大変なのはわかるけど、少しくらい助けてくれてもよくないですか!?

「胡桃、こっち」

「っ、ここに座れって言うの!?」

「そうだけど。

だって、立ったままだとキスしにくいから」

そうかもしれないけど！　たしかに私と遥とでは身長差がすごい。

でもだからって、なんで膝の上!?　みんな見てるんだよ!?　家じゃないんだよ!?

「ほら早く。こっち来て」

「うわっ、ちょっ……！」

「はぁ……やっとこっち来た。やっと胡桃のこと抱きしめられる」

「っ、遥……っ」

「いいね、ふたりとも！　その調子でいろいろやっちゃって！　遥くん、はめ外さない程度に！」

「わかりました」

いろいろ!?　やっちゃう!?　何を!?　てか、遥も真面目にうなずかないでーーっ!!

「では本番はじめまーす！　本番５秒前、４、３、２……」

《胡桃》

「っ、何……」

《しー……しゃべっちゃ、だめ。心の中で俺がこうしてって言うから、それに合わせられる？》

「っ……」

《わかったら俺の首に手、まわして》

!?　さっそく!?　て、手、まわすの!?

《ほら、早く》

「いつもいつも私たちに仕事押しつけるのやめてほしいよね」

「たしかに。さっさと帰りたい」

遠くで杏と桃華の話す声が聞こえる。

たぶん、ここに向かってる途中なんだと思う。

《今からキス、するから。息きつかったり、止まってほしいときは、どこでもいいから俺の服、掴んで。できる？》

コクコクッ。

その言葉にうなずけば、遥は心の中で「よし」と言った。

《一応遊んでるカップルって設定だから、いろいろ激しくなると思う。前もって言っとく》

っ、なっ、えっ、えっ!?　は、激しく!?　慌てていたらいつの間にかコツンとおでこが合わさって、遥はとろけそうなほど甘い瞳で私を見つめた。

《胡桃、好きだよ。すげえ好き》

そして、私の後頭部と腰に手をまわした遥は、

「っ、んっ……！」

最初から息ができないほどのキスをふらせる。

「っ、は……っ」

《そう、あーん、な。もうちょっと舌、出してみ？》
「んんっ……」
　恥ずかしい恥ずかしい。
　唇が合わさるたびに聞こえる水音に、自分じゃないような甘い声。
　必死に声がもれないようにするけれど、我慢できなくてどうしても出てしまう。
　角度を変えて何度も重なる唇は熱くて、甘くて。
　この空間には、遥と私しかいないかのように錯覚してしまう。
「たしか、数学準備室って言ってたよね？」
「うん」
「っ、ん……」
《つらかったら、声出してもいいから。俺にしか聞こえてないから》
　そうっ、言われても……っ。
　やっぱり人前だし、一応撮影なわけだし、どうしても我慢してしまう。
《目、潤んでる。息、つらい？》
　ぎゅっ。
　首にまわした手に力を入れて、遥の学ランを掴む。
　酸素がうまく頭にまわってなくて、くらくらする。
　全身が熱くて、沸騰してるみたい。
《ん、了解。いったんキスやめるけど、胡桃はそのままな》
　ちゅっと最後に触れるだけのキスを落とした遥は、ふわふわと髪を撫でてくれて、私の胸元へと手を伸ばす。

っ、なんで……遥……っ！　力の抜けた私はどうしようもできない。

けれど遥は、私の胸元のリボンを外しながら首に顔をうずめる。

「っ、んんっ……」

《声、かわいい。もっと触れたい》

耳に、首に、鎖骨に。

何度も何度も落ちてくるキスに、もっともっと体が熱くなる。

《っ、はぁ……暑い。ごめん、１回離れるな》

そして一度体を放した遥は。

《ん、おまたせ。もう１回キスしよ》

学ランを脱いで腕まくりをしたあと、グッと私の腰を引き寄せる。

《ん、かわいい。大好き、胡桃》

私も、好きだよ、遥……っ。

心の声で何度も気持ちを伝えてくれる遥に、応えたい。

でも言葉にはできない。

その歯がゆさに、なんとか意識が朦朧(もうろう)となるのを必死にこらえる。

「あ、そこじゃん、数学準備室」

桃華と杏の声がすぐそばまで近づいている。

もう少しで、この演技も終わり。

《もう少し、頑張れる？》

ぎゅっ。

《ん、いい子。ちょっとボタン外すな》

「っ、はぁ……っ」

腰の手はそのままに、髪、頬を撫でていた手が、今度は前ボタンを器用に外す。

《胡桃……こっち見て》

遥……っ。

《目、開けてて》

キスをしながら目を開けてるなんて、本当は恥ずかしくてたまらないのに。

《好きだよ、胡桃。大好き》

《今、誰にキスされてるかちゃんと見て。俺だけを見て、俺しか見ないで》

心を揺さぶるほどの、熱を感じる瞳。

何度も囁かれる愛の言葉。

体をすべる手も、声も、遥のすべてが愛おしい。

「失礼しまー……」

「どうしたの？　何、固まって……」

それからピタリとやんだ声のあとで、バタバタと走っていく音がする。

《もう少し》

《ん、よく頑張ったな》

そう言って遥が唇を離そうとしたところで、今度は私から。

《っ、胡桃……？》

ぎゅっと抱きついた。

「っ〜、はいカーット!!　さいっこうによかったよ、ふたりとも！」

遠くで監督の声が聞こえたあとで。

「好き、遥……ずっと一緒にいたい」

遥にしか聞こえないほど小さい声で、覚悟を伝えた。

乱れる浴衣（ゆかた）、熱い夜

「ふたりとも、ほんっと助かった！　今日はほんとにありがと！」
「遥、暴走しないか内心ヒヤヒヤしてたわ」
「うるせーよ」
　それから撮影を終えた遥と私は、着替えてそのまま帰らせてもらうことになった。
「ふたりとも、ほんとによかったよ！　胡桃ちゃん、芸能界に来るの、いつでも待ってるから！」
「あ、ありがとうございました……」
　監督さんにも花丸をいただき、なんとか無事に終わった。
　いろいろあったけど、なんとか乗り切れてよかった。
「もう時間も遅いし、近くの旅館に部屋とったから、ふたりともそこに泊まっていきな」
「えっ!?　でも……っ」
「ふたりの時間割（さ）いちゃったし、俺からのお礼とお詫（わ）び。明日迎えにくるから」
　学校から直で来たけれど、たしかに撮影場所はだいぶ遠かった。
　桃華たちがホテルに泊まって撮影してるのも、十分納得したくらい。
「せっかくだし、泊まるか」
「うん……」

それから車に乗って少ししてついたのは、とても大きな旅館。

おっ、おっきい……。

見上げるほど高い和風の建物。

ほんのり明るくライトアップされた木々が、とってもキレイ。

聞けば各部屋についてる露天風呂が有名な温泉らしくて、いつも人気なのだとか。

「俺の名前で予約してあるから、フロントでそう言って。着替えは申し訳ないけど、たしかコインランドリーとかあったはず」

「わかった」

「胡桃ちゃんも、遥も、今日はありがとうな。ゆっくり休んで」

それだけ言うと清見さんはまた車を走らせていった。

「はやく、部屋いこ」

「うん……」

遥、何も言ってこない……。

あのあと着替えやらなんやらでバタバタしていて、ちゃんとふたりになる機会は今までなかった。

「予約した清見です」

「清見様ですね、いらっしゃいませ。お支払いは済んでおります。こちらがお部屋の……」

手際よく話を進めていく遥を、うしろからぼーっと眺める。

手、つなぎたいな……。

車の中でもずっと距離があいたままだったし、遥とふたりのときはいつも触れてくれてたから。

寂(さび)しい。

覚悟が決まった途端、遥への気持ちがとめどなくあふれて止まらなくて。

私、いつから遥のこと、こんなに好きだったの？　今も少し離れただけで、心の声が聞こえないだけで。

胸がぎゅっと締めつけられるくらい、苦しい。

「胡桃？」

「っ、な、何？」

「部屋の鍵、もらってきたから。行こ」

「うん……」

そうは言ったけれど、遥は私の隣に並んで歩くだけ。

遥。

はるか……っ。

「部屋、ここだな」

「……」

ガチャッと鍵を開けている遥のうしろ姿。

触れたい。

触れてほしい。

遥が好きなの。

「はるか……」

まだ廊下なのに。

もしかしたら人が通るかもしれないのに。

「遥……っ」

　その広い背中に手を伸ばして。

「好き……」

　擦り寄るように頭を預けた。

「っ……」

「遥……？」

　あれ、今私……。

　ピシリと固まって動かない遥に、自分がはしたないように思えてきて、カッと頬が熱くなる。

「ご、ごめん……」

　ずっと待たせていたのは自分なのに、自分勝手すぎる。

　急に積極的になるなんて、気持ち悪いよね。

「部屋、入ろっか」

　ズキッとする胸の痛みをこらえて話しかけるけれど。

「……」

　何も言ってくれない……。

　いまだ固まったままの遥の横を通りすぎて、中に入ろうとした瞬間。

「んっとに……」

「はる……んっ……!?」

　部屋に押し込められた途端。

　壁に肩を押しつけられて、唇に何度も何度も熱が落ちてくる。

「んっ、はる……っ」

「っ、は……」

遥の息が珍しく荒い気がする。

いつもいつも余裕がないのは私のほうなのに、今は私以上に、余裕がなさそうで。

「胡桃、くるみ……っ」

《……》

心の声が聞こえないせいか、ダイレクトに耳から伝わる遥の声。

まるで遥の体温をそのままぶつけられてるみたいに全身が熱い。

交わる息も、指が絡まって握られた手も。

全部が熱くて、とけそうで。

めまいがして、全身から力が抜けて立ってられない。

「っ、はる、か……っ」

「っ、ごめん」

ぶつけられる熱量に先に限界が来たのは、体のほう。

「止まんなかった」

足がガクガクしてしゃがみ込みそうになった瞬間。

後頭部と、腰に力強くまわった腕に抱き寄せられた。

「……夢かと思った」

「ゆ、め……？」

ぎゅうっと抱きしめる力は強いけれど、そっと私の背を撫でる手はとっても優しくて。

それにまた胸がきゅんとなって、次第に息が落ちついていく。

「胡桃に好きって言われて、バカみたいに余裕なかった」

「よ、ゆう……？」
「うん。言われてから、夢じゃないって実感したくて、ずっと胡桃に触れたかったけど、何するかわかったもんじゃなくて」
《ほんとはずっと、早く胡桃とふたりになりたくて仕方なかった》
「で、でも、遥、心の声聞こえないし、私に触れてこなかったから、てっきり、私……」
　ぎゅうっと抱きしめられた腕の中、じわりと目に涙が浮かぶ。
　遥に触れてもらえないことが、少し距離ができたことが、こんなに自分を苦しめるなんて。
「だからさっき、抱きついてきたんだ？」
「ん……」
「っ、かわいすぎ」
　そっと体を離して覗き込んできた瞳が、喜びとこれ以上にない愛しさで、ゆらゆら揺れていた。
「胡桃と離れて、やっとまた話せて付き合えて、でもそれだけじゃ物たりなくなった」
「うん」
「胡桃の気持ち、まるごと全部が欲しくてしょうがなくて」
「う、ん……」
「覚悟、決まった？」
「うん」
　今にも泣きそうに細められた目に、次第にとけそうなほど優しい色が浮かんだ。
「好きだよ。世界でいちばん好き。今もこれからも、何十年先もずっと、俺は胡桃しか好きにならない」
「う、ん……っ」
「ずっと俺の隣にいてくれる？」
「うん……っ」
「胡桃も言って？」
「っ〜、もうさっきも言った……！」
「だめー。ちゃんと言って。胡桃の言葉で、声で、ちゃんと聞きたい」
「ううっ……」
　そっと唇をなぞられて、全身が一気に熱くなる。
　さっきまで泣きそうな顔してたのに。
　すぐいじわるスイッチが入って、口角が上がる。
　けど、そんなところも私は……。
「そこで照れんの？　さっきはあんなに熱烈（ねつれつ）なハグしてくれたのに？」
《なんならもう１回してほしいのに》
「っ、し、しない！」
「残念。俺はいつでも大歓迎（だいかんげい）」
　クスクス笑って、頬を撫でてくれる。
　さっきもドラマの現場でも言ったのに、これからはじめて告白するみたいで緊張する。
　改めて目を見て、言葉にするって、こんなに心臓が痛くなってドキドキするんだ。

「好きだよ、胡桃。生きてきた中でいちばん好き」
「私、も……。好き、遥……っ」
「っ〜、胡桃……っ！」
「うわっ、ちょっ!?　遥!?」
「っ、もう、ほんと。幸せすぎてバカになる」
「っ、バカ……」
「あ、また言った。ほんっと、かわいーのな」
　おでこがコツンとぶつかって、目を見てお互い笑い合う。
「好きだよ、胡桃。ずっと俺といて」
　そして、最大級の愛を囁いた遥は、私に甘い甘いキスを落とした。

「露天風呂、一緒に入る？」
「っ、バカ！　入らない！」
　それから適当にごはんを済ませて、お風呂に入ることになったのはいいんだけど……。
「両思いになったカップルが最初にすることと言えば、一緒に風呂だろ」
「ぜったい違う！」
　どうしても一緒に入りたいと言う遥を説得して、大浴場に行った私。
「っ、はぁ……気持ちー……」
　肩まで温泉につかりながら、ふうっと息をはいた。
　なんだか今日は、いろいろあったなぁ……。
　朝起きたら遥がベッドにいて、ドラマ現場で遥とキスして、遥に想いを伝えて……。

「……」

なんか、遥ばっかり……。

また昔みたいに話すようになって今までずっと、頭の中は遥でいっぱいで。

「うーん……！」

グッと両手を握って上へ伸ばして、またはぁっと息をはいた。

今日、同じ部屋で寝るんだよね……。

遥は昨日、私の部屋で寝たって言ってたけど、私は寝落ちしてしまった。

でも今日は最初からちゃんと起きてるし、何よりちゃんと両思いになったあと。

付き合ったカップルが最初にすること……。

まさか……まさか、だよね!?　さすがに、アレはないよね!?　ザバッとお湯から上がって、変に焦る気持ちを抑えて、浴衣に着替える。

どうしよう、どうしよう……!?　ほんと、どうしたらいいの……っ!?　グルグルまわる頭とは裏腹に、気づけば着替えは終わっていて。

顔、あっつい……。

鏡を見れば、上げた髪から覗くうなじも、顔に負けないくらい赤い。

これじゃ、変に意識してるってバレちゃうよ……。

荷物を持って、顔にパタパタ風を送りながら暖簾（のれん）をくぐると。

「胡桃」

「っ!!」

「遅かったけど、大丈夫か？」

め、目に毒すぎる……。

何そのかっこいいの……!!　今日は平日だし、時間も時間だからほとんど人がいないとはいえ、一応マスクをつけてる遥。

けど、濡れた髪とか、浴衣から覗くキレイな鎖骨とか。

ふわっと鼻をくすぐるシャンプーの香りとか。

い、色気が大渋滞（だいじゅうたい）……!!　心臓はバックンバックンだし、くらっとめまいもするほど。

「手、つなぐ？」

「えっ！」

「さっきつなぎたそうにしてたから」

「き、気づいてたの!?」

「うん。けど、いろいろ我慢してる最中だったし、ちょっと触れただけでも襲いそうだったから」

《けど、今からはいっぱい触るよ》

「っ!!」

流し目で笑った瞳は、ずくりと体の奥が疼（うず）くくらいとけて、熱っぽい。

「あー……部屋まで待ち遠しい」

《今すぐ押し倒してぇ》

プラス、するりと絡められた指が手の甲をスリスリと撫でてくるから。

　く、くすぐったい……っ。

「おいで」

「っ……」

　それから部屋について早々、荷物をおいた遥は敷(し)かれた布団の上に腰かけると両手を広げる。

「ぎゅうって、しよ」

　首をコテンと曲げて、甘い声に誘われる。

　ほんと、色気ありすぎて見てられない。

「か、髪、乾(かわ)かしてないから……」

「ならぎゅーしたあとで、俺が乾かしてあげる」

「い、いいっ……！　自分でやる、から……」

　というか、ハグはしないとだめなの!?

「やだ。俺にやらせて？」

「っ……」

「胡桃」

　そんな甘えたような声で呼ばれて、見られたら。

「よしよし、いいこ。うしろ向いて、背中、預けて？」

「……」

　素直に従うしかないじゃないか!!

「はぁ……好き。胡桃の体温、めちゃくちゃ安心する」

　まだ髪は濡れてるのに、私の肩に顔をうずめる。

　っ、心臓が、壊れる!!

「ま、まだ？」

「んー、まだ。今日ふたりになる機会あんまりなかったから、胡桃のこと堪能してんの」

「っ……」

　不覚にも弾んだ声にきゅんとする。

　ほんと、遥の言葉１つ１つで素直になる私も、相当遥に甘い。

「今度は正面からしよ」

「正面から……」

「うん。胡桃から、きて？」

「っ……」

「恥ずかしがってんのに、そうやって急に素直になるとこ、ほんと好き。かわいい」

　っ、もう、やめて……っ。

　りんごになってる自信しかない顔を隠したくて、必死に顔をうずめる。

　あ、ほんとだ。遥の心音、安心する……。

「安心してるところ悪いけど、もう少し危機感持ってくれる？」

「き、危機感？」

「そう。こっちは今にもキスしたくてたまんねーの」

「はぁ!?　なに言ってるの!?」

「ん？　今はハグだけにしとこって話。このまま髪乾かさないままキスしたら、ぜったい止まんないし」

「っ、へ、変態……！」

「変態で結構。男なんて、好きな子の前じゃみんなそんなもんだよ」

　なんて開き直った遥に、このあとのことで頭がいっぱいになる。
　真面目な話、私今日、命日になっちゃうんじゃ……？
それから髪を乾かしてもらいはじめたのはいいけれど。
　っ、また……。
　ときどき耳や首をかすめる手がくすぐったくて、思わずピクリとする。
「熱くない？」
「っ、へいき……っ」
　たまたまか、わざとか。
　たぶん……というか、ぜったいわざと。
　前に私が耳とか首とか弱いって知ったから、わざと。
　ちゃんと触れるんじゃなくて、焦(じ)らすみたいな触れ方に、変に体の奥が熱くなる。
　ずるいし、いじわる……。

「はい、完成」
「あ、ありがと……」
　カチッとドライヤーの止まる音がして、さらりと髪を撫でられる。
「髪、サラサラ」
「べ、べつに普通だよ」
　というか、自分でやってもここまでキレイにならない。
　髪乾かすのまで上手とか、どれだけハイスペックなの、遥。

「ここ」

「ひゃっ……！」

「ドライヤーしてたせいか、赤くなってる。痛くない？」

「っ、いたく、ない……っ」

　髪を持ち上げられて、ゆっくりなぞられる。

　また、焦らすような触り方。

　耳から首にかけて、指でつつーとなぞって。

「っ、やっ……」

「はぁ……声、やば」

《たまんない》

　ふっと耳にも息をふきかけられたら、またぴくりと跳ねてしまう。

「しるし、つけていい？」

「っ、しるし、って……」

　さわさわと耳たぶをなぞる指がくすぐったくて身をよじるけれど、お腹の前にまわった腕が放してくれない。

「昨日の夜、つけられなかったから。それにさ……」

「きゃっ!?　ちょっ、はる……っ」

「ここも。あれは撮影だってわかってたけど、あんなに短いスカート、あの場にいた男全員、胡桃のこと見てた」

「っ、みてな……っ」

　布団に押し倒されたせいで乱れた浴衣の隙間から、そっと太ももの外側をなぞられた。

《胡桃の甘い声も、心も。全部……》

「胡桃」

ビクッ。

低く、でもハチミツみたいな甘い声が、ゆっくり耳に注ぎ込まれる。

「俺は、誰の？」

「っ……」

耳に押し当てられた唇に起き上がろうとしても、握られた両手は布団の上。

「俺の全部は、胡桃の。胡桃は？」

「《教えて》」

耳に、首に、鎖骨に触れる唇に体が跳ねるけれど、遥が覆いかぶさってきて、抵抗できない。

「ほら、胡桃」

「っ、ん」

「言ってくれたら、とろとろになるまでいっぱい甘やかしてあげるよ」

鼻がぶつかる距離で囁いたあと。

あえて唇には触れないで。

おでこに、目尻に、頬に。

でも本当にしてほしいところに、欲しいものをくれない。

「いじわる……っ」

「知ってる。ねえ、自分がどんな顔してるかわかってる？」

「そんなの……っ」

「わかんない？　なら、教えてあげる」

「っ、ちか……っ」

「俺にキスされたくて、たまんないって顔してる」

「っ……!!」
「な、どうしてほしい？」
　口角を上げて、私の答えを待つ遥。
　けれど。
　いじわるな瞳のその奥が、熱に浮かされて燃えてるのを私は知ってる。
《早く、キスしたい。早く、胡桃のかわいい声いっぱい聞きたい》
《けど、胡桃から俺のって、ちゃんと聞きたい》
　せめぎ合う心の葛藤が、聞こえてくる。
　そうまでして私に言ってほしいんだ。
　どんなにキレイでかわいい女の子に囲まれたって、表情を崩さず、冷淡な態度の遥が。
　テレビでも、現場でもクールなままの遥が。
「胡桃も言って」
　目をとろけさせて。
　――性急に、愛を求めてくる。
「っ、電気、消して……っ」
「やだ。早く」
「消したら、言うから」
「顔見えない」
「おねがい……っ」
「……」
　恥ずかしいから、なるべく顔は見られたくない。
　そう思って消してもらったけれど、窓から差し込む月の光で、遥の目が一段と鋭く光った気がして。

　男の人なんだって、感じさせられて。

「っ、私、は……」

　もう無意識に、口が勝手に開くの。

「私は？」

「はるか……」

「俺の？」

「大好き、な、遥の……で、す」

「っ……胡桃」

「んんっ……はっ」

　途端に。

　噛みつかれるように、深く唇が重なる。

「ん、ちゃんとできたね」

《かわいい、かわいい。もっと……》

《胡桃が欲しい》

　口を開けて、遥の首に手をまわす。

　恥ずかしさでいっぱいだったけれど、あまりに遥が大人っぽくて置いていかれそうで。

　私だって。

　遥に触れたい。

　そう伝えたくて、グッと身を寄せる。

　けれど。

「俺はずっと胡桃のだから。誰にも渡さないし、胡桃から離れない」

　私の心の不安を取り除くように、唇が離れた瞬間に囁いてくれるから。
「っ、はる、か……っ」
「胡桃、好きだよ」
「っ、私、も……っ。
　好きだよ、遥……っ」
　何度も呼ばれる名前とぶつけられる熱量に、私も同じだよと応える。
　その度に口づけは深くなって、抱きすくめる力が強くなる。
「んんっ、はる、か……っ」
「っ、は……」
　目が潤んできて、息ができない。
　そう思っていたら、遥は唇を放して、私の首に顔をうずめる。
「好き……俺の…俺の、ずっと」
　身を焦がすほど熱くて。
　毒みたいに甘い熱が落ちてくる。
「っ、あっま……」
　肌を吸われては、そこに赤い花を散らせる。
　それが次第に首から鎖骨へと下りて。
「ん、ふっ……」
「声、我慢しないで。もっと聞かせて」
「っ、でも、へん……っ」
「変じゃない。
　かわいすぎてめちゃめちゃ興奮する」

　口を押さえようとした手をとられて、指に口づけられる。
「俺しか聞いてない。俺のせいでかわいくなってる胡桃、もっと見せて」
「っ、だ、め……っ」
「だめじゃない」
　浴衣を少し肩から下ろされて、胸元にまで口づけられる。
　さらされた恥ずかしさと、触れられるたびに跳ねる体にぎゅっと目をつぶっても。
「そらさないで。ちゃんと俺を見てて」
《目閉じたら、ここにもキスするよ》
　そっとお腹を撫でられて、目をあけてるしかいられない。
《はぁ……どこもかしこも、くせになるくらい甘い》
　月明かりの下、熱に浮かされたように、唇に、胸元に、そして。
「あっつ……」
　前髪をかき上げて、そしてまた覆いかぶさってくる遥の浴衣が乱れて。
　はだけたところから、筋肉のついた肩とか、ネックレスの落ちた胸元が見えていて。
「俺にみとれちゃった？」
「っ、なっ、違っ……」
　クスッと笑った遥の唇が耳たぶに。
「それとも、昨日の夜のこと、思い出した？」
《さっきも撮影でボタンあけてたの、顔赤くして見てたもんな》

「っ〜!!」
「結構、余裕ある感じ？　なら……」
「んっ、や……っ」
「ここも、さわるよ」
　今度は太ももの内側。
　そしてまた、そこに口づけられて。
《ほんっとに、無理。全部がかわいい》
　熱い息を吐きながら、きゅうっと目を細めて笑う遥。
　プラス、そこを満足そうになぞられたら、今度は体の奥底が甘く疼いて。
　何、これ……っ。
　はじめての感覚に、頭がぼーっとして、視界が歪む。
「はる、か……っ」
「ん、何？」
「もっ、む、り……っ」
　体が言うことを聞かなくなって、全身から力がぬける。
「だめ。まだまだ離さない」
　もうっ、限界なのに……っ。
　髪をかき上げて、なおも濡れた瞳で見下ろしてくる姿が色っぽすぎて。
「俺は、まだまだたりない。どれだけ触れても胡桃がたりない」
「っ……」
「ほっぺた、あつ……」
　ただ頬をなぞられただけなのに、敏感(びんかん)になった体はそれだけで震えて。

体中が酸素を求めて叫んでいる。

「ん、胡桃、体あっついし、１回水飲もうか」

背中に腕をまわして抱き起こされて。

遥は近くにあったペットボトルに手を伸ばす。

え、なんで遥が飲むの？　そう思っていたのも束の間に。

「んっ!?　んんっ……」

口づけられたところから冷たい水が流れ込んでくる。

「っ、なんで……っ」

「だって胡桃、目とろんとしちゃって、ちゃんと飲めそうにないし」

耐えきれなくなって落ちた涙を伝って、目尻にキスを落とされる。

こんな、ずっとキスしてばっか。

頭も、体も、おかしくなる……っ。

「いっかい、休憩させて……っ」

「まだだーめ。あと２回は付き合ってもらうから」

そう言って、長いまつげを伏せた遥の唇が重なる。

冷たい中に、熱いものも一緒に入り込んでくるから、もう何がなんだかわからなくて。

「も、やぁ……っ」

「やだ、じゃなくて、気持ちいいって言ってみよっか」

不敵に笑った瞳が至近距離でぶつかる。

もう、無理なのに……っ。

グイッとその胸を押しのけても、力が抜けた私じゃ何もできない。
　押し倒されて、キスの嵐。
「明日は仕事、午後からだから、今夜は朝まで甘やかしてあげる」
《だからさ……》
「胡桃も、もっと、俺を欲しがってよ」
　体がぶるりと震えるくらい甘く笑って囁いた遥は、シーツを掴んでいた私の手をとるとぎゅっと握る。
「好きって言ってくれたお返し。一晩中してあげる」

「んん……っ」
　まぶしい光に目が覚めた。
　ついさっきまで月の光が差し込んでいたと思ったのに、もう朝。
　あれ、ここ……。
　布団に畳(たたみ)、高い天井。
　そういや昨日、泊まったんだった……。
　目が覚めていくと同時に、背中に感じるぬくもりにカアアッと全身が熱くなる。
　私昨日、遥に……。
「……なに顔赤くしてんの」
「っ、はる……」
「ん、はよ、胡桃」
「お、おはよう、遥」
「ん」

　寝返りを打とうとして横を向いたら、ゆっくり目を開けた遥と視線がぶつかってドキッとした。
「ごめんな、昨日は激しくて」
「っ!!」
「胡桃への好きが止まんなくて、歯止めきかなかった」
　腕枕(まくら)したままの手と、腰にまわった手に抱き寄せられる。
　っ、朝から刺激(しげき)強すぎ……！　浴衣から見える厚い胸板に、昨夜のことが思い出されて目を逸らした。
「は、激しくって……。そんな変な言い方しないで……」
　キス、までしかしてないのに。
「だって、事実だし？」
「っ、遥！」
「けど、俺だけの勝手な気持ちで、胡桃に負担かけたくないのも本当。俺たちは俺たちなりに進んでいけばいい」
「うん……」
　遥に触れてほしい気持ちは、もちろんある。
　けど、やっぱり怖い気持ちがあるのも事実だから。
「この先もずっと付き合っていくんだし、俺たちのペースでゆっくり進んでいこうな」
「遥……」
　まだ寝起きで目がとろんとしたままなのに。
　かすれた声はとびきり優しくて、心の奥がじんわりあたたかくなる。
　この先も。
　遥と同じように、私も遥といる将来しか考えてないよ。

「遥……」

「ん？」

「好き……」

　でも、その言葉を口にするのは恥ずかしかったから、ぎゅっと抱きつくだけ。

「っ、朝からあおんな」

「え……？」

「胡桃、キスしよ」

「えっ、ちょっ、んぅ……っ」

「口、開けて」

「っ、遥、時間……っ」

　舌がこじ開けてこようとするけれど、今何時か気になって集中できない。

　午後からだって言ってたけど、もう時間だったら……。

「大丈夫。まだ朝早いから」

「っ、でも……っ」

「俺は、まだ胡桃とくっついてたい」

　っ、何それ……っ。

　朝が強い遥だけど、珍しくまだ目が覚めないのか、声も甘ったるくてなんだかかわいい。

　って、かわいいってなんだ！　今はとにかく時間、時間!!

それから意地でも開かないと決めていたら、なかなか開けないことに焦れたのか、首に顔をうずめる。

「ん、俺のしるし、ちゃんとついてる」

「んっ、ちょっ、はる……っ」

首をなぞる唇に、体が跳ねそうになるのを必死に耐えて耐えて。

なんとか時間を確認すれば朝の７時。

たしか、チェックアウトは12時だったから、まだ平気。

「んで、時計ばっか見てんの。俺に集中して。こっち見て」

「っ、はる」

「隙あり」

少し強引にあごを掴まれて、遥の方を向けば。

びっくりして開いた口の中に、熱いものが侵入(しんにゅう)してくる。

「ん、好きだよ、胡桃」

《大好き》

昨日とは違って、すごくゆっくり口の中で動くから、変に体がゾワゾワして、お腹の奥がキュンとした。

ブーブー。

「はる、か、電話が鳴って……」

「今は胡桃との時間」

「っ、でも……っ」

この着信音は私じゃないから、遥のスマホ。

もしかしたら清見さんからかもしれないし。

「っ、でないと」

「はぁ……ちょっと待ってて」

遥は上体を起こすと、スマホを手にとる。

「もしもし」

どうやら相手は清見さんのようで、今日のスケジュールを確認しているらしい。

「は？　今日午後からって言ってただろ」
　途端に声のトーンが下がって、顔が歪む。
　もしかして、お仕事の時間、早まったとか？　なら、急いで準備してでないとやばいんじゃ……。
　そう思って、慌てて起きようと体を起こそうとしたのに。
「っ!?」
《だめ》
　ああだ、こうだと話している最中なのに、私の両手は器用にまとめられて、頭上に。
　そして、体はまたまた布団の中へ。
《まだ起きちゃだめ》
　そう言って、耳と肩の間にスマホを挟（はさ）むと。
「っ……!?」
　腰のラインから、そのまま太ももへと手をはわせる。
「で、何時に迎えに来るって？」
「ちょっ、はる……っ」
《シー……声出すと清見にバレるよ》
　けれど手は止まらなくて、今度は肩の内側へと入り込んでくる。
《あー……声我慢してんの、めちゃくちゃ興奮する》
　何バカなこと言ってるの!?　キッと下から睨みつけるけれど、ますますいじわるにほほえむだけで、手を止めてくれない。
　っ、またこの感覚……っ。
　体の奥底が疼く感じ。

「はいはいわかったっつーの。じゃ、あとで」

それから、やっと電話がきれたと思ったら、スマホはそこら辺にポイして、ガバッと抱きついてきた。

「っ、もう、何してるの……！」

「だからその声もやばいんだって。朝から誘ってる？」

「違う！」

誰のせいで……！　ポカポカとその胸を叩いても、クスクス笑うだけ。

「声我慢してんの、ほんっとにかわいかったよ。ごめんな、いじわるして」

許してといわんばかりだけど。

遥、頬ゆるゆるなの、隠せてないよ。

「だって好きな子ほどいじめたくなるじゃん？」

「っ、知らないよ、バカ……」

「胡桃のバカって、最高だよな」

「っ、もう……っ」

「清見、９時に迎えにきて、すぐ仕事行くことになった。今日は午後からって言ってたのに、ごめんな」

「ううん」

お仕事だから。

忙しいのはわかってる。

「遥……」

眉を下げて落ち込んでいる頭をそっと撫でれば、うれしそうにその手に擦り寄ってきた。

「けど、なるべく早く帰ってくるから、またおかえりって言ってくれる？」
「うん」
「ありがとう。胡桃、大好き」
「私も……」
「はぁ、幸せ。じゃあ、さっきいじわるしちゃった分、今度は時間までたっぷり甘やかす」
「っ、まだキスするの!?」
「あたりまえじゃん。胡桃とまた離れるからその分と、今日を乗り切るためにな」
そう言ってまたキスしてきた遥を受け入れる私も、遥と同じ。
離れるのが寂しいのは私も一緒。
今日の夜ごはんは、遥のリクエストにお応えしようかな。
なんて、キスを受け止めながらそんなことを考えていた。

☆
☆
☆
☆

第4章

キス、止まんない

クラスメイトの秘密

「じゃあ、行ってくるな」
「うん。あっ、は、遥……！」
「うん？」
「今日、なに食べたい？」
「今日？　どうしたの、急に」
「あ、いや、その……お仕事頑張ってくる遥に、何かしたいと思って」
「っ、かわ……」
「うっっっわ、胡桃ちゃん、それ最高。今度俺にも言ってくれる？」
「話に割り込んでくんな、くそ清見」
　それから旅館に迎えにきてくれた清見さんの車に乗り込むと、まずは私を家まで送ってくれることになった。
「胡桃」
「何……って、!?」
　清見さん見てるから!!　さすがにやめてって……!!　なのに、私の腰に腕をまわすとグッと引き寄せる遥。
　清見さんも清見さんで、車を降りた私たちをニヤニヤしながらガン見してるし！
「なら、前に作ってくれるって言ってた、唐揚げがいいな。それと……」
「おかえりのキス、してほしいな。あと、あーんも」

「はっ!?」
「ふっ、顔真っ赤。超かわいい。じゃ、楽しみにしてる」
「あっ、ちょっ、はる……っ」
き、キスって……！　そして鼻歌でも歌いそうなほど楽しそうに笑って、ポンポンと頭を撫でると車に乗り込む。
「遥、その愛想のよさ、他で出さない？」
「胡桃限定だから死んでも出さない」
そして車が去ったあとも、私はそこにたたずんだままだった。
「は……え？」
わ、私からキスって……。
っ、どどど、どどうしよう……!?　うまくできる自信ないよ……!!　家の中に入っても、落ちつかなくてとくに意味もなく立ったり座ったりを繰り返す。
帰ってくるまでまだ何時間もあるのに、今からめちゃくちゃ緊張するんだけど!!　何か、何か。
別のことでもして気を紛らわせ……。
っ、そうだ！　慌ててキッチンに行って、ヨーグルトにハチミツ、牛乳などがあることを確認する。
キウイにバナナもある。
よしよし。
うん。
こういうときは料理するに限る!!　作るものは、ヨーグルトアイスバー。
甘いのが苦手な遥だけど、さっぱりしたヨーグルトアイスバーは、前にすごく喜んでくれた。
　暑くなってきたし、ぴったりだよね。
　それと、目を見てキス、は恥ずかしいから、遥がアイスに夢中の間にキスする。
　うん、これならなんとか。
　そうと決まれば、早速！　ボールにヨーグルト、ハチミツ、砂糖、牛乳を入れて混ぜて。
　次にバナナとかキウイとか、お好みのフルーツを入れて。
　それで型に流し込んで、ところどころにまたフルーツを入れて。
「よし、あとは……」
　冷やして固まるのを待つだけ、だけど……。
「アイスの棒がない……」
　前に結構な量作って使っちゃったからなぁ。
　ガラスのカップに入れてもいいけど、やっぱりアイスといえば、棒アイスだし。
　近くのショッピングモールにお菓子(かし)作りに使うものとかいろいろ揃(そろ)ってるお店あるから、そこに行ってこようかな。
　ショッピングモールか……。
　せっかくなら。
　プルルプルル。
「もしもし胡桃ー？　どしたのー？」
「あっ、あーちゃん今から暇(ひま)？　よかったら……」

「胡桃〜!!」

「あーちゃん!!」

　それから向かったショッピングモールの入り口で、手を振っているあーちゃんを見つけた。

　昨日の撮影のことも聞きたいって言ってたから、せっかくだし、カフェでお茶でもしようってなった。

「ごめん、待たせた？」

「ぜんっぜん！　あたしも今来たとこ……って、え？　どうしたの、そのマスク」

「あー、これは遥が……」

　なんて理由説明したらいいの……。

　言い淀んでいたら、しばらく目をパチパチさせていたけど、すぐにニヤリとした。

「ほーん？　なるほど。男避けってワケね」

「……」

　夏だけどマスク。

　これは遥に言われたもの。

『ただでさえ芸能人よりもかわいいから、俺がいないとき、１人で出かけないといけないときはぜったいにマスクつけて』

『え、でも私なんかナンパなんて……』

『前にスーパーで声かけられてただろ。学校で体育してたときも。八朔に顔近づけられてたじゃん』

『うっ、それは……』

『俺は、胡桃が俺の見えないところで他の男に声かけられてないか心配でたまんないの。だから、お願い』

『わ、わかった』
『ん』
　遥の女の子への態度はわかってるとはいえ、私だって、遥が知らないところで他の女の子に腕を組まれたりしたら嫌だから。
「んもうっ、何ベタ惚れじゃん〜!!」
「っ……」
　きゃー！と頬を赤く染めて、私の肩をバシバシ叩く。
　い、痛い……。
「で!?　昨日の撮影はどうだったの!?」
「うっ、それは……」
「ほっほーん？　何かあったわけね？　全部吐きなさい！　今度コミケに出す本の参考にするから！」
「そ、それはやめて……」
　ふいっと目を逸らすと、ますます破顔するあーちゃん。
　やっぱ、そこ、聞きますよね……。
「よーし！　昨日は遥くんに連れてかれちゃったから、今日はあたしとデートしよ胡桃！」
「いっぱい遊んでいっぱい話そっ！」
「うんっ」
　それからやってきたのは、フルーツをまんま絞ったドリンクを出してくれると話題のカフェ。
　キウイやグレープフルーツ、いちごまでなんでもある。
「胡桃！　なに頼む？」
「んー、私はオレンジかな……」

「遥だけに？」
「ちっ、違うよ！」
　無意識だった。
　まあ、フルーツといえばでパッと思い浮かんだのがオレンジだったのはたしかなんだけど……。
「いいねいいね！　どんどん遥くんに染まってるね〜！　あー、友達の恋バナ聞くのって、なんでこんな楽しいんだろう！」
「そ、そうなんだ……」
　あーちゃん、めちゃくちゃテンション高い。
　いつものゆるふわボブも、今日は一段と巻きに気合いが入ってる気がする。
「で!?　撮影はどんな感じだったの!?」
「は、話さなきゃだめ……？」
「当たり前よ！　ぜーんぶ話してね！」
　うっ、文句は聞かないといわんばかりのあーちゃんに、私は渋々話しはじめた。
　清見さんから聞いた、遥が事務所に入る前の話。
　カップル役を演じたこと。
　そして……。
「えっ!?　最後までしちゃったの!?」
「ちょっ、声が大きいっ!!」
　まわりの女の子が見てるから!!　慌ててその口を塞げば、あーちゃんはもごもごする。
「しっ、してないよ！」

慌てて、今朝(けさ)遥から言われた話もする。
「うっわ……ほんっと、遥くん最強すぎない？　今どきそんな男いる？　いないでしょ」
はァァァと大きいため息をついたあーちゃん。
「で、胡桃は？　キスの１つや２つ、してあげたの？」
「そっ、そんなの、恥ずかしくて、無理だよ！」
してほしいって言われたけど……。
正直できる自信がない。
てか、自分からってどうやってやるの!?
「い、一応アイスは作ってみたんだけど……」
「アイス？」
「その……疲れたときには甘いものって言うし…自分からキスするの恥ずかしいから、遥がそれに夢中になってる間にしようと思って……」
「なんじゃそりゃっ!?」
バーン!!と勢いよくテーブルを叩いて立ち上がったあーちゃんに、いたたまれなくてうつむく。
うっ、それはわかってるよ……。
でも、性格上、自分からキスとか、想いを伝えるの恥ずかしすぎて……。
「あのねぇ、胡桃！　よく聞きなさい！」
「はい……」
「遥くんは、何度も何度も好きだって言ってくれてるんでしょ？　もう、これ以上にないくらい大切にしてもらってるでしょ？」

「はい……」

「遥くん、心の中じゃもちろん好きだって言ってるだろうけど、直接口に出しても言ってくれてるんじゃないの？」

「それは……」

　たしかに遥、心の中でもそうだけど、ちゃんと声に出して好きだって言ってくれてる。

「例えばの話、遥くんの心の声が聞こえなくなったらどうするの？」

　ストンと座ったあーちゃんは、グッと身を乗り出してくる。

　その目は真剣で、ちゃんと考えなさいって言ってる。

　心の声が聞こえなくなったら……。

　そんなの、考えたこともなかった。

　中学のときから心の声を聞こえることがあたりまえすぎて、むしろこんな力なんていらないって思ってたのに。

　でも今は、遥の気持ちがわかるからって、安心しきっていた自分がいる。

「胡桃は遥くんの心の声が聞こえるから、安心かもしれないけど、相手の心の中なんてわからないのが普通なんだよ。けど遥くんは、それ関係なしに、まっすぐ伝えてくれてる」

「そう、だよね……」

　私は遥の心の声がわかるけど、普通は相手の心の声なんて聞こえないのがあたりまえで。

『胡桃の言葉で、声で、ちゃんと聞きたい』

『俺の全部が胡桃。胡桃は？』

素直になれない分、今まで待たせてしまった分、遥は何度も私に言葉にさせようとしていた。

マスクのことだって、これだって。

付き合っているのに、不安にさせている原因を作っているのは全部自分じゃないか。

「恥ずかしいって胡桃の気持ちもわかるよ？　でも、覚悟きめたんでしょ？」

「うん」

遥とつき合う覚悟。

「だったら、胡桃も少しでも遥くんに追いつかなきゃ」

「うん……」

思ってるだけじゃだめだ。

ちゃんと行動に移さなきゃ。

「じゃあ、そうと決まれば練習しよう！」

「れ、練習？」

「おかえりのキスの練習よ！　素直になった姿見せて、遥くん、ドッキドキにさせようよ！」

「ええっ!?」

ドッキドキ!?

「まあ、キス云々は、しまくってるだろうからどうにかなるとして」

「し、しまくってるって……」

「違うの？　遥くん、キスめちゃくちゃ好きそうだから」

「……」

ほら図星ジャーン☆とウインクするあーちゃん。

それやめて。

ここで否定しないとか、墓穴ほったのと一緒だよ……。

「じゃあまずは……」

「お風呂にする？　ご飯にする？　それとも、わ·た·し？」

「んっなっ!?　なっ、何そのセリフ!?」

次にバーン!!　と勢いよくテーブルを叩いたのは私のほう。

みるみるうちに顔が赤くなるのがわかって、肩がぷるぷる震える。

そっ、そんなセリフ言えるか――っ!!

「だって一緒に住んでるんでしょ？　だったら同棲と変わんないじゃん。胡桃、ごはん作って待ってるんでしょ？」

だから同棲じゃないって！

「だったら、まず思いつく定番のセリフといえばこれでしょ！」

「そう、なの……？」

「そうなんだよ！　はいっ、リピートアフターミー！　お風呂にする？　ごはんにする？　それとも、わ·た·し？」

「ご、ごはんに……す、るんでしょ？」

「なんっっで決めつけるの！」

「だって無理だって!!」

ううっ、なんでこんな練習してんだ私……。

世の中の彼女さんたちは、みんなこんなことしてるんだろうか……。

「まずはその恥ずかしがり屋なところ、どうにかしなくちゃ！　じゃあはいっ、もう２回！」

「ううっ……ご、ごはんに……」

「じゃあ、おつかれ！　頑張って言うのよ！」

「が、頑張りマス……」

それから何回も練習させられた私は、ドッと疲れていた。

でもキスよりも、こっちのほうがハードル高そうだから、キスはできそう。

あーちゃん……いろいろな意味でありがとう。

「じゃあ、最後にあたしからエールを送るよ！」

「エール？」

そう言って渡されたのは、さっきあーちゃんが本屋で買っていた雑誌の一冊。

「それの30ページ目、見てみて」

「30ページ……？　って、!?」

「ねっ!?　それ、やばいでしょ！」

っ、や、やばいってもんじゃないよ!!

見れば、今流行りの男性アーティストたちが特集された記事。

まあ、それだけだったらいいんだけど……。

「何この特集!?」

見れば男の色気特集と書かれた記事があって、水なのか、汗なのかわからないけど、胸元が濡れてて白いシャツで目線をはずしたアップの遥がそこにいた。

なんつーやつなのこれ!?

「ねっ、ねっ、やばいでしょ!?　元気出たでしょ!?」
「げ、元気が出たっていうよりは……」
　昨日とか一昨日のこと思い出して、恥ずかしさ極まりない。
「ちなみにね、杏くんとか、crownのメンバーのも載ってるんだよ！」
「ひいぃぃ——っ!!」
　あまりに刺激が強いそれに、慌ててバシッと雑誌を閉じて遠ざける。
　遥をはじめとしてみんな高校生なのに、なんっなのこの色気は!?
　いろいろ恥ずかしすぎて人前じゃ見られない……っ!!
「シャツはだけ祭り開催中（かいさいちゅう）よ！」
　何それ!?
「あたしはこれ、５冊買ったから、持ち歩く用と保存用と飾（かざ）る用と……」
　ご、５冊も買ったのあーちゃん……。
　どうやら１つは切り抜きにして額縁（がくぶち）に入れるらしいけど、私なら、部屋に入ってきた親にこんなの見られたら死ぬ……。
　ちらりと見えたけど、crownのメンバーの写真は遥たちのよりもやばかった。
　不知火くんも思ってもないだろうな。
　まさか、あーちゃんが額縁に入れて部屋に飾ってるなんて。

「じゃあ、コレ見て頑張んなさい！　月曜日報告よろ！　健闘を祈る！」

「あっ、ちょっ、あーちゃん!?」

　雑誌だけ渡されても……!!　何か袋ちょうだいよ！

　なんて言うのも束の間に、あーちゃんはスキップで帰っていってしまった。

　カバンには入らないし、アイスの棒も買っちゃったし、これから新しく何か物を買う予定もない。

　仕方ない……。

　このまま持って帰ろう……。

　それから足早に人混みを抜けてショッピングモールを出る。

　そのまま雑誌を持ってるだけで変なのに、中にこの記事が載ってるってだけでめちゃくちゃ恥ずかしい!!

　そう思って足早に歩いていたら。

「ねぇっ、あの人！　crownの人じゃない!?」

「うそ!?　ほんと!?」

　え、crownの……？

　たまたま近くを歩いていた女の子２人組が、ある方向を見て、コソコソ話していた。

「やっぱそうだよ！　ほら、あのクールで有名な……」

「甘利くん？」

「そうっ！　甘利くんっ!!」

　え、甘利くん？

「ねえねぇ、あそこにいる人、甘利くんじゃない？」

「えー？　でもなんか違くない？」
　私のまわりを歩いていた女の子たちが、みんな小さい声で黄色い悲鳴を上げている。
　ほんとにいるの？
　ここ、ショッピングモールだよ？
　あっ、でも学校からは近いし、芸能人といっても、ショッピングモールに行かないってわけではないか……。
　でも、ほんとに本人？
「ほらっ、あそこ！」
　どこ？
　うしろにいた女の子の指さすほうを見てみると……。
　っ、まさかの本人!!　黒いキャップに、黒いマスク、黒Tシャツに、黒のダメージスキニー。
　く、黒すぎ……!!　思わずツッコミたくなるそのコーデだけど、スタイルがいいのと、マスクをしててもわかるそのオーラに、本人であることを隠せてない。
「ねえねえ、声かけに行ってみようよ！」
　本人はイヤホンをしてスマホを見てるけど、ここで騒がれたらぜったいまずいよね。
　こんなところで何してるのかはわからないけど、女嫌いって聞いたし……。
　いくらファンの子たちとはいえ、こんな人が大勢いるところで騒ぎになったら、お店とかいろいろな人に迷惑(めいわく)がかかりそうだし……。
「ねっ！　ぜったい本人だって！　行こうよ！」

「でもさ、まだ本人って決まったわけじゃないし……」
「もし間違ってたら謝ればいいじゃん！　あたし行ってくる！　あ、あの……」
　えーい！　もうどうにでもなれ！
「ご、ごめん……っ！　待った？」
「……」
　その子たちよりもダッシュで甘利くんに近づいて、肩をポンポンと叩く。
「ごめんね、結構待った？」
「は……」
　いきなりマスクをした女が話しかけてきたことに、眉をひそめる甘利くん。
　ですよね──っ!!
　私もマスクしてるから気づかないよね！
　私、同じクラスの橘！　気づいて！
　そう心の中で必死に叫んでいたら、驚いたように目を見開いた。
「え、もしかして別人……？」
　その女の子は私の登場に、甘利くん本人だってことを疑いはじめた。
　そう！　そのままどこかに行ってください！
「ま、待ってるの疲れたでしょ？　あっちでお茶しよう？」
　お願いだから、合わせて甘利くん！
　あなた、まわりの女の子たちに気づかれてるよ！
　そう思っていたのも束の間に、ふっと顔を上げた甘利くんは。

「……最悪」

　ボソッとそう一言つぶやくと。

「あっちいこ」

　そう言って私の手を引っ張った。

「なんだ、本人じゃないのかぁ……」

「ほらね、言ったとおりじゃん！　こんなところにいるわけないって！」

　うしろで落胆する声と、励ますような声が聞こえる。

　よ、よかったぁ……。

　なんとか乗りきれた。

「あ、あの、甘……」

「まだだめ。あの人たちが見えなくなるまで」

「わ、わかった」

　それからそのまま足早にショッピングモールを出た私たちは、近くにある公園まで歩いてきた。

「ここまで来たらいいだろ」

「ブッ……！」

　急に立ち止まるもんだから、背中に激突してしまった。

「あっ、ごめ……っ」

「これ、落ちたけど」

「あ、ごめん。

　ありが……って、うわあぁぁぁ!!」

　私の手からすべり落ちた雑誌はいつの間にか。

「これ、俺の……」

「あっ、あああ、あの！　違うんです、これはっ！」
　よ、よりにもよって、そのページ開く!?　甘利くんがちょうど拾い上げたときに開いたページはなんと。
　あーちゃんの言う、甘利くんのシャツはだけ祭り。
「へえ、橘もこういうのに興味あるんだ？」
「ちっ、違います……！　これは友達が……っ」
「っ、ははは！　焦りすぎだろ！」
「っ……」
　あーっ、おっかしい！と、キャップもマスクも外して笑う甘利くん。
　甘利くん、こんな笑顔で笑うんだ……。
　笑ってるとこ、はじめて見たけど、美形だから笑った姿もかっこいいし、ずっと笑ってたらいいのに……。
「っ、かっこいいって……」
「え？」
「っ……」
　え、今なんて？　なぜかキャップを被(かぶ)り直した甘利くんは、ふいっと顔を背ける。
「あの……耳赤いけど、体調悪いなら、中に……」
「べつに悪くないから」
　というか、この会話。
　昨日もしたよね……。
「橘はなんであそこにいたの」
「えっ？　ああ、えっと、友達と遊びにきてて……」
　まあ、雑誌もその子からもらったんですけど……。

「なんだ……crownが載ってるから、買ったわけじゃないんだ」
「え？」
「なんでもない」
　なんだか甘利くん、さっきから謎の発言が多すぎる。
　というか。
「甘利くんこそ、なんでショッピングモールに？」
「ああ、人と待ち合わせしてて。仕事関係の人。けど少し遅れるって連絡きて、あそこで待ってた」
「そうだったんだ……」
　でも、さすが甘利くん。
　めちゃくちゃ馴染んでるみたいだったけど、普通にオーラ隠せてなかったし、やっぱり芸能人ってすごいんだなぁ。
「けどまあ、助かった」
「え……？」
「その、まわりが騒ぎそうだったから、声かけてくれたんだろ」
　ふいっと顔を背けていた甘利くんだったけど、今度はちゃんと、私の目を見て言ってくれた。
　まあ、女嫌いって聞いたし、ただでさえ学校でも騒がれるの嫌がってたし、なおさらだよね。
　でも、もったいないなぁ……。
「何が」
「だって、crownのメンバーって、不知火くんとかみたいに見るからにアイドル！って感じの人が多いから……」

って、ん？

「何……っ、！」

あれ、今……。

私、もったいないって声に出したっけ……？　それに、さっきの雑誌の話だって。

まさか……。

「まさか、甘利くん……」

「……」

あからさまに顔を逸らして、私と目線を合わせない。

なんとなく、昨日話していたときから感じていた違和(いわ)感(かん)。

なんとなく感じていた、自分と同じ匂い。

「自分と同じって……」

甘利くん、隠す気ある？

「うん。心の声、聞こえるんでしょう……？」

「……」

「……」

それからしばらくの間、私をじっと見て、黙っていた甘利くんだったけれど。

「はぁ……」

観念したかのように、深く深くため息をついた。

「なんでわかった？」

「まあ、会話とかで……というか、なんとなく惹(ひ)かれるものがあったっていうか……」

「惹かれるもの？」

「うん。女嫌いだって言ってた割には普通に話してくれるし、いざ話してみると、結構話しやすい印象だったし」
　クールでとっつきにくいって感じがまったくない。
「っ、それは……！」
　相手が橘だったから、というか。
「え？」
「っ、いや、なんでもない……」
　何か焦ったように口を開いたけど、すぐに閉じた。
「それと……私のこと、橘って呼んでくれたから、かも」
　ずっと心に引っかかってた。
　名字で呼ばれたこと。
「だって橘は橘だろ」
『橘は橘だろ』
　あれ、この言葉。
　前にどこかで……。
「覚えて、ないか……」
「え？」
　ボソッと何か言ったその言葉は聞こえなかった。
　けれどふっと笑って、甘利くんはキャップを被り直す。
「で？　橘も同じってどういうこと？」
「あっ、それは……」
　甘利くんの場合は、おそらくどんな人が相手でも聞こえるパターン。
　けど、私の場合は……。
「特定の人のしか、聞こえないパターン？」

「……甘利くん、ちょっと離れて話しませんか」

「めんどいから却下」

　この距離だと、どうしても心の声が聞こえてしまう。

　なんか人に聞かれてるのって変な感じ。

　聞かれてる遥も、こんな気持ちだったのかな……。

「遥……？」

「あ……」

　心の声が聞こえなくても、たぶん私の反応だけですぐにわかったはず。

「へえ、遥だけ聞こえるんだ」

「う、うん……」

　甘利くんの声と纏う空気が、少し冷えた気がする。

「遥と、付き合ってるんだっけ」

「し、知ってたの……？」

「知ってるも何も、前に教室で彼女だって言ってたし。業界でも有名な話」

　あれ、甘利くんにまで聞かれてたんだ……。

　というか、本当に有名なんだ私の話……。

　うれしいような、なんか複雑。

「遥はこのこと知ってるの？」

「う、うん、知ってる……」

　というか、それでいろいろ紆余曲折しちゃったから。

「あ、甘利くんは、特定の人だけじゃない？」

「うん。そうだよ」

「だから女嫌いになったわけ、だけど」

「え？」

それって、心の声が原因ってこと？

「そう」

「あの、だから、私の心の声に反応するのはやめてもらっていいですか……」

「だって、あまりにおもしろい反応してくれるから。ついね」

なんて口角を上げて笑う甘利くん。

ほんと、こうやって普通に笑ってると、学校で見る人と同じとは思えないよ。

「俺さ、物心ついたときから他人の心の声、聞こえてたんだけど」

「うん……」

「この見た目だし、まあ、いろいろな女が寄ってくるわけ。容姿がいいから、彼氏にしたら自慢（じまん）できるって」

「それは……」

遥も同じこと言ってたっけ。

容姿だけで好きになられても困るって。

甘利くんだって、遥だって、いくら容姿が整ってたって、１人の人間として生きてるのに。

そんな見せ物みたいに人に自慢しようだなんて、ひどい話だ。

「にこにこ笑って近づいてくるけど、どの女もみんなそういうこと考えてるやつばっかで。まあ、芸能界に入ってもそれは変わんなかったから、この性格ができあがったってわけ」

「そう、だったんだ……」

心の声が聞こえる。

それはいいことばかりじゃない。

聞きたくないことまで全部聞こえちゃうから、とくに甘利くんの場合は不特定多数の人が対象だから、私以上に。

苦しくてつらい思いを、たくさんしてきたんだ。

「それに、この容姿だって、本当はめちゃくちゃ嫌だし」

「どうして？」

「女っぽい名前に拍車をかけてるから」

「みはやくん……」

「え？」

「たしか、みはやくんだったよね、下の名前」

「っ……」

名前のコンプレックスなら、私だって一緒だ。

桃華と胡桃。

昔から自分の名前が嫌いだった。

華やかな桃華と、地味な胡桃。

名前を呼ばれるたびに、そう言われてるみたいで。

でも……。

昔、遥や杏以外で、私は私だって言ってくれた男の子がいた。

たしか保育園のとき。

桃華が群をぬいてかわいかったせいか、もうそのときから桃華はかわいい、かわいいってまわりの男の子たちに言われてた。

でもそんな中で１人だけ、私をちゃんと見てくれた子がいて……。

「俺も」

「え……？」

「ずっと名前にコンプレックスがあって、小さいころからずっと、女っぽい、かわいいって言われ続けてきた。それは今になっても変わらない。けど……」

「かっこいいって言ってくれた女の子がいたんだ」

甘利くんは見たことがないような穏やかな顔で笑って、手を目の上にかざして空を見上げた。

「はー……きっつ」

「え？　な、何が？」

「んー、結局あいつが相手なんだなって」

あいつ？　相手？　いったいなんのこと？

「そのマスク」

「え？」

「夏なのにマスクつけてるの、珍しすぎ。ナンパ避けってとこ？　遥だろ」

「……」

なんでわかるの。

「まあ、昔からそうだったよな、あいつは」

「む、昔から……？」

「そう、昔から」

めちゃくちゃ穏やかに笑ってる甘利くん。

でもなんだろう。

その目はどこか、そこにいない誰かを鋭い目で見ている気がして。

「遥に」

「え？」

「遥によろしく言っといてよ」

「え、甘利くん、遥と仲いいの？」

「んー、まあ、そんなとこ」

芸能科にいたころのことや、芸能界に友達がいるって話は、遥から聞いたことない。

私が知らないだけで、遥とは結構仲がいいのかも。

八朔くんのことも、知ってたし。

同じアーティストとして、いろいろ話が合うのかな。

「まあ、そういうことにしとくよ。今は」

「今？」

「うん」

何がなんだかわからないけど、どうやら遥と甘利くんは知り合いらしいってことがわかった。

「じゃあ、今日はありがとうな」

「あっ、うん、こちらこそ……？」

「なんで疑問形？」

「な、なんとなく……？」

「っ、はは、やっぱおもしろいわ、橘」

それに、こんな普通に笑う人って知らなかった。

とりあえず家に帰ったら、甘利くんがよろしく言ってたって伝えよう。

「じゃあ」
「あっ、甘利くん！」
「何？」
　去っていくうしろ姿に、慌てて声をかけた。
「心の声のこと、メンバーのみんなは知ってるの？」
「知ってる。このこと知ってるのは、メンバーと、親と」
　橘だけ。
「じゃ、また学校で」
「う、うん、また……」
　そう言って、ふっと笑った甘利くんの背中を見つめる。
　まさか、他に心の声が聞こえる人が身近にいたなんて、
知らなかった。

胡桃にする

よし、唐揚げオッケー、アイスオッケー。

あとは……。

『頑張って言うのよ！』

脳内で、あーちゃんが応援してくれてる！

よ、よし、がんばれ自分!!　素直になろう!!

あれから家に帰ってきて、慌ててごはんの準備を終わらせた。

【もうすぐでつくから】

スマホがブーブーと震え、遥からだと知らせてくれる。

はぁ……緊張してきた。

ごはんも、アイスも。

それと……。

ピーンポーン。

「ひっ！　は、はい……」

「胡桃。俺、遥。ただいま」

か、帰ってきた!!

「よし……」

玄関へと向かって、１つ深呼吸。

ゆっくりドアを開ければ、甘くほほえむ遥がいて。

「は、はるか……っ」

「ん」

「お、おかえり……っ」

「ん、ただいま、胡桃」
　首に手をまわして抱きつけば、遥も弾んだ声で目をとけさせてぎゅうっと返してくれる。
《最高すぎる……もう、新婚だよな、これ》
　なんて心の声が聞こえて、また体がかちこちになるけれど。
「あの、ね、遥……」
「うん？」
　その顔が、少し疲れたと言ってるのはすぐにわかったから。
「お、お風呂にする？　ごはんにする？　それとも……わた、し？」
　恥ずかしさとか、そんなの全部吹き飛んじゃって。
　いつもいつも大切にしてくれてる分、今日は私が少しでも遥に素直になれたらって。
　あとは、いつもいじわるされてるお返しもちょっと。
「っ……！」
　背伸び（せの）びしてキスして、その胸に擦り寄る。
　遥の心音、速い。
　ちょっとはドキドキしてくれた……？
「っ、はぁ……」
「はるか……？」
「……っ、どこでこんなかわいいの、覚えてきたの」
「っ、えっ、ちょっ」
　これは予想外!!

「答えは……胡桃にする」
　そう言って私を抱き上げると、早足で私の部屋へ。
「っ、あわわっ……！」
　それがあまりに速くて、慌てて首に手をまわして抱きつけば。
「っ……」
　遥の喉がゴクリと動いた気がした。
「あ、あの遥……ごはん、冷めちゃう……」
「ん、でもその前に。俺のこと、甘やかして」
「あ、甘やかす……？」
「ん。癒やして？　んで、俺に構って？」
　そっと優しくベッドに下ろされて、でもすぐに覆いかぶさってくる。
「俺にとっては、胡桃が俺のいちばんの癒やし」
《だから……》
「無理って言っても、離さない」
　そんなの……。
　鋭い目に射抜かれて、心臓がバックンバックン鳴るけれど。
「っ、胡桃……？」
　そう言って顔を寄せてきた遥に、ぎゅっと抱きついた。
「いい、よ……」
「え？」
「遥の好きに、して」
「っ、は？」

「私も、遥ともっとキスして、くっつきたい」
《えっ……ちょっ、は？》
「っ、ちょっ、胡桃……っ」
　慌てる遥を無視して、自分からもう一度キスした。
「遥、好きだよ……。大好き」
「っ、ねえ、もうほんとどうしたの？　かわいいがすぎるって」
《胡桃からとか、これ、夢？》
　いつもと違う私に驚きながらも、すぐに主導権は遥に握られる。
「もっと口、開けて」
「んんっ……」
　いつもより遥の余裕がない気がする。
　どこか焦ってるみたいな、そんな。
「詳しい話は、あとで聞く、から」
「んっ……」
「今は胡桃のこと、いっぱい堪能させて」

「そういうことか」
「うん……」
　それから遥の気が済むまでキスされた私は。
「っ、胡桃……!?」
「ふぁ……」
　気づいたときには意識が朦朧とするくらいに、ぼーっとしていて。

「遥、キス、激しい……」
「っ、だから、そのかわいいの禁止。
　また押し倒したくなる」
　とかなんとか渋(しぶ)い顔だったけれど、ようやく放してくれた。
「不安になったわけだ？　俺に気持ちが伝わってるかって」
「うん……というより、私は遥の心の声が聞こえるけど、私はなかなか素直に言えないから」
　昼間あーちゃんに言われたことを話せば、遥は納得したようにうなずいた。
「だから、急に積極的になってくれたんだ？」
「まあ、はい……」
「っ、かわいすぎ。胡桃の性格的に、めちゃくちゃ頑張ったんだろ？　勇気、出してくれたんだ？」
「うん……」
　すると、愛おしいといわんばかりに目を細めた遥はぎゅっと私を抱きしめる。
「ちゃんと伝わってるよ。胡桃の全部から、俺への気持ち。だから、安心して」
「うん……」
「けどまあ……さっきのはまじでかわいかった」
「うっ、それは忘れて……」
　今になってめちゃくちゃ恥ずかしさが込み上げてくる。
　ほんと、黒歴史になりそうなレベルだよ。
「ぜったい忘れない。仕事中、つらいときとか、思い出して頑張る」

「それはさすがにやめて」

「やだ」

《毎日してくれてもいいのに》

「そっ、それも無理！」

「ふふ、じゃあ、ごはん食べよっか？　俺の大好きなもの作ってくれて、しかもアーンもしてくれるなんて。俺、ほんと生きててよかった」

「お、大げさだよ……」

　めちゃくちゃにこにこして、席に座る。

　アーン、は、もうぜったいにする流れなんだ……。

「ん、いただきます」

「めしあがれ」

「っ、あー……うっま。ほんと、うますぎ」

「ほんとに？」

「うん。仕事の疲れ、吹っ飛ぶくらい。いくらでも食べられる」

　よ、よかったぁ……。

　おいしい、おいしいって食べてくれる。

　こうしてふたりでごはん食べてるときが、いちばん幸せかも。

「でも、アーン、してくれたら、俺もっと元気出るなぁ」

「うっ……」

「してくれる？」

　して、じゃなくて、してくれる？　なんて。

　あくまで疑問形で聞いて、判断は私に委ねる。
　こういうところ、ほんとずるい。
「する。遥、口、開けて？」
「何そのセリフ。あとでベッドの上でも言って」
「バカ言わないで！」
　もう、ほんと調子いいんだから……。
　遥の横に座って、箸(はし)で唐揚げを持ち上げる。
「はい、アーン」
「あー……」
「はぁ……幸せ。胡桃、全部あーんして」
「それじゃ、ごはんいつになっても終わんないよ！　せっかく……」
「せっかく？」
「で、デザートも作ったのに……」
　途端に。
　ますます顔を綻(ほころ)ばせた遥は。
「なら、またそっちでもして？　俺、まじで世界一の幸せ者」
「まだするの……」
「じゃあ、俺も胡桃にしてあげる。口、開けて」
「えっ、私はいいよ！」
「いいから。お返しだって」
　そう言ってる割に。
　なんだか、めちゃくちゃいじわるな顔してません？
「胡桃。はーやーく」
「っ、もう、わかったから！　あー……」

「隙あり」

　っ、やっぱり！

「そんな無防備なの、俺の前だけにして」

「そんなの、遥としかキスしたくない」

「っ、ごめん。やっぱ、無理」

「んっ、遥……!?」

「ほんと、胡桃見てると、キス止まんない。甘やかしてくれるんだろ？」

「っ、もう……」

　それからまた思う存分にキスされた私。

　あーちゃんの言うとおり、遥、ほんとキス好きすぎだよ。

「あれ、この雑誌どうしたの？」

「あ、それは……」

　それから、なんとか無事ごはんを食べ終わった私たちは、ソファに座ってテレビを見ていた。

「やっぱ胡桃の手作り最高」

　デザートのアイスも、めちゃくちゃ喜んで食べてくれてる。

　もちろん、最初の一口はアーン、させられたけど。

　人にごはん作って喜んでもらえるのって、本当にうれしい。

「あーちゃんとショッピングモール行って、そのときにもらったの」

「へえ、天草と……。ね、これと実物どっちがかっこいい？」

「え、何……って、わあぁぁ!?」
「なんで閉じんの」
「遥こそ、なんで開いてるの!?」
　シャツの“はだけ祭り”はやめて！
「本人がそばにいるんだから、雑誌じゃなくて俺のこと見てほしいなって」
「っ〜!!」
　写真は遥本人なのに、こだわるとこ、そこなの？　コテンと首をかしげて、ペロリと最後のアイスをなめる遥。
　じっとこっちを見る瞳は、俺だよな？といわんばかり。
　ううっ……なんなのその色気。
　実物のほうが、比にならないほどかっこいいに決まってるのに。
「な、どうなの？」
「っ、近いって！　あっ、ね、ねえ、遥！」
「話変えんな。何」
「は、遥って、甘利くんと仲いいの？」
　だってあまりに遥が色っぽいから見てられなくて。
　話題を変えるしかなかった。
　瞬間。
「……は？」
　その口から、ポロッとアイスの棒が落ちた。
「遥、棒落ち……」
「なんであいつの話？　もしかして、推しとか？」
「えっ、ちょっ、落ちついて遥！」

なになになに!? 急になんなの!? 般若(はんにゃ)みたいな顔でグイグイ迫ってくるんですけど!?
「ちっ、違うって！ じつは今日ショッピングモールに行ったときに……」
「え？ ショッピングモール？」
《場合によっては、手をくだす……》
「ほんとに落ちついて——っ！」

「まさかあいつも……」
「そう。私もびっくりした」
甘利くんも心の声が聞こえる人であることや、遥によろしくと言っていたことを伝えれば、遥の顔がますます、ぐにゃっとなる。
「あー……くっそ」
「はる、か？」
「何？」
「なんか、怒ってる？」
「怒ってるよ、自分に。そのときに俺もそばにいたかったとか、なんで俺にはその力がないのかとか」
どこか落ち込んで見えるその姿に、口を開こうとしたけれど。
「それに、べつに仲いいわけじゃない」
「えっ、そうなの？」
「というか、甘利も同じ保育園だった。覚えてない？」
同じ保育園……？ うそ、ほんとに？

「いや、覚えてはないけど……」

「けど？」

『橘は橘だろ』

　学校での、あの言葉。

　じゃあ、昔保育園のときに言ってくれたのも、同じ甘利くん……？

「あのころから俺、胡桃のこと好きだったんだけど」

「っ、何、急に」

「あれ、照れてる？　かわいい」

「遊ばないで！　で、何？」

「あいつは……」

「え？」

「俺、胡桃に近づく男がいたら牽制してたって言ってたけど、甘利だけは違った」

「違う？」

「あー……もう」

「わっ!?」

　すると髪をぐしゃっとして、勢いよく私に抱きついてきた。

「ど、どうしたの？」

「んー」

　なんだか遥の声、いつもより自信なさげに聞こえるの気のせい……？

「胡桃」

「うん？」

「俺のこと、好き？」
「ど、どうしたの急に」
「いいから」
「好きだよ？　遥のこと」
「俺も。胡桃が好き。めちゃくちゃ好き」
《やっとやっと手に入ったのに、横からかっさらわれるとか冗談（じょうだん）じゃない》
「遥……？」
　いつもより静かな遥。
　私の髪に顔をうずめたまま、何も言わない。
　こんな遥、珍しい……。
　何か不安なことでもあるの……？
　そう思っていたら。
「次は、今話題沸騰中のbondのおふたりです！」
　いつの間にか音楽番組に切り替わっていたらしい。
　星空みたいな画面を背にして、遥と杏が歌いはじめる。
　低めだけれど、どこか甘い遥の声に、優しい杏の声がハモる。
「かっこいいな……」
「え？」
「やっぱり遥、歌ってるときがいちばんかっこいいね……中学のときも言ったけど、私は遥の声も、歌も大好き」
　陰ながら、ずっと応援してきたから。
「いつか、目の前で見てみたいなぁ……」
　ライブは何度かやってるらしいけど、私は見たことがない。

　というか、嫌われてると思ってたから、見に行こうとさえ思わなかった。

　遥がデビューして、テレビに出るようになっても、なるべく出てる番組は見ないようにしてたから。

「明日……」

「え？」

「なら明日、見に来る？」

「明日？」

「うん。明日ライブ中継のやつに出るから。一般のお客さんも入れてるやつだけど、胡桃は出演関係者で見に来て」

「い、いいの？」

「うん。もともと胡桃には、ずっと見てほしいとは思ってたし。けど……」

「けど？」

「明日出るやつに、crownも出る」

「crown？」

「……胡桃をなるべく甘利に近づけたくない」

　そしてまたぎゅうっと抱きすくめられた。

　近づけたくない。

　その意味が、まだちゃんと理解できてない、けれど。

「私はいくらかっこいい人が目の前で歌ってたって、bondしか……遥しか見えてないよ」

　私は遥のファン第一号だから。

　まだデビューする前、遥が自分の部屋で歌ってたころから私はずっと応援してる。

それに今は彼女で、遥が好きで隣にいる。

「私はいつだって遥のことしか考えてないし、遥しか見えてないよ……」

面と向かってこんなちゃんと言えたの、はじめてかもしれない。

自分が変われている気がして、ちょっぴりうれしい。

「胡桃……っ」

「うわっ、ちょっ、遥!?」

「あー……もう、いつからそんな男前になったの。俺、ほんと胡桃には敵(かな)わない」

「えっ、えっ!?」

慌てていたら、どこか吹っ切れたような遥が私の体を持ち上げて、遥の膝に座らされる。

またこの格好!?　ほんと恥ずかしいのに……。

「俺もずっと、胡桃しか見えてない。胡桃が俺のすべて」

でも珍しく真剣な目をしていたから、抵抗なんかできなくて。

《ぜったい胡桃は渡さない》

キスされる直前。

心の中でそう言っているのが聞こえた。

余裕のない瞳

「ええっ!?　あたしもいいの!?」
「うん。遥が一緒にって」
「え、どういう風の吹きまわし？」
「いや、私もよくわからないんだけど、なんかボディーガードがなんとかって……」
「ボディーガード……。ほっほーん？　なるほどね。了解した！」
「え、今のでわかったの？」
　それから次の日。
　朝学校に来てすぐ、今日の音楽番組のことをあーちゃんに話していた。
　予定としては、放課後に清見さんが迎えに来てくれることになってて。
　大丈夫って言ったんだけど、遥は女の子だけじゃぜったいだめって言うし、清見さんが喜んで迎えに行くって言ってるって聞かなくて。
　まあ、テレビ局なんて普段行くことなんてないし、関係者で行くにしてもわからないから、逆によかったかも。
「crownも出るから、天草もぜひとも見たいだろうからって、遥が」
「それは二の次だと思うけどね」
　ヤレヤレとため息をついたあーちゃんだけど、胸の前で手を合わせて、「ありがたや〜」なんて言ってる。
「正直なところ、本当はずっと見に行きたいと思ってたから、めちゃくちゃうれしい！　倍率高すぎて、なっかなか当選しなくてさー」
　聞くところによると、一般観覧はいつも募集をかけてるらしい。
　けれど、あーちゃんはそのたびに「また、だめだった……」って落ち込んでたから、誘ってよかった。
「やっぱ推しは、生で見なくっちゃね！」
　ちらりとあーちゃんが見た先に、不知火くんや甘利くんはいない。
　遥も言ってたけど、今日は朝からそのリハーサルがあるとかで、１日休むって言ってた。
「胡桃、なんだかんだ言って、遥くんがステージで歌ってるの、生で見るのはじめてなんでしょ？」
「うん、はじめて……」
「ならせっかくなんだし、一緒に楽しもうよ！」
「うんっ」
「あ、それと遥くんに言っといて！　ボディーガードは任せてって！」
「う、うん……？」
　結局ボディーガードって、なんのことだったんだろう？
「あっ、そういえばさ、胡桃聞いた？」
「何を？」
「次の時間ホームルームじゃん？　文化祭で何するか決め

るんだって」
「えっ？　もう文化祭？」
　文化祭は毎年10月にやってる。
　去年だってそうだったし、今年もそうかと思ってたんだけど……。
　今まだ、７月だよ？
「ほら、今芸能科と合同クラスじゃん？　文化祭ってなると、芸能科はクラスの出し物とかなくて、ステージだけじゃない？」
「うん」
　一般のお客さんも入れる文化祭で、ふだん芸能科のクラスは出し物をしない。
　人が殺到（さっとう）するってわかってるし、騒ぎになっちゃうから。
　でもその分、アイドルだったり、俳優が多い芸能科は、ダンスや演劇でステージを盛り上げている。
　そっちには一般のお客さんも入れるから、毎年大盛り上がりなんだ。
「芸能科の生徒は、毎年クラスの出し物に参加できないからって、不満があったみたい。それで普通科と合同ならって先生たちが折れたらしい」
「なるほど……」
　そういえば前に桃華が、『あたしもクラスで出し物してみたい！』って言ってたっけ。
　去年も、芸能科の中にはクラスでやりたいって声がいくつもあったらしいし。

「けど今回は芸能科と合同だから、普通科の出し物も一般公開はしないんだって。ステージはいつもどおりらしいけど」

「そうなんだ」

けどまあ、何をするにしたって、遥は接客とかそういうの嫌そうだし、手伝うにしても裏方にまわるだろうなぁ。

たぶん、甘利くんも。

不知火くんとか、隣のクラスの八朔くんとかは、進んで表に出たいって言いそうだけど。

「何に決まるかわかんないけど、せっかく芸能科と合同なんだし、楽しもうね、胡桃！」

「うんっ」

でも私はこのとき思わなかった。

まさか、アレを着させられることになるなんて。

「へぇ。それでドレス着ることになったんだ？」

「ほんと、めちゃくちゃ嫌なんです……」

「胡桃、めちゃくちゃ嫌がってたんですけど、みんなが見たいって聞かなくて」

「たしかに俺も見たいわ」

なんて言ってニヤニヤ笑う清見さんに、イラついてしょうがない。

ほんとに！　嫌なのに！　それから授業も終わって、迎えに来てくれた清見さんの車に乗り込んだ私たち。

「遥がいたらぜったい止められてただろうし、よかったね、胡桃ちゃん」
「ぜんぜんよくないです！」
　私たちのクラスのコンセプトとは、夏の舞踏会。
　遥をはじめとして、甘利くんや不知火くん、女優のmiwaちゃんをはじめとして、とくにうちのクラスは今話題の美男美女が勢揃い。
　そんな人たちに出てもらわないでどうする！ってのがうちのクラスの考えで……。
「本人たちに許可とってないのに、いいの？」
「いいんじゃない？　少なくともmiwaちゃんはめちゃくちゃノリノリみたいだし」
　crownのふたりと遥はその場にいなかったけど、miwaちゃんはそこにいて。
『ドレスとかは任せて！　仕事関係で、そういうの貸してくれる人がいるから！』
　って、言ってた。
「でも、どうして私まで……」
「そりゃあ、美女に胡桃も含まれてるからでしょ」
「それならあーちゃんのほうが妥当じゃ……」
　私、接客なんて無理だよ。
「あたしは、王子姿の不知火くんをこの目に収めるっていうミッションがあって忙しいから無理！」
「はぁ……」
　夏の舞踏会。
　コンセプトどおり、舞踏会のようにクラシックの音楽を流して、接客組はドレスや王子様の格好をするらしい。

　不知火くんや甘利くんたちはいいとして……。

「遥、めちゃくちゃ嫌がりそう……」

　そもそも女の子と関わるのが嫌だっていうのに、接客なんてできるのかな。

　甘利くんもだけど……。

「まあ、そこは大丈夫っしょ！　なんてったって、胡桃が着るんだから！」

「そうだね」

　どうして私が着ると、遥も着てくれるってなるの？

「まあ、胡桃がドレスで接客なんて心休まらないだろうし、だったら自分もって言い出しそうだよね」

「ぜったいそれ」

　謎に、あーちゃんと清見さんがウンウンうなずいてる。

　よくわかんないけど、ほんとドレス着るの嫌……。

「もうすぐつくよ～」

「はーい！」

「はい……」

「お疲れ様です。今夜出演のbondのマネージャーと関係者です」

「お疲れ様です。こちらへどうぞ」

　それから車を降りた私たちは、テレビ局の中へと入っていく。

「ちょっ、胡桃！　あの人！　今話題のタレントじゃない!?」

「あの人、見たことある……」
　さすがテレビ局。
　中に入った途端、そこら中に芸能人がいる。
　歌手にモデルに俳優に。
　タレントさんや、有名なアナウンサーの人まで。
　あまりテレビを見ない私まで知ってるような人もいて、本当テレビ局って夢の場所みたいだ。
「なんかいろいろな人、胡桃のこと見てるね」
「それはあーちゃんのほうだよ」
　さっきだって、清見さんに。
『いつも遥たちがお世話になってます。bondのマネージャーの清見です』
『胡桃の親友で、遥くんたちとは小学校からの同級生です。天草あすみです』
『君があすみちゃん？　桃華から話は聞いてるよ！　君もめちゃくちゃかわいいね！　よかったら、うちの事務所に入らない？』
『推し活しか興味ないんで、お断りします』
　なんて会話してたし！
「あーちゃんのほうだよ」
「だから胡桃だって」
　清見さんのうしろにいるとはいえ、制服を着てるからだろうか。
　なんだか肩身せまい……。
　そう思って縮こまっていたら。

「橘……？」
　あれ、この声……。
「妹ちゃん!?」
「あれ、あすみちゃんもいる」
「不知火くん！」
　うしろから聞こえた声にふり向くと、甘利くん、八朔くん、不知火くんがいた。
「んで、ここに……」
「あっ、もしかして！　僕たちのステージ、見に来てくれたの!?」
「そうだよ！」
「あすみちゃん見てるなら、俺今日のステージめちゃくちゃ頑張れちゃうな」
「し、不知火ぐんんんっ!!」
　にこにこ八朔くんが笑う横で、不知火くんも王子キラーの笑顔を見せている。
　ま、まぶしい……。
　普段から応援してるあーちゃんは見慣れてるみたいだけど、こんな近くでイケメン集団を見ることはないから圧倒されちゃう。
「妹ちゃんも、僕たちを見にきてくれたのっ!?」
「あ、それは……」
　というか、近い……っ！
　グッと顔を近づけられて、思わずたじろぐ。
　この間も思ったけど、八朔くん、いつもこの距離で女の子と話してるの!?

「おい、小春。橘が困ってる」

「ちょっ、引っ張んないでよ、みはや！」

ピシッと固まってたら、甘利くんが八朔くんを遠ざけてくれた。

「だって妹ちゃん、めちゃくちゃかわいいんだもん！　僕の好みど真ん中♡」

「それ、どの女にも言ってるだろ」

「言ってないし！　てか、みはやこそ、いいかげん女の子の前で不機嫌ですって顔やめてよ！」

「女に愛想よくするのとか、ダルい」

「だから女の子に怖がられちゃうんだよ！」

「ほっとけ」

「不知火くん、今日のパフォーマンス、楽しみにしてる♡」

「うん、ありがとう」

甘利くんと八朔くんが言い合いをしている横で、あーちゃんが目をハートにして不知火くんと話してる。

なんか、いいな。

このにぎやかな感じ……。

「おまえこそ、女と話すとき、いちいち近くないとだめなわけ？」

「かわいい子が相手なら普通でしょ」

「キモ」

ふふふ。

「ん？　どうしたの、妹ちゃん」

　クスッと笑っていたら、八朔くんが不思議そうに首をかしげた。
「いや、ふたりとも仲いいなって。とくに甘利くん、いつもクールだから、そうやって言い合いしてるところなんて見たことなくて」
　いつもと変わらず淡々としてるけど、声のトーン若干高めだし……。
　きっとそれだけ心を許してる証拠なんだろうなぁ。
　女の子は苦手でも、そういう人が身近にいてよかった。
「っ……」
「クールじゃなくて、ツンデレなんだよね～！　ねっ、みはや！」
「俺に話振るなよ」
　ちらりと私を見た甘利くんだったけど、すぐに視線を逸らして、前髪をぐしゃっとした。
「おまえら、もうそろそろ準備しなくていいのか？」
「やっば！　もうこんな時間！」
「俺たちも、そろそろ行って着替えないと」
　腕時計を見れば、もう７時。
　たしか、放送は８時半からだったはず。
「じゃあ、俺たちのパフォーマンス、楽しみにしててね」
「うん！」
「妹ちゃん！　僕のこと、ちゃんと見ててね！」
　にこりと笑った不知火くんに、ブンブン手を振る八朔くん。

「橘」
「うん？」
「今日見にきたのって、俺たちじゃなくて、遥だろ」
「っ、え……？」
「いいよ、何も言わなくて」
　でも、何か……。
　そう思ったけれど、どこか自嘲気味に笑う姿に、うまく声が出てこない。
「けど、俺のこともちゃんと見ててほしい」
「えっ……」
　瞬間。
「あ、甘利く……」
「何？」
　するりと手をとられてびくりとすれば、硬（かた）い表情を崩して、ふっと笑う。
　あ、この顔……。
　笑ったときにできるえくぼと、キレイな三日月型の目。
　あの保育園のときの男の子は、やっぱり……。
　甘利くん……？　そう思った瞬間。
「きゃっ！」
　ぐいっと肩を引かれて、甘利くんとつないだ手が離れる。
　代わりに。
「っ……！」
　ポスンと収まる私の体。
　ふわっと鼻をくすぐる、大好きなその香りは。

「は、遥……っ！」

「甘利。何してんの？」

グッと腰を引き寄せられて、体が密着する。

ここはテレビ局。

楽屋近くで静かとはいえ、crownのみんなが見てるから……っ！

「何って、見てのとおりだけど？」

「質問に答えろよ。人の彼女に何してんのかって聞いてんの」

「は、遥くん!?」

「みはやも！　ちょっとおちつけ！」

慌ててあーちゃんや、八朔くんが止めに入ろうとするけれど、遥と甘利くんの間には冷たい壁みたいなものがあるみたいで。

「橘。今日の俺、橘に見てもらいたくて歌うから。目、離さないでね」

「おまえ……」

ぶるりと体が震えるくらい、低い遥の声。

けれど、甘利くんはふっと笑うだけで。

甘利くん……？

さっきまでのやわらかい雰囲気から一転、遥を睨みつけている気がして。

「行こ、ふたりとも」

「えっ」

「あっ、う、うん……」

　それからぽかんとしていた不知火くんたちに声をかけて、甘利くんは楽屋に入っていった。
「清見」
「えっ、な、何？」
「天草のこと、先に客席に連れてってやって」
「……わかった。行こうか、あすみちゃん」
「えっ、あ、はい……」
　固まっていた清見さんだったけど、慌ててあーちゃんを引き連れて去っていく。
「あの、はる……」
「胡桃。こっち来て」
　そして、私の手を少し強引に引っ張った遥は。
　どこかの部屋に押し込んで、ガチャりと鍵をかけると。
「何して……っ!?」
　私を壁に押しつけて、プチプチとセーラー服のボタンを外していく。
「っ、はるか……っ！」
「……」
　けど遥は何も言わず、ただ私の首や鎖骨にキスをふらせて。
「っ、あ……っ」
　強く肌を吸われて、口づけられる。
「っ、はる、か……っ」
　感じる熱と甘い香りに、くらくらめまいがして、酸素がたりなくなって。

足が震えて立ってられない。

そう思ったときには、グッと腰を引かれて。

「胡桃、キスしよ」

「だめっ、んんっ……！」

だめだという言葉さえ遮られて、角度を変えて何度も唇が重なる。

「好きだよ、胡桃……大好き」

「はる、かっ……」

「胡桃も言って」

「ん、好き、だよ、遥……っ、遥が好き……っ」

「俺も……」

ぎゅうっと抱きすくめられた腕の中、ただただキスを受け止める。

すぐうしろで人が通る気配がする。

鍵は閉まってて、部屋に誰も入ってこないってわかってはいるけれど。

「も、だめ……っ」

「もっと……」

「んんっ……」

遥は唇を塞いだまま、離れようともがく私の腰をグッと引き寄せる。

「胡桃」

「っ、はっ、な、に……」

「もっと……って」

「え？」

「もっと俺が欲しいって言って」

　一瞬離れた隙をついて、遥の吐息が耳に注ぎ込まれる。

　びくりと肩を震わせれば、もっと耳に唇を寄せられて、低く甘く、とろけそうな声で囁かれる。

「もっと、俺じゃなきゃだめって言って」

《俺がいないと息もできないくらい、俺なしじゃ生きられないって言って》

　遥。

　はるか……。

　どうしちゃったの……っ。

「胡桃……」

「っ、やっ……」

　耳に熱いものが伝って、また体が震える。

「私は遥じゃなきゃ、やっ……」

　遥しか、見えてない。

　けれど遥は何かに焦るように、ただただキスを降らせるだけ。

「っ、はっ……」

　そしてやっと離れたときには、お互いの息が上がっていて。

「はる、か……」

　抱きしめられる直前。

　前髪で隠れて、ほとんど表情は見えなかった。

　でも、一瞬だけ見えたその顔は、ひどくつらそうに歪んでいて。

「ごめん」

　強く強く、体全体を包み込まれるように抱きしめられた。

「ごめんな」

　どうして謝るの、とか。

　どうしてそんなにつらそうな顔をするの、とか。

　いろいろ言いたいことはあったのに。

「胡桃……」

　私を呼ぶ遥の声に、ぎゅっと胸が締めつけられて。

「っ……」

　何も、言えなかった。

「橘」

「甘利くん……」

「今、いい？」

「うん……」

　それから次の日の朝。

　教室に行きたくないな……。

　暑いせいか、なんなのか、そんな気持ちになった私は、校舎の端にある自販機に行った。

　寝るの、別々だった……。

　昨日あれから遥とは別れて、あーちゃんと合流した。

　ずっと見たかったbondのパフォーマンスなのに。

　大好きな遥が目の前で歌っているのに。

『ごめん』

　その言葉だけが耳にこびりついて離れなくて。

『次はcrownのみなさんです！』

　crownのパフォーマンスも、ぼーっと見るしかできなかった。

『今日は疲れただろ。また明日な』

『うん……』

　どうして一緒に寝ないの。

　どうして何も言ってくれないの。

　どうして触れてくれないの。

　どうしてそんな、苦しそうに笑うの。

　遥と同居し出してから、はじめて別々の部屋で迎えた朝。

【今日も朝から仕事。これから新曲の準備で忙しくなるから、夜遅くなると思う】

　その紙だけが、テーブルに置いてあった。

　そんな朝のことを思い出していたら、たまたま甘利くんも自販機にやってきたみたいで居合わせる。

「今日、遥は？」

「あ……なんか新曲の準備で忙しくて、これからあまり学校に来れないかもって」

「そうなんだ」

　ふたりで少し話をすることにした。

　新曲の準備って、本当？　私と顔を合わせづらいから、そう言ってるだけなんじゃないの？　考え出したら止まらなくて、醜い黒くて汚い考えだけが心の中にたまっていく。

「昨日は、急にごめん」

「え……」

「遥の前で、手握ったこと」

　コーヒーを飲んでいた甘利くんだったけど、ふうっと息をはくと、どこか緊張したような面持ちで、私を見た。

「甘利、くん……？」

「橘」

「っ……」

　この瞳を、私は知ってる。

　私だけしか見ていない。

　じっと見つめてくるその瞳が、甘く、どこか燃えそうなほど熱くて。

　これから甘利くんが言おうとしていることに、察しがついた。

　私、バカだ。本当にバカだ。

　ほんと、鈍感すぎる自分が嫌になる。

　情けなくなる。

「バカじゃないよ、橘は」

「え……」

「バカなのは俺だ」

　私の心の声が聞こえたんだろう。

　自分をひたすら罵っていたら、甘利くんは私のほうへ一歩近づいた。

「もう叶わないって思ってた。保育園のころから橘の隣には遥がいて、俺が橘に話しかけようもんなら、めちゃくちゃ怖い顔してて。まだ保育園児だって言うのに、どんな独占欲だよ、あいつ」

なんて言いながら、甘利くんは笑う。
「この間も言ったけど、俺を、ちゃんと俺を見てくれたのは橘だけだった」
「うん……」
「思い出した？」
「うん」
たしかあのとき。
『俺、女の子みたいだから、近づかないほうがいいよ。顔も名前も気持ち悪いって。他のみんなもそう言ってる』
『どうして？　みはやって名前、すごくかっこいいのに』
甘利くんは、いつも１人で遊んでるタイプだった気がする。
遥や杏だって、女の子たちからかっこいいって言われて、いつも囲まれてた。
そういうときは、私もだいたい１人だったから。
「甘利くんに言われた言葉、聞き覚えがある気がして。遥から甘利くんと保育園が一緒だったって聞いて、確信を持ったの」
「そっか……。親の都合で小学校も中学も遠いところだったし、結局それっきりで、初恋(はつこい)なんてそんなもんだと思ってた。もともと幼なじみの遥に勝てるわけないって」
「うん」
「けど、bondとして、遥がデビューしたのを知って、もしかしたらって思えた」
「もしかしたら……？」

「もしまた遥と会えば、橘とも再会できるかもって」
「っ!!」
「もともとダンスは小さいころから習ってて、歌もまわりから評価されてる自信があった。中学のときに今の、crownのオーディションを受けて、合格して、芸能科があるここに入学した。そこで、遥と再会して……」
——橘を見つけた。
「私を……?」
「姉の方は芸能科にいるけど、橘は普通科だし、関わることなんてほとんどないと思ってた。けど合同クラスになるって知って、チャンスだと思った。でも……」
橘の隣にはもう、遥がいた。
「っ……」
「何度も話しかけようとした。何度も告白しようとした。でも遥は俺が橘を好きだったことは知ってるから。なかなか言えなかったし、話しかけられなかった」
「っ……」
「でもこの間、たまたま廊下で話したとき。橘、俺のことかっこいいって、また言ってくれて」
「甘利く……」
「好きだと思った。
やっぱり、あきらめられなかった」
「で、でも私は遥が……」
「わかってる」
慌てて返事しようとしたけれど、甘利くんは一瞬目を閉じて、被せるように続ける。

「遥がいるってわかってるけど、橘のこと、どうしても好き。俺には１ミリも興味ない？」

「それ、は……」

「だから俺、遥に勝負しようって言ったんだ」

「え？　勝負って……」

「今度の文化祭のステージで、crownもbondも出る予定になってる。そこで、どっちのパフォーマンスがよかったか、見た人に投票してもらう」

「っ!!」

「もし、bondが勝ったら、俺は橘をきっぱりあきらめる」

「もし、crownが勝ったら……？」

「橘をあきらめない。俺を好きになってもらえるように全力を注ぐだけ」

「甘利、くん……」

ドクドクと全身の血液が逆流している気がする。

背中が冷たくなって、息が荒くなる。

「遥は、ＯＫしたよ」

「えっ……」

「たぶんしばらく学校に来れないって言うのも、それ関係。新曲で忙しいっていうのも本当」

目の前がチカチカして、視界がぐらりと歪む。

甘利くんの声が、右から左に流れていく。

「は、遥は、なんて言ってたの……？」

「もし、bondが負けたらって？」

「う、ん……」

　聞きたいのに聞きたくない。

　気持ちが葛藤(かっとう)してる間に、甘利くんはじっくり何かを確かめるように、ゆっくり言った。

「胡桃を渡す気はないから、負けることなんて考えてないって。でももし、万が一負けたときには……」

　負けたときには？

「胡桃を信じるって言ってたよ」

☆
☆
☆
☆

第5章

「愛してる」って、何回言ってもたりない

夏の舞踏会

「……るみ。胡桃っ!!」
「へっ？　あっ、な、何？」
「ソーダ、あふれてるよ！」
「え……？　うわっ、ご、ごめん！」
　その日の放課後。
　3週間後に迫った文化祭に向けて、さっそく今日から準備がはじまった。
「ねねっ、聞いた!?　今年のステージ、bondとcrownがパフォーマンス対決するんだって！」
「聞いた聞いた！　めちゃくちゃ楽しみ～！　ぜったいcrownに入れる～！」
「まだステージ見てないのに？」
「うん！　だって推しだよ!?」
「それを言うなら、あたしはぜったいbond！」
「ちょっと！　手、止まってるよそこ！」
「ごめんなさーい」
「胡桃、大丈夫？」
「うん……」
　今は家庭科室で、お客さんに出すメニューの試作中。
　あーちゃんが注意してくれたけど、ここには女の子しかいないから、必然的にそういう話になるわけで。
「話、もう広まってたんだ」

「ほんと、びっくりだよね……」

どこから話が漏れたのかはわからないけど、ステージの方だけは毎年一般のお客さんも入れるから大盛り上がり。

だとすれば、生徒が気になるのも無理はなくて。

「まさか、甘利くんがねぇ」

「うん……」

あーちゃんには、甘利くんとのことをすべて話した。

最初はただただ驚いているみたいだったけど、すぐに、

「そっか」

そう言って、優しく頭を撫でてくれた。

表向きはcrownとbondのパフォーマンス対決ってなってるけど、本当は……。

「あーちゃんは……」

「うん？」

「やっぱり、crownに勝ってほしいと思ってる？」

あーちゃんの推しは、不知火くん、だから。

コップの中の氷がカランと揺れて。

パインジュースの中に、シュワシュワと炭酸がはじけてとけるのをじっと見つめる。

「あたしは、どっちでもない」

「え？」

窓から入ってきた生ぬるい風があーちゃんのふわふわの髪を揺らす。

「たしかに推しだけど、胡桃を思えば、もちろん、bondに勝ってほしい」

「うん……」

　あーちゃんが飲んでるのは、私のとは違って、いろいろなフルーツが入ったソーダ割り。

　キウイやイチゴ、レモンなど、さまざまで。

　見ていてすごくカラフル。

「でも、やっぱり不知火くんを思えば、crownに勝ってほしいって自分もいるから」

「うん……」

「あたしは見るだけにしとくよ」

「あーちゃん……」

　きっとcrownに入れたいはず。

　でも私のために、それはできない。

　あーちゃんに、嫌な思いをさせてる。

「今、ごめんって思ったでしょ？」

「え……」

「ほんっとにわかりやすいなぁ、胡桃は。べつに私、我慢なんてしてないよ」

「でも……」

「むしろ、素直に親友の恋を応援できない自分が情けないよ」

「っ、そんなことない……っ」

　遥とのことで、何度もあーちゃんに救われた。

　何度もアドバイスをもらった。

　あーちゃんがいなかったら、今の自分はいない。

　何度お礼を伝えても伝えきれないほど、あーちゃんには感謝している。
「あー……このまま氷と一緒にとけちゃいたい」
「え？」
「胡桃の心の声、代弁してみた」
　クスッと笑ってあーちゃんは言う。
「胡桃は今、胡桃ができることをしようよ。遥くん、忙しいんでしょ？　胡桃は胡桃なりにできることがあるはず」
「うん……」
「はい！　じゃあ、この話は終わり！　とにかく！　今は文化祭の準備気合い入れていくよ！　接客もそうだけど、メニュー考案も頑張んなきゃだから！」
「そ、そうでした……」
　今回出すメニューのコンセプトは、簡単に作れるけれど、見た目も味も華やかなもの。
　料理が趣味の私に、そのメニュー考案がまわってきたのだ。
「遥くんは遥くんで頑張ってるんだし、胡桃も胡桃で頑張ろうよ！」
「っ……ありがとう、あーちゃん」
「ふんっ、お礼はおいしいメニューを作ってから言ってちょうだい！」
「あーちゃん……もしかして、舞踏会って設定が気に入ってる？」
「まあ、女の子なら一度は憧（あこが）れる設定じゃん？」
　なんてふたりで顔を見合わせてプッと噴き出す。

うしろ向きに考えてちゃだめだ。

私は今、私ができることをしよう。

遥のために、クラスのみんなのために。

遥……。私、遥を信じてるよ。

それから２週間。

遥とはほとんど顔を合わせていない。

けれど。

【毎日おいしいごはん、作ってくれてありがとう。行ってくる】

【文化祭、ドレス着るって聞いた。見たいけど、かわいい姿、他の男には見せたくない】

【遥も王子様の格好、するんでしょ？　私だって、遥のかっこいい姿、見せたくない】

【かわいすぎ。今度ふたりのときにそれ、言ってくれる？】

遥は深夜に帰ってきて、早朝に出ていく。

必然的に話す機会は減ってしまったけれど、こうしてホワイトボードでやりとりをしているから、ぜんぜん寂しくない。

毎日栄養のあるごはんを作れば、ちゃんとキレイに食べてくれて、洗い物までしてくれて。

【疲れてるでしょ？　うれしいけど、洗い物までしなくていいよ】

【これくらい俺にやらせて。いつも胡桃に家事やってもらってるし】

【そんなの平気だよ。遥のためなら、なんだって頑張れる】
【あのさ、なんでこのやりとりしてるときに限って素直になんの？　めちゃくちゃキスしたくなる】
【私も……遥に触れたいよ】
そう、書き残した夜の次の日。
「あーちゃん！　喉乾いたから、自販機いってくる！」
「りょーかい！」
あーちゃんに一声かけて、教室を出る。
今日も暑いなぁ……。
真っ青の空には雲１つなくて。
朝から気温は優に30度は超えてる。
少しくらい、雨降ってくれてもいいのに。
今日は接客係の衣装合わせ。
だけど遥、来るかな……。
桃華からメールで、杏もほんとに忙しそうにしてるって聞いたから、来るかどうかは半々。
miwaちゃんが、女子のはマーメイドラインのドレスだったり、Aラインのだったり。
男子のも黒や赤、カラフルな色のをたくさん用意してくれて。
私はまだ何色にするか決めてないけど、遥だったら何色がいいかな……。
やっぱ黒？
The王子様、よりはちょっと近寄りがたい感じの王子様。
白は……ないよね。

白ならやっぱり、不知火くんとか……。

そんなことを考えながら、自販機のボタンを押す。

最近、オレンジジュースばっか飲んでる気がする。

やっぱ、欲しくなるのは遥のせい？

「はぁ……おいし」

ゴクゴク飲みながらベンチに腰かけて、空を見上げる。

「雲ないなぁ……」

もう夕方というのに、遠くのほうでセミが鳴いているのが聞こえる。

けれど、私が今いるベンチは、木で影(かげ)になってるせいか、吹いている風が心地よくて。

「ふぁ……眠い」

ふっと目を閉じたらすぐに眠れそうな気がした。

ふわふわ髪を撫でる大きな手に、ゆっくり目が覚めていく。

あ、この手……。この手を私は知ってる。

大好きな手だ。

熱を出したときからずっと、私に触れてくれてた少し低い体温。

でもそれでも心地いいのは、遥を好きだから。

「はる、か……？」

「ごめん、起こした？」

「ううん、平気……」

まだ意識がちゃんとしてないせいか、視界がぐらぐらする。
「それ、王子様の……」
「うん。衣装合わせ終わって、胡桃を探してた」
　ぎゅっと肩を抱き寄せられて、遥の肩に頭を預ける。
「ふふふ、やっぱり思ったとおり」
「ん？」
　黒のタキシードだった。
　クールな遥に似合ってて、かっこいい。
　そう、思うのに。
「誰にも、見せたく、ない……っ」
　久しぶりに会えて、久しぶりに触れてもらえた。
　甘利くんのこと、ここ最近のこと。
　あの勝負のこと。
　忙しい遥の体調。
　聞きたいこと、話したいことは山ほどあるのに。
「私、の……」
「っ……」
「遥は、私、の……っ」
　他の女の子に、かっこいいって言われてほしくない。
　私だけの、王子様でいてほしい、なんて。
　口から出る言葉は、遥を困らせるものばかり。
《だからなんで、こういうときばっか、素直になんの。ほんと生殺し》
「触れて、くれないの……？」
「は？」

「ずっと……遥に触れてほしかった。キス、してほしかった」

眠くて、これが夢か現実かわからなくなってきた。

でももしこれが夢なら。夢で、あるならば。

「して、遥」

今だけは、遥に触れることを許してほしい。

「っ、この２週間、俺がどれだけ我慢してると思ってんの」

どこかやけになった声のあとで。

「ん……」

おでこに降ってきたのは、優しい口づけ。

「これ以上したら、ほんとに止まんなくなるから」

「いいよ、止まんなくても」

「胡桃……っ」

「もっと、して、遥……」

「っ……」

遥の声にならない声が聞こえた気がする。

だってだって。

私だって、遥不足だから。遥がたりないんだよ。

「……１回だけだから」

「うん……」

「１回キスしたら、終わりな。つか、なんで俺、こんな我慢してんの？」

「早く」

「っ……なんでこんなにかわいいの」

それからやっと、唇に触れてくれた。

もっと、もっと。

　遥に。
「ちょっ、くる……っ」
　自分から舌を絡ませるなんて、普段なら大胆すぎて無理。
　でもそれができるくらい、今の私は遥がたりない。
「っ、んんっ……」
　いつの間にか、やっぱり主導権は遥のほう。
　後頭部にまわされた手も、頬をすべる手も、遥だと実感できるすべてに、心が満たされていく。
　それから少しして唇が離れたころには。
「はる、か……？」
「っ、そんな目で見んな。眠いなら寝てていいから」
「ん……」
　そっと目に手を当てられて、ゆっくり目を閉じる。
《ほんと無防備。目、こんなにとろんとして、襲ってって言ってるようなもんだろ》
「はる、か……？」
《渡したくない。甘利にはぜったい渡したくない》
　頭の中に遥の声が流れ込んでくる。
　どこか泣きそうな声だけど、遥らしい、芯の強さを感じられる声。
「全部終わったら、もう待たない。朝まで離さないし、めちゃくちゃにするから」
「ん……」
「覚悟しててよ、胡桃」
　そして眠りに落ちた私は、遥がどんな顔をしていたかを知らない。

　耳まで真っ赤にして、

「理性、ぶっ壊れる……」

　そう、つぶやいていたなんて。

　いよいよ文化祭前日になった。

　学校全体がお祭りムードって感じで、どのクラスも気合いが入っている。

「今日は久しぶりに、遥の好きな唐揚げ、作ろうかな」

　少しでもこれで、頑張ってほしいから。

　そう思ってスーパーに寄って、少し奮発していいお肉を買った。

　本番は、明日。

　今日学校に行くと、クラスの女の子たちだけじゃなくて、学校中の女の子の話題は全部crownとbondの対決で持ち切りだった。

「胡桃……」

「大丈夫だよ」

　あーちゃんは心配そうに私を見ていたけれど、私は遥を信じてる。

「あれ……？」

　それからマンションへと帰ると、駐車場（ちゅうしゃじょう）に見たことのある車が停まっていた。

　あれたしか、清見さんの……。

　珍しい。

遥、もう帰ってきたのかな？

だとしたら、久しぶりに一緒にごはん食べれるかも！

そう思って走って部屋へと向かい、急いで鍵を開けると。

「「胡桃っ!!」」

「桃華!?　杏も!?　なんで……」

ここにいないはずの桃華と杏が、ものすごい勢いで駆け寄ってきた。

「今連絡しようと思ってたとこ！」

「ふ、ふたりとも撮影は……」

「あたしはちょっと物を取りに寄っただけ。でも杏は……」

ちらりと桃華が隣にいた杏を見つめた。

「胡桃」

私を呼ぶ声は、いつもの穏やかな声じゃない。

色素の薄(うす)いブラウンの瞳がゆらゆらと揺れて、杏はグッと唇を噛みしめたあと、口を開いた。

「落ちついて聞いて、胡桃。遥が……」

そのあとに続いた言葉に、持っていた袋がどさりとすべり落ちた。

「疲れからくる熱だって」

「そう、ですか……」

慌てて部屋に入ってドアを開ければ、そこにはおでこにタオルを乗せて寝ている遥がいた。

「今日、最後のリハ中に倒れたんだ。朝からいつにも増して静かだから、ちょっと変だとは思ってたけど……」

聞けば杏がここにいるのは、遥を運んできたためで、今は病院に行ってきて、帰ってきたばかりだそうで。
「熱……何度あるの」
「さっきは39度まで上がってたけど、解熱剤（げねつざい）飲んだから、38度まで下がってる」
　38度……。でも、まだ38度もある。
　もともと少し低温だから、いくら下がったって38度はつらいに決まってる。
　それにまた今から上がるかもしれない。
　今も寝てはいるけど、息は荒いし、顔もほんのり赤くなってる。
「っ……」
　つらそうな遥を見ていられなくて、グッと唇を噛みしめてうつむく。
「ごめん、胡桃ちゃん」
「……どうして清見さんが謝るんですか」
「俺がちゃんと見ていたら、こんなことにはならなかった」
　視界がかすむ中で、ゆっくりゆっくり顔を上げれば。
　私の前で、頭を下げた清見さん。
「遥が無理してるのは知ってた。けど、大丈夫だって言葉に安心して、こうなるまで止めなかった」
　グッと何かを我慢するように、顔を伏せる清見さんに、鼻の奥がツンとなる。
　そんなの、そんなの……っ。
「くる、み……？」
　その声に顔を上げると、遥は私に手を伸ばしていた。

「胡桃……こっち、来て」

「でも……」

「いいから……。清見。胡桃と、ふたりにして」

「……わかった」

「胡桃。まだ負けって決まったわけじゃないからね」

「胡桃。あんたが気持ちで負けちゃ、だめなんだからね」

「桃華、杏……」

じわりと涙が流れそうになるのを寸前でこらえた。

「胡桃ちゃん……」

「清見さん」

何かを言いかけた清見さんの言葉に被せるように、口を開く。

誰が悪いとかじゃない。

遥がこうなるまで無理してたからとか、清見さんが見てなかったとか、そんなことは問題じゃない。

今は。

「遥の体調が優先ですから」

『あとは任せたよ』

そう言って3人は帰っていった。

「胡桃……こっち、来て」

「うん……」

「だめ、こっち」

「っ、風邪うつっちゃったら、遥の看病できなくなるから」

「いいよ。そしたらふたりで寝てればいいし」

ベッドのそばにイスを持っていって腰かけようとした途端。

グイッと手を引っ張られて、危うく遥のベッドに倒れ込むところだった。

「な、お願い」

「っ……」

眉を下げて、しょぼんとする遥。

熱が出ているせいか、目が潤んでて子犬みたい。

しかも寝ているから上目づかいで。

っ、もう……。

「はぁ……やっと来てくれた」

「遥……っ」

「《顔真っ赤。ほんとかわいい》」

「ううっ……」

遥の顔の横に手をついて、押し倒してるみたいな体勢。

汗をかいてるせいか、変に色気があって、どこを見たらいいのかわからない。

《……》

熱のせいか、いつもより心の声は静かだけど、

「力抜いて、体倒していいよ。俺、もっとちゃんと胡桃とぎゅーしたい」

いじわるなのがまったくなくて、むしろ甘えてきてる気がして。

「っ、もう……」

バカ、遥……。

ズキュン！と胸が打たれたみたいになる。

「ん、胡桃……」

ぎゅうっと腰にまわった腕は変わらず力強くて、放す気はまったくないって言われてるみたい。

「明日本番なのに。心配かけて、ごめん」

「そんな……」

そんなの、遥が謝ることじゃない。遥が無理したのだって、元はといえば私がちゃんと……。

「また私がって、考えてない？」

「っ、だって……」

「俺は勝負を持ちかけられたことも、甘利に対しても、なんとも思ってない」

「でも……」

「ただ、胡桃を渡したくない。その一心でいるだけ」

「っ……」

でも、それでも。

「やっぱり私のせい……」

「それ以上言うなら、たとえ胡桃でも許さない」

「っ……」

「俺の最愛の子のこと、これ以上責めないで」

その言葉に、今までのいろいろな不安とか後悔とかがすべて弾け飛んで。

「っ、なんで私が怒られてるの……」

「だって、あまりに胡桃が自分を責めるようなことばかり言うから、我慢できなくて」

　私の頬を伝った涙を、そっと指で撫でてくれる。
「まあ、いいけど。
　何かあると全部自分に非があると思うところ、優しい胡桃らしくて俺は好きだけど、ちょっと治す必要があるね」
「はい……」
「優しいいし、いいんだけど。まあ、それは置いといて。甘利と、あれから話した？」
「ううん、話してない」
「そっか……じゃあ、あいつまじで本当だったんだ」
「本当って？」
「俺に勝負しようって言ってきたとき、言ってたんだ。本番まではぜったい胡桃と話さないって」
「えっ……」
「胡桃と話したら、いろいろ我慢できずに言っちゃって、困らせちゃうかもって。自分が告白したとき、つらそうな顔してたからって」
「っ……」
「『本当は遥じゃなくて、俺だけを見ててほしいって言いたいけど、橘の中にはもう揺るがない人がいる。だからこれは、俺が自分の気持ちとけじめをつけるために勝負したい』って言ってた」
　またグッと喉の奥が熱くなるのがわかった。
　どうして私が泣くの。
　泣きたいのは、甘利くんのほうなのに。
「あーあ、胡桃にこんな顔させて。泣かせるなら、全部俺がいいのに」
「なに言ってるの、遥……」
　泣くな泣くな泣くな！　自分に何度も言い聞かせてたら、思わぬ言葉が降ってきて、力が抜けてしまう。
「まあ俺の場合は、泣かせるの意味が違うけど」
「だから、意味がわかんな……」
　っ!?
「あれ、もしかしてわかっちゃった？　遠まわしに言ったつもりだったんだけど」
「っ、なっ!?」
「もしかして、胡桃もそれを望んでくれてる？」
「っ、バ、バカ！　とっとと寝て！」
「ふっ、ほんっとかわいい反応してくれるよなー」
　なんて口はいじわるばかり。
　でもふわふわと頭を撫でてくれるその手も、見つめるその瞳もとびきり優しいってわかってるから。
「胡桃」
「何」
「そんな拗ねんなって。もういじわる言わないから」
「どうだか。いつもいつもいじわる言うじゃん」
「だって、胡桃がかわいすぎていろいろ止まんないから。な、もう１回ちゃんとぎゅーしよ？」
「嫌」
「なんで」
「いじわるばっかり言うから嫌。というか、早く寝ないと熱下がんないから！」
「俺の治療薬（ちりょうやく）は胡桃とくっつくことだけど？」
「そんなわけあるかっ！」
「あるんだな、これが。な、試（ため）しにぎゅーしようよ」
「い、や、だ」
「くーるーみー」
　小さい子をあやすみたいな甘ったるい声。
　いつもいつも私ばっかり、照れて、恥ずかしい思いして。
　たまには私がいじわるしたって、バチは当たらないはず。
「この間は、もっととか、止まんないでって言ってきたのに」
「ばっ、そんなこと言ってない！」
「言ってましたー。ほんと、こっちは嫉妬で頭狂いそうで、何度も襲う寸前でなんとか抑えてたっていうのに」
「ま、まさかそれ……」
「そうだよ。この間のテレビ局でキスしたときも、しばらくの間、距離とってたのも全部そう」
「胡桃といると、自分が抑えられなくなって、止まんなくなるの」
「っ〜!!」
「なのに？　この天然小悪魔（こあくま）ちゃんは？　いつも眠いときに限って、素直になるからほんと困る」
「て、天然小悪魔……？」
「そうだよ。俺の脳内に甘えたボイス、ちゃんと録音されてるから、うそじゃないよ」
「何その甘えたボイスって！　だいたい私だってちゃんと

記憶ある！」
「へえ、どんな？」
「前に熱出して倒れたとき、私のおでこにキスしたり、頭撫でたり、かわいいって言ったりして……」
「……どこで？」
「だから、私の部屋で……って」
　ん？　あれ？　私、今なんて言った……？
「はい、逃げない」
「に、逃げてない！」
「じゃあ、なんでそんなに腰引けてんの？」
「それは、遥が近づいてくるから……っ」
「うん。近づいてる。だって今から、おしおきのキス、たっぷりするから」
「っ!?」
　頭の中で警報は鳴ってるし、背筋に汗が伝った気がしたけど、遥はにっこり笑うだけ。
「あのとき俺、てっきり胡桃は寝てると思ってたんだけど。寝たフリ、してたんだ？」
「……」
「聞こえてたんだ？」
「ひゃっ……！」
　両手は遥の顔の横についてるから、するりと太ももを行き来する手をどけることができない。
「心の中とはいえ、俺、あのときだいぶ恥ずかしいこと言ってた記憶、あるんだけど。一生寝顔見てたいとか？　俺の名前呼んでほしいとか？」

「……」

「胡桃。聞いてる？」

「っ、ぁ、聞いて、る」

次は太ももから上がってきた手が、背中をゆっくり撫でて。

「っ、やめてっ……」

「やめねーよ」

ぴくりと体を震わせる私を、これでもかとニンマリ笑って見つめてくる。

もう、いいかげんにして……！

「この間もさ、半分寝てんのに、半分起きてるとかかわいい状態でめちゃくちゃあおってくるし。ほんと、あの場で押し倒そうかと思った」

「うっ……」

よくよく思い出してみれば、私、いろいろとんでもないこと口走ってた気がする。

なのに遥の頭にはしっかり記憶されてるらしいし、忘れて、なんてぜったい無理だ。

「まあ、いいけど？　胡桃も同じ気持ちだってわかったし」

「同じ気持ち？」

「それ聞いちゃう？　胡桃のこと、全部欲しいってこと」

「っ……」

「あーあ。

熱出してなかったら、今すぐめちゃくちゃにしてたのに」

「っ、バカ！」
「けどまあ、お楽しみはあとにとっとくのがいちばんだよな。その方が、お互い最高に盛り上がるだろうし」
「知らないよ！」
　熱があるっていうのに、どうしてこんなに口がまわるの。
　ほんと口から生まれてきたんじゃないの？　って言いたくなる。
「けどまあ、明日の勝負に勝つまでのお預け」
「……」
「胡桃」
「……何」
「俺にエール、ちょうだい」
「エール？」
「うん。
　最近おかえりとか、行ってらっしゃいって言ってもらえてなかったし」
「うん……」
「この間みたいに、胡桃から、キスして」
《そしたら俺、明日頑張れるから》
　前の私だったら、ぜったい恥ずかしがってできなかった。
　でも今は、遥のためならなんだってできる。
　遥の力になれるなら、なんだってしてあげたい。
　遥が私のために頑張っている隣で、私も遥のためにって、立ち続けられるように。
「わかった。でも風邪移っちゃうのだけはだめだから、マスク越しでもいい？」
「ん。けど我慢した分、治ったらめちゃくちゃするから覚悟しといて」
「っ、わかった……」
「ん、約束」
　渋りながらもなんとか納得してくれた。
　いつもなら意地でもキスしてほしいって言ってきそうなのに、それがないってことはやっぱりつらいんだって思う。
「遥」
「何？」
「いってらっしゃい」
　大好きな手に指を絡めて。
「ん。ただいま」
「おかえり」
　大好きな遥へ、想いを込めて。
「遥……」
「何？」
「大好き」
「俺も」
　ぎゅうっと抱きついて、マスク越しにキスをした。
　明日には熱、下がってますように。
　そして明日、bondが……遥が、勝ちますように。

クールVSクール

「よーし！　今日は売って売りまくるぞー！」
「あの、あーちゃん……」
「どうしたの胡桃！　今日は大変な１日なんだから、気合い入れていくわよ！」
「そうじゃなくて……この間のドレスと違うんだけど……」
「そうだっけ？」
　そうだよ！　あと30分で文化祭がはじまるというのに、私はまだドレスに着替えていなかった。
「前のは足首まで隠れてて、長袖(ながそで)のレースのやつだったのに……」
　なのに。
　どうして……!!
「なんでこんなに丈が短い上に、ノースリーブなの!?」
　今私の目の前にあるのは、首は詰まってるけどノースリーブで、丈は膝上(ひざうえ)20cm以上のショートドレス。
　しかも中にパニエが入ってるから、より丈が上がってて。
「まあまあいいじゃん！　色は黒なんだから、そんなに目立たないって！」
「目立つよ！」
　ただでさえみんなブルーとかピンクとか、パステルカラーの淡(あわ)い色なのに。
　黒の人なんて、１人もいないんですけど!?

「黒髪だしちょうどいいじゃん！　足も細いしさ！　美脚(びきゃく)、みんなに見せてやろーよ！」

　どうでもいいです！

「ハイハイ、メイクするよー」

「うわっ、ちょっ！」

「遥くんをもっともっと元気にさせるために、とびっきりかわいくしてあげるから！」

「そ、それはうれしいけど……」

　遥、接客しないよ？　あんなに高かった遥の熱は、無事平熱に下がってくれた。

　けれど病み上がりでまだ体調も万全じゃないだろうから、遥は接客係はせずに、ステージまではゆっくりするって言ってた。

　遥にはこんな恥ずかしい姿見られたくなかったから、逆によかったかもしれない。

「ほい、メイク終わり～！　あとは髪！」

「あの、あーちゃん……私もういいから」

「動かないで！」

「すいません……」

　ピシャリと言い放ったあーちゃんは、何やらブツブツ言いながら私の髪を巻いていく。

　ほんと、そんなに気合い入れなくてもいいのに……。

「よし、完成っ！　うわぁ、胡桃、超かわいいじゃん！」

「えっ、胡桃ちゃん!?　すっごい美人！」

「遥くんが好きになる気持ち、めちゃくちゃわかるわぁ」

ブラウンを基調としたメイクに、髪はゆるく巻いて、片方に流している。
「みんなー！　見てみて！」
「ちょっ、あーちゃん!?」
なぜかまわりに呼びかけるようなあーちゃんの声に、わらわらと集まってきた中には不知火くんもいて。
「橘さん、すっごくキレイだよ」
「きゃあああ!!」
「ひっ！」
教室のあちこちでバタバタと倒れる音がして、思わず悲鳴を上げる。
もちろん、あーちゃんも……。
「やばい、鼻血でる……」
じゃ、なかった。
今にも昇天しそうな顔で、床に這いつくばって、震えながらスマホを構えてる。
さ、さすがアイドル。
白に金の刺繍が入ったタキシードに、同じ白のズボン。
まさに、童話の中から出てきた王子様みたい。
「よし、じゃああたしも準備しますか！」
さっきまでの鼻血がどうのって言ってたあーちゃんはどこへやら。
「あーちゃんは、裏方じゃないの？」
「違うわよ！　今度こそちゃんと、胡桃のボディーガード頼まれてるの！」

「え？　また？」
「そう！　一般客が見に来るのはステージだけだけど、胡桃をナンパするやつは大方100人はいるだろうから……って遥くんが」
「100人……？」
「そう！　不知火くんとかに頼むのはぜったい嫌だからって、あたしに頼んできたの！　この間はちゃんと守れなかったから、今日は真面目に！」
　なんて言いながら、ウィッグと、タキシードを取り出したあーちゃん。
　ま、まさか……。
「今から男装しまーすっ！」
「男装!?　それなら最初から、私が男装したほうがよかったんじゃ……」
「なーにいってるの！　もともとあたし、趣味が男装なの！　いつか文化祭でしてみたいと思ってたからむしろありがとうって感じ！」
「そ、そうなんだ？」
「コスプレイヤーって言うの？　あたしあれで、女の子たちブイブイ言わせてるから！」
　なんてメイクをしながら目の前に突きつけられたスマホには、あーちゃんによく似た男の子。
　え、この人……。
「それ、あたしね！　かっこいいでしょ！」
「めちゃくちゃかっこいい……」

「でしょでしょ!?」
いつものゆるふわな髪型とは真逆の、キリリとしたイケメンがそこにいた。
それからささっと男装を済ませたあーちゃんは、私の隣に立つ。
「これでナンパ避け対策はバッチリ！　午後のステージのこともあるけど、バリバリ働こうね、胡桃！」
「はーい……」
対決のステージは３時から。
投票は５時までで、それから結果発表。
「ではこれから王煌学園文化祭をはじめます」
その放送に、みんながワッと持ち場につく。
いよいよ本番。
私も頑張らなきゃ。

「ふぅ、売った売った」
「盛況(せいきょう)だったね」
時刻は12時。
まだお昼だというのに、たくさんの人が来てくれたおかげで、用意していた在庫はほとんどなくなってしまった。
「胡桃、このあとは遥くんのところ、行くの？」
「あ、うん。でもその前に……」
甘利くんと、少し話がしたい。
遥から甘利くんの話を聞いて、少しだけでも話がしたかった。

さっきの着替えのときも姿が見えなかったし、シフトで同じだったけれど、話す機会は１回もなくて。

来るお客さんはどの人もみんな甘利くんや、不知火くん、miwaちゃん目当てで。

３人はとくに忙しそうだった。

「じゃあ私、着替えるね」

「えっ、着替えちゃうの!?」

「だってこの格好、落ちつかなくて……」

ただでさえ、キラキラのラメもいっぱい入ってるドレスだから、とにかく目立つ。

「メイクまで!?」

「ごめん、あーちゃん」

落ち込むあーちゃんにもう一度謝ってから、制服に着替えて、教室を出る。

たしか、控(ひか)え室は芸能科の棟にあるって、遥が言ってたっけ……。

「bondとcrownの対決、楽しみだね！」

「ほんっと！　生で歌聞けるとか最高すぎ！」

「ねねっ、どっち投票する!?　やっぱbond!?」

「えー、やっぱりcrownじゃない？」

ふとステージのほうを見ると、すでに何百人ものお客さんが来ている。

遥たちの影響力(えいきょうりょく)って、ほんとすごい。

こんなにたくさんの人たちに囲まれて、歌って、踊(おど)って。

私だったらぜったい手も足も震えて、声も出せない。

「ねえねえ、そこのお姉さん！」
「……」
「君だよ君！　黒髪の！」
　え、私……？　ポンポンと肩を叩かれてふり向けば、他校の生徒なのか、見たことない制服を着ている。
　ジャラジャラとつけたネックレスに、きつい香水の香り。
　この人、苦手だ……。
　見ただけで、早く離れなきゃと頭が言ってる。
「君、めちゃくちゃかわいいね！　芸能科の子？　連絡先教えて？」
「ひっ」
　やばい、遥との約束、マスクつけるの忘れてた。
　さっきはあーちゃんが隣にいてくれたおかげで、なんとかナンパ避けには効果的だったけど、今は……。
　あーちゃんはいないし、マスクもない。
「ねえねえ聞いてる？　なんなら、今からでもどこか遊びに……」
　そう言って私の腰に手をまわそうとするその人。
「っ、だっ、誰か……！」
　そう叫ぼうとしたとき。
「胡桃」
　グッと横から肩を抱かれて、チャラいその人から引きはがされる。
「は、はる……」
　だけど、ウイッグをかぶっているのか、前髪で顔はほとんど隠れてるし、メガネもしてて、一見すると遥には見えないくらい、地味な感じだ。
「は？　んだよ、おまえ……」
「いこ」
　まだ追いかけてこようとするその人を無視した遥は、私の手をとって歩きはじめる。
「おい、聞いて……」
「どっか行ってくんない。目障り」
「はぁ？　何かっこつけて……っ!?」
「消えろっつってんの。日本語わかんない？」
　そしてその人の腕を絞り上げると、遥は私の手を掴んで一目散に走り出す。
「芸能科の棟まで走るよ」
「はい……」

「はぁ、ここまで来たら平気か」
　それからついたのは、芸能科の棟。
　こっちはもともと芸能科の生徒以外は立ち入り禁止になってるから、今はまったく人がいない。
「……ごめんなさい」
　それから息も整ってきたころ、私はすぐに遥に謝った。
「それは、ナンパされたことに対して？」
「違う。
　マスク、つけてなかったこと」
　最初からしてれば、こんなことにはならなかった。

本番前なのに、まだ病み上がりの遥を走らせるなんてしてしまって……。

「反省してるみたいだから、いいよ。もともと胡桃を呼んできてほしいって頼まれて、そっちに行ったから」

「え……？」

「ごめん、橘」

「甘利くん……」

「敵に塩を送ること、したくないんだけど」

「けど現に、ここまで連れてきてくれたじゃん」

「……」

ニヤリと笑う甘利くんに、遥は眉をひそめてヤレヤレというようにため息をついた。

そして私の手を離すと、校舎の中へ入っていく。

「俺はもう、胡桃と話すことは話したから。……胡桃」

その声はいつもの遥じゃない。

私を見つめるまなざしは、今まで見たことないくらい、熱く燃えていた。

それはまさに、アーティストとしての１人の男の人。

「俺のこと、信じてて」

「相変わらずだな、あいつは」

遥のうしろ姿を見ていた甘利くんだったけど、ゆっくり私のほうへ体を向けた。

「甘利くん、どうして……」

「最後に少しだけ橘と話がしたくて。いい？」

「最後って……」

その言葉が意味するのは……。

変わらずその顔はクールで淡々としているけれど。

まっすぐなその目を見ていれば、言いたいことはすぐに伝わってきた。

「橘」

「はい」

「俺は、ずっと橘のことが好きだった。保育園児のときからずっと……芸能界に入ったのだって、橘とまたこうして会いたかったから」

「はい……」

「今日のパフォーマンス、crownが出るときだけは」

「うん」

「遥のことは考えないで、何も考えないで。最初から最後までずっと、俺のことだけ見ててほしい」

「うん」

「いつもはファンに向けてとか、自分のためにするパフォーマンスだけど。でも今日は……」

橘のためにするから。

「あれ、桃華……!?」

「やっほー、胡桃！」

それから甘利くんと別れてステージのほうへ行くと、ちょうどmiwaちゃんが主演を務める劇がはじまっていて、あーちゃんの隣には、変装をした桃華がいた。

「桃華もステージ見に来たの？」

「うん。仕事の都合上、クラスの出し物には出れなかったけど、これだけはどうしても見たくて」

この次に、女の子たちのアイドルグループの歌唱。

その次にcrown。

最後にbond。

「甘利くんとは、ちゃんと話せた？」

「うん。話せたよ」

あーちゃんの言葉に強くうなずいた。

私はもう、思い残すことは何もない。

ふたりのパフォーマンスを最後まで見届けるだけ。

それから順調に進行は進んでいって、いよいよcrownのパフォーマンスのときになった。

「なんか、緊張するね」

「うん……」

ふたりとも、いつもと違って口数が少ない。

とくにあーちゃんは、まわりの他の子たちみたいにペンライトをブンブン振ってそうなのに。

私と一緒に、ふたつのグループのパフォーマンスを見届けてくれてる。

「大変お待たせいたしました！　本日のメインイベント！　crown VS bond夢のパフォーマンス対決〜!!」

司会の男の人が興奮したように、トークをまわす。

「それでは、先攻（せんこう）！　今女子中高生の間で人気沸騰中のcrown！　皆さん、大きな拍手（はくしゅ）をお願いします!!」

「きゃあああ!!　不知火くーん！」

「小春！　こっち見てー！」
「甘利くーん！」
　メンバーがステージに立った途端、会場全体に響き渡るほどの歓声が上がる。
　不知火くんと八朔くん、他のメンバーは笑顔で手を振っているけれど、甘利くんだけは相変わらずの無表情。
　それは女嫌いだからとか、そういうのじゃなくて。
　きっと、緊張しているから。
「珍しい……」
「え？」
「いつもなら、もっとタキシードとかそういうの着てるのに……」
　あーちゃんの言葉に、ふと３人の服装を見てみる。
　たしかに、言われてみればそうかもしれない。
　今日は３人とも白のジャケットに黒のパンツ、そしてレースアップシューズ。
　ジャケットには縦にラメが入ってるのか、動くたびにストライプにきらめく。
「今日、俺たちはこの日のために、はじめてのバラード曲を作りました」
　バラード曲。
　周囲にどよめきが走る。
「crownは今までポップで激しいダンスの曲しか出してこなかったから、バラードはほんとにはじめてだよ」
　隣で、あーちゃんが説明してくれる。

「では、聞いてください。……【僕が僕でいられること】」
　夕焼けを表現しているかのような、ほんのりオレンジ色の照明がステージを包む。
　静かなピアノの伴奏(ばんそう)が流れて、落ちついた甘利くんの声がマイクに入る。

目を閉じると
優しく笑う君が
いつもそこにいた
笑って
泣いていいんだよ
苦しまなくていいんだよ
他人(ひと)の目なんてどうだっていい
いつも僕は
君に
君の優しさに
救われていたんだ

　不知火くんの、あたたかい声。
　八朔くんの元気をもらえそうな、少し高めの声。

まぶしい太陽
雲のない青空
見上げるたびに
君を

君と会えるいつの日かを

ずっと待っていたんだ

会場のあちこちから、すすり泣く声が聞こえてくる。

マイクを両手で持ちながら、ときどき空を見上げながら歌うみんな。

最後のラストのサビは甘利くんが１人で。

心が震えるくらいの、感情のこもった声が会場全体を包み込む。

君がいたから

僕は

今の自分でいられるんだ

「っ……」

最後の歌詞を歌う瞬間。

一瞬だけど、甘利くんは私を見ていた気がした。

「ありがとうございました」

メンバーが去ったあとも、会場には大きな拍手がずっと響き渡っていた。

「さて、続いては後攻（こうこう）！　またまた女子中高生の間で大ヒット！　bondのおふたりです！」

「きゃああああ！　遥──っ！」

「杏──！　こっち向いてー！」

ふたりが出てきた瞬間。

crownと同じく女の子たちの歓声があちこちで上がるけれど、ふたりは見向きもせず、立ち位置につく。

そしてそのあとに。

「あれ、もしかして……」

黒のジャケットに、黒のレザースキニーをはいた遥たちと同じく、全身黒のスーツで現れた５人の男の人。

「バックダンサーだね」

桃華が教えてくれる。

「今日、俺たちも新曲を披露（ひろう）します。今まで俺たちはバラード曲をメインとして歌ってきましたが、今日は……」

「高難易度のダンスと一緒に歌います」

遥の声に、またもやざわめきが走る。

「マイク持ってないし、イヤホンマイクなの、そのせいだったんだ……」

隣で桃華がぼそっと言った。

高難易度ダンス。

それを、このたった３週間で仕上げたの……？

「それでは聞いてください。……【Crazy you】」

ステージが一瞬真っ暗になったかと思うと、紫（むらさき）のライトがふたりを照らす。

スカート翻（ひるがえ）して
階段を上る君
この瞳は
もうとっくに

騒いでいた女の子たちが静かになるほど、たっぷりの色気を含んだ遥の声。

聞くだけで体がぞわぞわとして、それは鳥肌(とりはだ)が立つくらい。

視界はもう君だけ
どうして
焦らさないで
交わる吐息
絡まる衝動
求めてほしい
声に出して

いつもは穏やかな杏の声も、今日はどこか低くて甘ったるい。

ダンスも歌詞に合わせて、腰が揺れたり、口に手を当てる仕草が多かったり。

すぐうしろで誰かがゴクッと息を呑む音が聞こえた。

甘いね
君のすべてが
激しい鼓動
たりない熱を
溶(と)け合わせて

夏の暑い中、ふたりの顔に汗が伝う。
最後のサビに向かうにつれて、ダンスも歌もその大人っぽさが増して。

惹かれて
求め合って
夜明けまでずっと
君を離さない

「っ……！」
最後の歌詞を歌いきった瞬間。
甘利くんと同様、遥も息を荒らげながら私をじっと見ていて。
ドクンと体中が熱くなる。
「ありがとうございました」
そして、ふたりが退場したあと、しばらくして。
「きゃああああ!!　何あれ、何あれ!?」
「色気やばすぎ！　かっこよすぎるって！」
会場全体に黄色い悲鳴が響き渡って、遅れたように拍手がやってくる。
「……」
「……」
「……」
あーちゃんも、桃華も、私も。
これを3週間で仕上げてきたの……？

言葉にできないほど、遥たちのパフォーマンスに圧倒されていた。

「なんか……すごかったね」

「うん……」

気づいたときにはもう、お客さんが立ちはじめているところで。

「あとは、結果を待つだけだね」

「うん……」

もう、それ以上は何も言えなかった。

「それではお待たせしました！　crown VS bondのパフォーマンス対決！　結果発表です！」

お馴染(なじ)みの太鼓(たいこ)の音が流れて、ステージのスクリーンに、数字がルーレットのように動いていく。

「では、1の位から順に、お願いします！」

「crownは、5！　おっと、bondは6だ〜!!」

ドクンドクンと心臓が音を立てている。

ぎゅっと手を握って見つめれば、隣で桃華も顔の前で両手を握っていた。

「続いては緊張の十の位！　結果は〜!?　crownは9！　bondは〜!?　なんと、bondも9です！」

「まじで!?」

隣で声を上げるあーちゃんに、不安だけが降り積もっていく。

「胡桃……」

「も、桃華……」

「大丈夫。大丈夫だから」

遥を信じよう。

「ここまででは、まだなんとも言えません！　が、いよいよ次で結果が決まります！　いきましょう、百の位！　最後の数字は……！　crownは８！　そしてbondは……」

バンッ!!

その数字が出た瞬間。

「っ!!」

私の口からは、声にならない声が漏れた。

王子と姫は、星空の下

「橘」
「甘利くん……」
「ちょっと、いい？」
「うん……」
　教室の片づけもすべて終わって、トイレから教室に戻る途中、甘利くんが待っていたかのように声をかけてきた。
「もうすぐで後夜祭がはじまります。生徒の皆さんは、中庭のキャンプファイヤー前へお集まりください」
　夕日が差し込む中庭に、もうほとんどの人が集まっているのが窓から見えた。
「勝負のことなんだけどさ」
「うん……」
　ついた先は屋上。
　ドアを開けると、むわっとした空気とともに、空全体が赤く染まっていて。
　いつもは涼しげな甘利くんの顔も、今は空と同じ色をしていた。
「思ったとおりの結果だったよ」
　あのあとの、結果は。

『そしてbondは……』
　シーンと静まり返った会場で、１人１人が興奮したように司会の男の人を見つめる。
『8!!　な、ななな、なんと、bondも８で１票差！　crownは895、bondは896で１票差ですが、見事bondの勝利です！』
『っ!!』
　司会の人の声にわっと会場が盛り上がった瞬間。
『やったあぁぁぁ――!!』
『ちょっ、桃華!?』
　ガバッとうしろへ倒れちゃうほど勢いよく、桃華が抱きついてきた。
『うっ、ううっ……』
『あーちゃん!?　なんで泣いてるの!?』
『なんか、ここまで長かったなぁって。いろいろ思い出しちゃって。うわーん!!』
『あすみ！　泣かないでよ！　あたしまでもらい泣きしちゃうじゃん！』
『だってえ……』
『１票差かー。でも個人的にはcrownがよかったと思うけど！』
『まあね。でも、普段ダンスしてない人たちがあそこまで仕上げてくるって相当大変だったと思うよ』
　うしろで結果について、いろいろな声が聞こえてくる。
　でもどの人も、見てよかった、やっぱりcrownもbondも最高だった。
　みんな満足そうにうなずいたり笑ったりしていて。

　私もいろいろな感情があふれて止まらなくて。
『っ……』
『もう、胡桃泣いちゃったじゃん！』
『こ、これはあーちゃんのせいじゃないよ……』
『ううっ、じゃあ３人で泣いちゃおうよ～』
　どういうこと!?　なんて言って、今度はお互いの泣いた顔を見て、３人で笑い合った。

「やっぱさ、遥はすげーわ」
「甘利く……」
「俺なんかじゃ、到底敵わない。ダンスで行ったら、ぜったい勝てると思ってた。だから、あえてバラードを選んだのに」
　ははは、っと、甘利くんは乾いた笑いを浮かべる。
「けどまあ、こっちを遥かに超えるダンスと歌を見せられたら、何も文句は言えない。１票差だったけど、負けは負けだし……」
「厳密に言えば引き分けだ、バカ」
「遥……」
「遥!?」
　なんでここに……!?　いつの間にか、制服に着替えたらしい遥がそこにいた。
「最後の１票。あれ、おまえが入れたんだろ」
「えっ!?」
　バッと甘利くんのほうを見ると、甘利くんは観念したようにヤレヤレとため息をついた。
「知ってたの？」
「票を数えてた人から聞いた。結果が同票で困ってるときに、おまえが来たって。スマホが壊れたやつが友達にいて、その人がbondに１票入れてくれって言ってたって」
　そういうこと、だったんだ……。
　今回の投票は、全部スマホでだった。
　スマホが壊れた友達がいるっていえば、べつに不思議に思われないかもしれない。
　でもどうして。
「そんなこと……」
　私も遥もじっと甘利くんを見つめれば、一瞬目を閉じた甘利くんはそのまま空を見上げたけれど。
　すぐにまっすぐ遥を見た。
「聞いたんだよ。クラスの女が話してるの」
「何をだよ」
「おまえが昨日リハ中に高熱で倒れて、病み上がりだって」
「最悪」
「もともとダンスメインじゃねーのに、病み上がりであのダンスと歌はぜったいにきついはず。けど最後までやりきった。その瞬間思ったんだよ。おまえにはもう最初から、闘う前から負けてたんだって」
「甘利くん……」
「しっかもさぁ、何？　あのダンス。色気増し増しだし、あそこにいた女、みんなbondの虜(とりこ)にしちゃって」

「言い方」

　どこかやけくそに言った甘利くんだけど、ふっと笑って屋上の出入口に向かう。

「安心してよ。もう橘には一切近づかないし、あきらめるから」

「甘利く……」

「甘利」

「何」

「勝負できて楽しかったよ。ありがとう」

「っ、こちらこそだよ、バーカ」

　そう言って最後に私を見つめた甘利くんは。

「大好きだったよ、橘」

　最後にそれだけを言って、どこか吹っ切れたようにまぶしい笑顔で笑った。

「うっわ、やっぱりあたし上手すぎない？　メイクの才能あるわ」

「それは思った。あすみ、将来メイク系の専門とか考えてみたら？」

　あれから私は。

「ありがとう、ふたりとも」

「どういたしまして！　遥くんと目いっぱい、イチャイチャしてきなさい！」

「遥、あまりのかわいさに失神しちゃうんじゃない？」

「ちょっとトイレに行ってくる」と屋上に遥を残し、慌ててあーちゃんと桃華が待っていた教室にやってきた。
「miwaちゃんにお願いして、このドレスも借りたの！　遥くん、胡桃のドレス姿、見れてないでしょ？」
　だから、今度こそ目いっぱいかわいくなった胡桃の姿、遥くんに見せてあげようよ！　そして話を聞いた桃華も一緒に手伝ってくれるって言ってくれたから。
「お願いします」
「「任せてっ!!」」
　ふたりにすべてをお願いすることにした。
　純白のプリンセスラインのドレス。
　胸元が大きく開いた部分には、ふんだんにレースがあしらわれていて。
　肩がほんのり隠れるくらいのデザイン。
　髪はみつあみにして、アップに。
　そして極めつけは、白のお花がついた花冠。
「キレイだよ、胡桃」
「真面目な話、遥、まじで気絶しちゃうんじゃない？」
「杏！　清見さん！」
「おつかれ、胡桃」
「杏、撮影も合わせて大変だったのに、本当に、ありがとう」
「ぜんぜんだよ。ふたりにはずっとうまくいってほしいって思ってたから。遥のこと、よろしく」
「杏……」
「ちょっと杏！　なに胡桃泣かせてるの！」
「えええ!?　ごめん胡桃！　ほんとごめん！」

「ふふふ、ありがとう、杏」
じわりと目が潤んだけれど、せっかくメイクしてもらったから。
幸せで泣きそうになるのをこらえて、笑顔で杏にお礼を伝える。
「胡桃ちゃん。いろいろありがとうね」
「こちらこそです。清見さんも、ありがとうございました」
あーちゃんにも、桃華にも。
杏にも、清見さんにも。
そして甘利くんにも。
みんなのおかげで私は変われた。
比べられて、自信をなくして、大嫌いで仕方なかった自分をここまで好きになれたから。
もう怖いものなんて何もない。
自信を持って、前を向いて。
遥の隣に立ち続けることができる。
「遥くん、屋上で待ってるよ！」
「うん！　ありがとう、みんな！」
遥の元へと送り出してくれたみんなに手を振って、慌てて廊下を走る。
ヒールだし、ドレスの裾が長くて走りにくい。
でも……。
「遥っ!!」
「遅いから心配した。どこに行って……くる、み？」
屋上のドアを開けた途端。

こちらへとふり返った遥が目を見開く。
そして。
「え、どうして遥まで……」
「杏と清見に、これ着て待ってろって言われて。胡桃が喜ぶからって」
そう言ってコツコツと歩いてきた遥も、王子様の格好をして私を待っていた。
この前見た黒のじゃなくて、純白のタキシード。
なんて、うれしいサプライズ。
みんな、ありがとう。
「キレイだよ、胡桃。この世でいちばん、誰よりもかわいい」
「うわっ、ちょっ、遥!?」
「エスコートしてあげる。掴まってください、お姫様？」
「ううっ……」
ふわりと抱き上げられて、遥はそのままゆっくり歩くと、屋上の少し高くなった段差に腰かけた。
「遥も……」
「ん？」
「王子様みたい。この世でいちばん、誰よりもかっこいいよ」
「っ……」
ぎゅっと首に手をまわして抱きつくと、遥ははぁ……っと息を吐いた。
「昼もこのドレスで接客してたの？」
「まさか！　昼は黒の、もっと短い……っ、あ」
「へえ、短いの。あとで家で着て見せて」

「ええっ!?」
「だって、いろいろなやつが見てて俺だけ見てないとか不公平すぎる。胡桃の全部が俺のなのに」
「遥……っ」
　どこか拗ねた遥の声に胸がキュンとなって、また抱きついた。
「胡桃」
　そしたら遥も声を甘く滲ませて、もう誰の目にも触れさせたくない。
　そう言ってるみたいに、強く強く私を抱きすくめる。
「おめでとう、遥。１票差だったけど」
「あー……あれな。ほんと、ずるいよな。俺に敵わないとか言ってたけど、俺からしてみれば、スマートにあんなことするあいつに敵わないっての」
「ふふ、お互いさまだね」
「そうだな」
　そっと体を放し、コツンとおでこを合わせて見つめ合う。
「このドレス……ウエディングドレスって思っていいの？」
「遥こそ。そのタキシード、結婚式(けっこんしき)用って思っていいの？」
「むしろ、そうとしか思ってない。胡桃は？」
「私も。ずっとずっと、何十年先も、おばあちゃんになっても一緒にいたい」
「俺も。胡桃……」
「うん？」
「今はまだ、無理だけど……。これ、受け取ってくれる？」

「っ、これって……」

　目の前に差し出された正方形の小さな箱。

　女の子なら誰もが夢見るその箱は。

　満天の星空の下で、星に負けないくらいキラキラして見える。

　それがわかった瞬間。

　私の目からは大粒の涙がこぼれて。

　そんな私に指輪をはめた遥は、少し緊張した面持ちで、でも甘い目でほほえんだ。

「卒業したら……俺と、結婚してください」

「はい……っ。私も遥と結婚したい……っ」

「っ、胡桃……!!」

「きゃあっ!?　ちょっ、遥!?」

　返事をした瞬間。

　遥は私を持ち上げると、星空に負けないくらいキラキラとまぶしい笑顔で目を細めて笑う。

「ほんと、幸せ。胡桃、愛してる」

「私も」

「私も、じゃなくて、ちゃんと言葉で言って」

「で、でも、さすがにそれは恥ずかしいっていうか……」

「これから先、もっと恥ずかしいこと毎日するんだから、慣れてもらわないと困る」

「ま、毎日!?」

「うん。ずっと我慢してたし、この間も言ったろ？　朝まで寝かさないって」

「うう……っ」

遥のいじわる……！

「今、いじわるって思っただろ」

「っ、思ってない！」

「それで？　俺のこと、どう思ってる？」

私を抱き上げたまま、鼻がぶつかる距離で甘く甘く私を呼ぶ。

「俺は、愛してるって、何回言ってもたりないくらい、胡桃を愛してる」

この世の甘いものをすべて煮つめたみたいに、とけそうなほどやわらかくほほえむ遥。

っ、私も……っ。

「愛してるよ、遥」

ずっとそばにいてね。

それと……。

毎日するっていうのも毎日遥に愛されてるって思えて、本当はめちゃくちゃうれしかったりして……。

「ふーん？　やっぱ胡桃も毎日がいいんじゃん」

「はっ!?　えっ!?」

い、今……私、声に出してたっけ!?

「ま、まさか遥、私の心の声……」

「さあ、どうでしょう？」

というか！

「さっきから遥の心の声が聞こえない！」

「へえ、攻守(こうしゅ)交代かな？」

なんてまたいじわるにほほえむ遥。

でもその顔も、すべてが愛おしいと思えるから。

ちなみに。

「ねえ、ほんとに私の心の声、聞こえるんじゃないよね？」

《……》

真面目な話、さっきから遥の心の声がまったく聞こえないし。

もし遥に私の心の声が聞こえたとして、そしたら私、遥にどんなことされるやら……。

「とりあえず、めちゃくちゃにするか、とろとろになるまで甘やかしてあげる」

なんて。

遥の心の声が聞こえなくなって、その代わり、遥に私の心の声が聞こえるようになるのは、またべつのお話。

Fin.

あとがき

みなさんこんにちは、干支六夏です！

このたびは、数ある書籍の中からこの本をお手に取ってくださり、誠にありがとうございます。
ありがたいことに、今作で四度目の書籍化となりました。
日頃から応援してくださるすべての皆様のおかげです。本当にありがとうございます。
今回は、私がずっと書きたいと思っていた「心の声」がテーマとなっています。
自分の好きな人の心の声が聞こえるようになって、しかもその人の好きな人は自分であり、心の中で思っていることがすべて自分に向けられたものであったなら。そんな夢のような発想からこのストーリーははじまりました。
人の心の声が聞こえないのが当たり前なぶん、その当たり前が崩れた今回の設定は、書いていて非常に苦労しました。ヒーローとの会話の間に心の声を入れる際に、ヒーローには聞こえない体(てい)にしなければならなかったので、書いたあとには心の声の部分だけを伏せて読み直すなど、会話や話の流れが不自然にならないようにと、つねに心がけていました。
途中、ここからどうしようかと行き詰ることが何度もあり、挫折(ざせつ)しそうになりましたが、この作品を書きはじめたときや、更新をするたびに何度もあたたかいメッセージや感想をくださる方が何人もいらっしゃって、この作品が完結したのはすべてファンの皆様、そしてたくさんの読者様の応援があったからです。本当にありがとうございます。

芸能人の姉がいることにより自分を過小評価してしまう控えめなヒロインが、ヒーローやまわりの支えもあり、成長し、変わっていく姿を書くことができて非常に満足です。

私の書くヒロインは一見強気に見えて、じつは心の傷を負っていたり、コンプレックスがあったりするキャラが多いです。人は誰しも何かしらの悩みを抱えて生きていると私は思っているので、私の描く作品が少しでも読者様の力になれたなら、それ以上に幸せなことはありません。

そして、今回素敵なイラストを描いてくださった、かみのるり様。以前から、かみの様が描く男の子の大ファンだったので、大変光栄な機会をいただきました。

肩幅といい、筋肉質な感じといい、個人的に遥の上腕二頭筋が最高です（笑）。胡桃をはじめとして、どのキャラクターも本当にかわいく、かっこよく描いてくださり、こんな素敵に仕上げていただけるなんて……！と、今でもイラストを見るたびにしみじみ感じています。

最後になりますが、この作品を読んでくださった読者の皆様。そして、出版に関わってくださったすべての皆様に、ありったけの愛と感謝を込めて。

2022年8月25日　干支六夏

作・干支六夏（えと　りっか）

雪国在住の大学生。好きなことは寝ること。長いときだと14時間は寝ている。本気で布団になりたいと思う日々。好きな言葉は「推ししか勝たん」。推しのライブに行くことで活力をパワーチャージしている。『密室でふたり、イケナイコト。』で第５回野いちご大賞レーベル賞を受賞し、書籍化デビュー。現在もケータイ小説サイト「野いちご」で活動している。

絵・かみのるり

普段漫画を描いています。イイ筋肉と食べることがダイスキです♡　講談社デザートにて「棗センパイに迫られる日々」連載中。

ファンレターのあて先

♥

〒104-0031

東京都中央区京橋1-3-1

八重洲口大栄ビル7F

スターツ出版（株）書籍編集部 気付

干支六夏先生

ある日突然、イケメン幼なじみの甘々な心の声が聞こえるようになりました。

2022年8月25日　初版第1刷発行

著　者　干支六夏

発行人　菊地修一

デザイン　カバー　ナルティス（尾関莉子）
フォーマット　黒門ビリー＆フラミンゴスタジオ

ＤＴＰ　朝日メディアインターナショナル株式会社

編　集　中山遥

編集協力　酒井久美子

発行所　スターツ出版株式会社
〒104-0031 東京都中央区京橋1-3-1　八重洲口大栄ビル7F
出版マーケティンググループ　TEL03-6202-0386
（ご注文等に関するお問い合わせ）
https://starts-pub.jp/

印刷所　共同印刷株式会社
Printed in Japan

ISBN 978-4-8137-1311-1　C0193